张 锐 锋 作 品

古灵魂

张锐锋 著

GUANGXI NORMAL UNIVERSITY PRESS
广西师范大学出版社
·桂林·

古灵魂
GU LINGHUN

图书在版编目（CIP）数据

古灵魂：全 8 册 / 张锐锋著. -- 2 版. -- 桂林：
广西师范大学出版社，2024. 10. -- ISBN 978-7-5598
-7063-6

Ⅰ. I267

中国国家版本馆 CIP 数据核字第 20247NU725 号

广西师范大学出版社出版发行

广西桂林市五里店路 9 号　　邮政编码：541004

网址：http://www.bbtpress.com

出版人：黄轩庄

全国新华书店经销

广西广大印务有限责任公司印刷

桂林市临桂区秧塘工业园西城大道北侧广西师范大学出版社
集团有限公司创意产业园内　邮政编码：541199

开本：880 mm × 1 230 mm　1/32

印张：97.5　　字数：2 060 千

2024 年 10 月第 2 版　　2024 年 10 月第 1 次印刷

印数：0 001~1 000 册　　定价：598.00 元（全 8 册）

如发现印装质量问题，影响阅读，请与出版社发行部门联系调换。

第

一

册

卿云烂兮

糺缦缦兮

日月光华

旦复旦兮

——《卿云歌》

明明上天

烂然星陈

日月光华

弘于一人

——《八伯歌》

目　录

卷一—卷一百零七

卷一

孩子

我来到了旷野上，这是一个荒凉的季节，寒冷仍然从很远的北方来到这里，不过它已经不像前些日子那样尖利、凌厉了。很明显，已经出现另一种力量，开始侵蚀它，削弱它，使它开始收敛自己的锋芒了。一个寒冷的、却孕育着温暖的春天来了，没有任何声息，也没有任何惊天动地的预兆，只有天地之间的鸟兽和地下埋藏的草籽，感受到了它。我离开自己的院子，来到更大的地方。我喜欢旷野，因为它是这样大，以至于比我想象的还要大，一眼望不到边际。只有很远很远的蓝色的山，挡住了视线。去年的枯草还依稀可见，今年的一切还在枯草的下面，可是，似乎它们已经开始骚动了，我已经感受到了脚下隐约的不安分的生机，我所见到的，并不是真正的土地。它可能就像我一样，有着奇特的想法，有着自己难以理解的奥妙，有着紧张不安和莫名其妙的恐惧。当然，也有着不可理喻的好奇心。

总之，早晨的大雾从地上升起来了，它的下面一定藏着什么独特的东西，以至于这么浩瀚的地气从它的毛孔中蒸腾而上，就像在火焰上安放了蒸笼。我第一次看到这样震撼的景象，我站在了土地的中央，却感到飘浮到半空。头顶上仍然是一片蓝，一片晕眩的蓝。大人们已经开始准备一年的种子了，他们将种子收拢到耧车的木斗中，犁铧已经擦得雪亮，它的反光把农人的眼睛照亮了。

我沿着还没有开耕的田垄在浓郁的地气中狂奔。眼前一片苍茫。也许，大海就是这个样子，海中的船激起一个个大浪的时候就是这个样子。我已经感到自己的胸前冲开了混沌的仙境，前面仍然是铺平了的花格布一样的旷野。这样令人感动的、不断上升的地气，使得万物都动了起来。即使一直保持静止的事物，也取得了奔跑的自由。我听到了耕作者的吆喝声，听到了牛的缓慢的脚步和犁头划开坚硬的土层的沙沙声，它是那样轻微，比耳语的声音还要小，但它的节奏是有力量的，酷似某种沙哑的喊叫。

田野上的小路已经没有了，这里不需要任何道路。人们只需要在有点儿湿润的、松软的土壤中行走就可以了。这种绵软的质感使得脚底异常舒适，这样，每一个脚印中都饱含着快乐。突然，我被什么东西绊了一下。我觉得这可能是一块石头，也许是别的什么。我的脚趾感到一阵尖锐的疼痛。

它是什么？我停下来，弯下了腰。一块陶片从土块中露出了头，它带着从前的泥土和曾经使用过它的人的手迹，以及多少个年代的四季，碰住了我的脚。我看到了它上面隐隐约约的发暗的花纹，完整的图案应该是什么？我想，没有人能够猜到。它用这样的方式隐瞒了真实，剩下了一个神秘的谜面。它一定是故意这样的，可能有着诡秘的设计。世界上的任何一块石头，可能都是一个充满了不信任的故事结局。

就是说，它的出现，说明这个地方曾经居住过什么人，他们将自己的日用品遗弃在荒野里，以便证明自己也有过令人羡慕或者悲痛的生活。不过，我不愿意想那么多，我只是将这块残缺的陶片捡拾起来，放在自己的口袋里。因为这一异物的占取，我的口袋显得沉重起来，我的脚步也变慢了。

卷二

农民

　　犁铧把新一年的土地拉开了一道道口子，它们像河里的波浪，一个浪头接着一个浪头，向另一个季节流去。土地是有方向的，就像河流有方向一样，只是我们在耕种的时候才能看见。在太阳出来之前，我和犁地的耕牛，以及冲决土地的犁铧，都没有影子的伴随。一个轻松的时刻，一个没有影子的时刻。土地从来没有这样松软，就像棉花一样松软，并且我已经通过自己紧握的犁柄，弯曲地伸向地层，感知到了它的渐渐升温，它已经适合任何种子发芽和成长了。我在一片翻滚的、从犁镜表面不断上升又跌落的土垡中前行。

　　犁铧不断地碰到坚硬的东西。这是一些散落的陶片，从前的、也许很久很久以前的陶片。它们已经失去了完整的形象，只有那看起来光滑的曲面，暗示着它从前的样子。有时显示的仅仅是一些棱角，零碎的很难拼凑起来的、令人难以置信的碎片，它们是做什么用的？它们让我想到我们今天使用的碗、罐子和瓷盘，也想到盛水的大瓮和摆在柜子上的花瓶。它们用这样的碎片，代表了消失了的生活。

　　这些碎片属于谁？谁使用过它们？它们的主人距离我们有多少

古灵魂

个世纪？这些已经不重要了。他们已经消失了，一些生活结束了，另一些生活开始了，这些碎片用它们破碎的身体说明了这一点。重要的是，我所耕种的这片土地，经常遇到它们，仿佛不断遇到它们的主人一样。在刚刚苏醒的春天，犁头会碰到它们，铁锹会碰到它们……经常会听到砰的一声。种子会碰到它们，种子发芽的时候，必须和它们悄悄谈，并想方设法绕过这些坚硬的事物，然后才能伸出它们的胚芽，垂直顶破薄薄的最后一层地皮。夏天来临，禾苗的根须和它们继续交谈，或者轻轻地抚摸它们，从而庄稼从根部获得了某种母性的寂静安慰。可是，对于我来说，就不一样了。它们让我的工作很不方便，把我的土地弄得很糟。我的锄头又开始触碰到这些陶片，使得我的脚步慢了下来，我将它们捡起来，扔到远远的地方。

但是，它们好像永远也捡不完。它们不是一片、两片、三片，而是很多很多。它们用这样的方式说明自己的顽强，强调自己的存在。它们差不多无处不在。它们似乎在告诉我，它们原本就在这里，这是它们的土地，或者它们在执行某种神秘的历史使命，代替它们的主人守护着这片领地。它们不断触碰我，提醒我，它们在这里，不会离开。

事实是，我也在这里，我的庄稼、我的生活也在这里。以前是以前，现在是现在，以前应该和现在一样。生与死的循环和交织，是没有尽头的，从天边到天边，从一个山头到另一个山头，也从一朵白云到另一朵白云，从过去流淌到今天，再流淌到另一个时代。是的，它们不会静止不动，是一直流淌着的，上面飘满了落叶和腐尸，也飘满了生机。这意味着，它们不会离开，我也不会。不论你怎样，我的犁铧还是要开过去，以前被抛弃了的，现在也会将之抛弃。

卷三

老人

我已经是一个老人了，满头白发，眼睛也昏花了。我喜欢坐在村边晒太阳，暖烘烘的阳光照射着远处的田野，一片彻亮。伴随我的就是身边这三棵柳树和一棵枣树，另一棵柿子树远一点，它的影子还落不到我的身上。它们像几个老朋友，和我围坐在一块绿色的地毯上，默默地注视，或者静静地交谈。我们所说的内容，只有我们知道，别人无法听到。我们好像每天都沉浸在某一个节日里，举着酒杯，彼此回忆着往事，经历着景色完全不同的四季，然后被偶然飘过来的一片云朵打断。

少年时代的我，青春时候的我，以及以后的一切经历，都历历在目。我不喜欢讲故事。面对现在的年轻人，我不想倚老卖老，因为每一个人都会老去，没必要将自己已经消失了的时光作为谈资。一个人从出生开始就注定会一点点走向衰老和死亡，这其中自有天道。但对于一个人来说，其中含有的都是悲伤——就像地上的青草，只有秋风到来的时候，才会感受到原本就一直酝酿的即将枯干的全部悲凉。

刚刚有一个孩子从我的身边跑过，他告诉我捡到了一块碎陶片。

这是多么平常的事情，却让他那么喜悦，我记不住了……我的孩童时代也是这样么？他还告诉我，陶片的上面有着很漂亮的花纹，只是看不太清楚了。他的眼睛是雪亮的，他看出了陶片上的秘密。这些陶片也该非常古老了，也许过了几千年，还更久一些？我曾听上一代的老人讲过一个古国的故事，这个古老的国家，就建在眼前的这片土地上。当然，上一代的老人也是听更上一代的老人讲述的，他们仅仅是凭藉自己的心灵，记住了别人心灵里的秘密。这是心灵之间的传递，借助了一个故事的外壳。

孩子也许有着锐利的直觉，陶片上的花纹能够讲述的，远比我们知道得多。我们也许是这个古国的后裔，血液里流动着昔日的生活，它经常躁动，显出了对曾经的日子的怀恋和未完成的某一事情的遗憾。但是，耕夫的想法更切合实际，他将这些碍手碍脚的碎片扔到田埂之外，使自己的犁更加畅快地驶往地头。我只是坐在田边，看着一切发生，观察着毫无意义的一片光阴，看着它从我的身边一点点流逝——它在犁铧掀起的、不断奔腾的土浪中，在孩子奔跑的脚步中，在云层飘荡时一掠而过的影子中，也在凝固的远山和酝酿了再生激情的看起来干枯的树木枝桠，以及衰败的村庄屋顶的弧面、埋葬在地底的白骨、迷失于天空的飞鸟，或者，凝聚在这些遗落在地里的碎片上……它们有着最黯淡的光，照着我前面的虚无，以及没有尽头的、有着原始生命力的荒凉。

古老的故事能够说明一切。即使是一个昔日的国家，也是虚幻的。据说，也许是一代代相传，我所坐着的这个地方，属于几千年前的晋国。那是遥远的西周时代，周成王继承了周武王的天子之位，拥有了整个天下。那时的天下有多么大？可能很大很大，它的疆土远在天边，鸟儿可以飞到的地方，鱼儿能够游到的河流，以及野兽能够出没的森林，都属于天子。可是，拥有这个巨大疆域的天下之王，竟然是一个孩子，一个喜欢玩耍的、有着纯真天性的孩子。芸芸众生的统治者，有着神一样的权力。不得不承认，一个人的出生是偶然性的结果，有着上天赋予的宿命，他世间的座位，是已经安放好了的。

据传，周成王和他的最小的弟弟一起玩耍——即使是他们的游戏也属于君王专有，与我的童年游戏完全不同。周成王捡起了一片树上落下的桐叶，裁成了珪的形状，并对他的弟弟说，我把唐国封给你吧。就这样，一个儿童游戏，一片树叶，和一个国家以及它的国君联系在了一起。谁能想到，一个国家是建立在一个游戏和一片树叶上。

不要仅仅将这个故事视为传说。它说明生活的轻。我们现存的生活可能是一个早已被决定了的事实，它来自昨天，昨天来自昔日，昔日来自从前，从前来自从前的从前。那么，很早很早的时候，发生了什么？我们不能决定从前的从前，因而也不可能决定今天，这是事情虚幻的来由。我的一生都在为生活劳作，劳作的唯一意义是为了活着。现在，就像大自然的秋天，万物都开始了萎缩，树叶都枯黄了，最后将落尽那些繁茂的表象，还会剩下什么呢？下一个季节属于另一些人，他们和我以前一样流着汗，扶着犁，走在无尽的原野上。

许多事情在我们眼中是多么荒唐。在我的一生中，经历了很多事情，可以说，都是荒唐的，毫无逻辑可言。我们以为根本不可能的事却发生了，那些以为必然出现的，却在最后一刻改变了方向。谁能预料一朵云下一刻的形状？谁又能描画每一个瞬间水面上涌起的波纹？

既然一切都在变化，从前在哪里？未来又在哪里？一切就像奔跑的、不断跳跃的鹿，我们总想抓住它的角，可是那么多枝杈，我们该抓哪一个？或者，鹿角只是我们的想象，生活中压根儿就没有可供我们捕捉的鹿角，所能抓住的不过是虚空。

故事归故事，生活归生活。我自己的一生，几乎是一场梦。今年的春天就像往年一样，既不会早一点，也不会回来得太迟，太古以来就是如此。去年的雪在春天消融，给土地以补养，为了我们能够顺利地下种，也为了夏天时节看起来虚妄的繁荣。有时候，这里会出现干旱，一定是我们违背了上天的意志。我们犯的错还少么？最严厉的惩罚莫过于不让我们找寻借以维持生命的食粮。那时，一切关于勤劳的诫勉和传说都失去了意义。

只有土地是真实的。我一生都与我眼前的这片土地捆绑在一起，它是我身上背负的最沉重的食物袋，我被它一直压在最低的地方，头触到了泥土。这都是为了满足简单的欲望，现在想来，这些简单的欲望都是暂时的，我们很难确切地知道自己来到世间究竟是为了什么。我想，从前的人们也是这样。从前的那些古国呢？那些掌握着生杀大权的国君呢？为了一点点利益就要用双手触摸血腥的人们，到最后都成为泥土的一部分。以至于我们耕种和收获的粮食中，有着他们的血。就像一个人的记忆一样，生活中那些连续的场景，最后只剩下了一鳞半爪，一些像那些陶片一样的碎片。完整的东西消失了，记忆中的事实不可能连接起来了。可能一个古国的命运就像人的命运一样，陶片只是一个绝妙的比喻。

卷四

盗墓者

洛阳铲是神奇的，这是我们的祖先最令人惊奇的发明。它的木柄，它的铁质的锋利的环刃，它对泥土的亲和力，它向深处不断掘进的力量……它有着人所不具备的冷漠的心和愤怒的激情，让那些死亡者望而生畏。死亡不再害怕死亡，似乎死亡已经是不可超越的终点了，但仍然有它的敌手，它的窥伺者。

我们掀起了土地的暗幕，揭开了古老的戏剧。我们是这些戏剧最早的观赏者，它们的结局从一开始就露出了端倪，几乎没有任何悬念，死亡是唯一的谢幕词。可是我实在不理解那些死去的亡灵，他们生前曾占有那么多财富，享受了人生能够得到的一切荣华富贵，还要将那么多珍宝带到黑暗中。这些亡灵是贪婪的，却给我们带来获得金钱的机会。他们根本想不到，他们为自己的贪婪而将财富暗藏在自己的尸身旁边，用腐烂的白骨守护这根本不属于自己的东西，他们的幽灵在这些玉石和铜鼎的上面盘桓，将罪孽沉入到更深的深渊中。

我们的权利是剥夺。剥夺那些历史的贪婪者的最后所剩，把那些毫无羞耻感的灵魂赶到没有财富的地方，以便让他们和所有的死者一

古灵魂

样一无所有。如果人死后仍然没有平等，世界还有什么希望？如果永恒尚不能抵消短暂的生的痛苦，上帝还有什么公义？当然，我们还需要在生活中呈现我们的力量，用死者占有的财富转化为我们赖以获得意义的金钱，购置我们的所需，积累我们对未来的安全感，追寻那些前人和今人都为之疯狂的富有。

不论是谁，都不得不承认，生存需要本领，需要必要的技能。从蛋壳中孵化出来的小鸟尚且需要飞翔的技艺，蜜蜂需要辨认含蜜的花蕊，猛兽需要从幼小的时候就不断训练捕食的技能、力量和勇气，何况是作为万物之灵长的人类？难道盗墓不是一种复杂的、需要知识和勇气的技艺？这一看起来并不是光明磊落的道路，却有着常人难以想象的艰辛，也有着秘而不宣、曲折多变和独辟蹊径。这是赌徒的事业，有着一夜暴富的诱惑。是一场卑贱者与高贵者的对话以及越过时间边界的较量，是富有者对其占有物的转移，它不是交易，而是掠夺者被另一个掠夺者所掠夺，是生存者对已经灭亡的生存者的精心谋算，这是卑贱的生存奇迹之一。没有非凡的天赋和胆量，应该到生活的另一边去，到更加肮脏的粪堆上刨土觅食。

多少年来，我们已经练就了一双可以穿透地层的眼睛，无论多么复杂的地貌，以及多么隐秘的埋藏，只要它露出一点点痕迹，就能让我们找到尸骨和珍宝的埋藏地。我们很快就能从各种蛛丝马迹中判断眼前的古墓是否有开掘的价值，一般都很少失手。我们见不得光明，但不是完全拒绝光，没有光，世界就不存在。更多的时候我们只能在夜间行事，在漆黑的夜晚，诗人们不断歌唱的月亮，是我们最好的陪伴者。它的微弱的光亮，既拒绝了完全的黑暗，又给了我们行动的便利。

这里经常传来各种消息，经常有一些莫名其妙的古物碎片露出地面，人们不断发现并捡拾到青铜器的残骸和古代使用过的器皿碎片。我暗访了当地一些居民，他们津津有味地讲述他们所见，还把一些世代相传的故事告诉我。他们毫不设防，只是把他们所知道的，当作自己见多识广的理由。是的，他们的生活是这样贫乏，平凡的日子不断地循环，生活毫无变化，也毫无传奇和冒险，为什么他们对这样的生活毫无厌倦之感？他们能够炫耀的，也只有这些对他们来说毫无具体意义的事情了。可是，这些消息的碎渣，对我是有用的。

我猜测这里一定发生过惊心动魄的历史事件，一些重要人物的尸骸可能就埋葬在这一带。他们不会想到，地下的秘密总会随着时间上升到表面，就像雨前的乌云，用它层层包裹的暗，说出了它包含积雨的奥秘。用不着听到隐隐传来的雷声，也不用观察照亮世界的闪电，有经验的人只要抬头仰望，就知道即将发生什么了。

我翻阅资料，并不是为了研究历史。我不会像历史学家那样，熟知历史的每一个细节，或者费尽心机地寻找历史的证据链，将那些碎片绞尽脑汁地拼凑在一起，形成一个具有一定逻辑的图像。我只是为了从历史记录中寻找现实中仍然存在的东西，就像一个卓越的侦探一样，仔细观察现场的每一个疑点，以便找到通往真相的道路。古代的人们非常讲究死后埋葬的地点，他们对大自然形成的某种地形有着特殊的癖好，一般地，他们会选择山丘和河流之间作为埋葬点，这样就能和他们生前的生活场景对应起来，形成某种模拟的效果。实际上，他们不相信人真的会死去，而是认为像走亲戚一样前往另一个地方。

古灵魂

可能他们认为世界不是一个，甚至比两个更多，这些世界相隔着一道界限，死亡仅仅是一次巧妙的穿越。所以，你只要凭着锐利的直觉感受大自然的地形之美，就能找到古代死者的藏身地。

好吧，让我们来一次尝试吧。为了不惊扰附近的村庄，一切需要精心的伪装，我们用各种方式欺瞒那些好奇的眼睛。村庄的人们对这样的事情毫无警觉，不是他们粗心大意，而是他们压根儿不想与生活无关的事情，他们的目光是短浅的，仅仅盯紧自己脚下的一小片地方，只要不让石头将自己绊倒就感到十分幸运了。依据各种迹象，用精美的铲子直接通往地下深处的秘密，被巧妙掩盖的古代谜团烟消云散，剩下的仅仅是一系列的技术处理了。这对我们来说，并不需要高超的技巧。

卷五

国君

　　这是什么年代？我已经沉睡了多少年？我的沉重的睡眠使我度过了无数日日夜夜，或者说是一个十分漫长的夜晚。身边是漆黑的，我的上面盖着厚厚的泥土，没有熟悉的星空，也没有太阳的光芒，只有无限的漆黑将我的内心照彻。这样的日子，既没有美梦陪伴，也没有噩梦惊扰，多么寂静啊，就像多少年前的死亡一样，盖过了一切喧嚣、一切时间。

　　那么多骏马的尸骸，那么多战车，已经朽腐了，融化了土地的精髓，变为不可辨认的模糊的轮廓。它们曾伴随我在疆场驰骋，勇士的血沾染了马的鬃毛和战车的轮毂，并与沼泽里的泥混合在一起。现在它们静静地躺在一边，放弃了奔跑的本性和原初赋予它们的目的及冲动，用雪白的骨架说出最后的真相，找到了苦苦寻找的、已经被遗忘了的自我。

　　我是这块土地的主人，拥有这土地上的一切，每一棵树、每一株草、每一粒沙子和每一个人。只有天空中的飞禽是自由的，它们有着迁徙的权利，我的手可以抓住地上的一切，却不能伸向天空。不过它

古灵魂

们只要落在我的树枝上，或者在我的头顶漫不经心地飞翔，我就可以用强弓和利箭将它们射下来，让它们知道，没有绝对的自由，也没有绝对的无忧无虑。即使我的刀剑够不到更高的地方，我还有另外的令人意想不到的利器，它携带着我的权力和凌驾于万物之上的威严，有着威慑一切的寒光。

我从来不相信自己会死去。我喜欢做梦，每一次战斗，每一次面临抉择，以及每一次在歌舞、欢谑和八音中的盛宴之后，上天都会将一个不寻常的梦带到我的睡眠之中，让我反复猜测其中含义。很多梦境是荒诞的，但它总是有着不同寻常的暗示。我已经不习惯没有梦的夜晚了，不然日子太平淡无奇了，生活中应该有一些难以理解的、晦涩的内容，应该有奇迹，也该有不断升向更高处的云彩和能够震撼心灵的雷霆。

但是现实生活中很少有我所期盼的，除了杀戮和血腥，更多的是令人厌倦的平庸。一个君侯的宝座有多少人在觊觎，他们可能就在你身边，窥伺着可能出现的某一毫无察觉的机会。一个小小的缝隙，就可能引来一场风暴，掀翻你的冠冕。这是多么可怕的事情啊，你必须有所警觉，即使是在睡梦中，也得祈求上天的眷顾，用一个恰当的梦给我以启迪，不然我用什么力量和智慧安稳而悠闲地坐在河边钓鱼呢？又怎能在酒筵上举起铜爵一饮而尽？

可是，这样的日子不能持续太久。人生是如此短暂，就像一阵风刮起的草叶一样，最后要轻轻地落在地上，和那些石头、土粒、瓦片一起沉到荒野的沟壑里。我的灵魂最终要抛弃肉体，贪欲和享乐将离我而去，贪恋生的快乐是一种奢望，可惜我不能早一点儿看穿真相。

每一个人都不可能，不然就会违背肉体的天性。我看着浩大的葬仪，人们用那么多玉石、宝鼎和车马堆放在我的面前，可是这一切都已经与我无关。这些事情只属于他们，我已经不可能从这些生前所需的物质形象中获得丝毫安慰。我所需要的，他们已经不能给我，他们的想象只能是这些的了。他们已经尽力了。

只有在这个时候，才感到了生的疲惫、死的永恒，才能感到世界实际上与自己并没有多少关联。不论你编制多长的绳索，最终都要被割断。重要的是，我希望自己永远隐藏在一个不被人打扰的地方，静静地和天地常在，安享永恒的时间。几个世纪，几十个世纪，甚至更久远，我被包裹在微微湿润的泥土中，棺椁的木头为我留下了一个小小的空间，也为我提供了人生未能找到的自由。然而，这是哪一天？铁质的铲子伸了过来，一只陌生的手摸索着我身边的东西，一道来自天庭的电光，突然射到了外边，我让这异样的声音惊醒了。我用失去了眼睛的空洞的眼窝，注视着发生的一切，可我已经被牢牢地锁在了腐烂的白骨里，我的战车、奴隶和马匹都沉默了，它们的奔腾和嘶喊，只有我能够听见。

我已经预感到，宁静的日子结束了，时间将会突然中断。我的藏身地一旦被发现，以后的事情就难以预测。地上生活着的人们会做些什么？无论是我的灵魂，还是我身边丰富的器物，都会遭到洗劫么？不过，我所不需要的，那些窃夺它的人们又能用它来做什么呢？

古灵魂

卷六

历史学家

　　我的日子看起来是枯燥的，每一天都在书斋里度过，有时会去附近的田野里散步，观看大自然塑造的种种形象。它们是生动的，有着无穷无尽的活力，这与苦涩、僵死的文字相比，更有力量。然而文字有着另外的风景，这些蝌蚪似的符号，是迄今为止人类最大的创造物。我们已经不能想象，没有文字人类的生活会是什么样子。实际上，文字也是生动的，它将我们的生活一点点记录下来，积累到一本本书中。这是我们思考的结果，我们的言行，我们祖先的言行，我们从古至今的思维方式，构成了我们向内窥探的希望。

　　比如说，我散步的这块土地上，就隐藏了无限的秘密。我们怎样知道它的过去？又怎样获知它的现在？从它的表面，观察到的仅仅是一些掩盖了无数事实的泥土、石块、树木和农夫们的简单房舍。它只有现在，既没有过去，也没有未来。这样的事实多么令人失望，一种没有生活证据的日子既粗糙又野蛮，几乎不值得我们存在于世界上。我们对自己的生活充满了怀疑，却永远生活在一片苍茫的怀疑中，这意味着取消了我们思考的权利。

我是一个历史学家，我需要知道那些已经消失了的事物，知道我们的过去。有人会说，你所研究的是腐朽的学问，对于真实的世界毫无意义。我也曾经怀疑过自己，但是我所研究的就是我们曾经生活过的，这个世界上，我们一直存在，那么我们就可以通过曾经的生活推知现今生活的意义。

　　我生活的这个地方，已经十分古老了。我脚下的每一寸土地，都有着很精彩的故事，这些故事渗透在泥土里，黏附在石头上，作为养分输送到树木的每一片树叶中。它们有形的事物很少了，更多的是无形的、无处不在的某种东西。你能感受到，却看不见，你的呼吸中能够感受到它的存在，却不知道它在什么地方。一棵槐树开花的时候，你会闻到它散发出来的香气，你知道它就在附近，可你抬头看的时候，它是隐没在那么多的树木中的。古老的历史也是如此，它被一代代的生存所替代，所遮蔽，但它并没有完全消失。

　　就在三千多年前，一个古国曾发出耀眼的光芒，它曾经十分强大，但却是从一个小小的地方开始了它不同寻常的生涯。那还是殷周时代，周武王征服了殷商，建立了周人的统治，为了监督商人贵族残余的反抗，把他的弟弟管叔、蔡叔、霍叔等封到了殷都附近。周武王很快就去世了，他的嫡长子周成王继承了王位，因周成王年龄尚小，就由周公旦辅佐摄理朝政。这就引发了一场乱局——管叔和蔡叔对此不以为然，认为这不是一个合理的安排，便开始了一场围绕权力的角逐。王室内部的刀光剑影，投射到了更为广大的地盘上，被征服的商纣后裔看到了死灰复燃的希望，就开始联合管叔和蔡叔举兵叛乱，周公旦率师东征，压灭了灰烬中燃起的火焰。古唐国可能参与了这场叛乱，也随之被周公旦的利兵铲除。周武王的庶子叔虞被封到了唐国，成为唐国的新主人。

其实在这块土地上，生活早已发生了，但它的起点无法追溯，很远很远，就像画框之外的景观，跃出了我们的视线。用已经掌握的有限证据推测，一百八十万年前的西侯度人已经在这一带活动，一块烧烤过的兽骨说明他们已经开始打造石头工具，以及利用火来实现自己的生活目的。七十万年前的匼河人和十万年前的丁村人，都和这一片土地建立了深厚的生活联系。一万六千年前的下川人遗址上的石磨，意味着黄河流域粟作农业的发端。不过，这些上古时代的生活点，只给我们以无尽的遐想，它唤醒了我们的迷梦，激发了我们探寻往事的激情。

这也是我们的祖先尧舜之地，可能因为善于烧制陶器，因而被称作陶唐氏，古唐国所居住的也该是这一部落的后裔。陶寺遗址的发掘，显现了尧舜时代并不是一个传说——它有庞大的都城，使用大石磬和陶鼓，还有各种日用陶器。很多传说实际上起源于没有文字的时代的口口相传，它都有事实的影子。就是这样的一个强大的部落形成的古国，也要在关键的选择中面临凶险——从历史的方向看，任何生命，哪怕是强者的生存都是一种虚妄的挣扎，它所具有的力量决定它能否在险象丛生的环境中获得长寿。

唐叔虞就这样来到了这里。他接受了先民遗留的土地，并承担周王朝交付他的使命。《史记》中所写的叔虞封唐完全是一场游戏的结果，周成王将一片桐叶削为珪的形状，作为分封的凭证，跟随的史官将他的言行记录下来。成王似乎有点反悔了，认为这仅仅是一场游戏而已，但是史官则告诉他天子是没有戏言的，既然说了，就要在史书上记载，必须用盛大的礼仪实现自己的诺言，并用美好的音乐和歌声歌颂。

其它的史书也做了类似的记载。然而，古代书写历史的人们，更多采用那些具有趣味的事件传说，很少推测它的真相。这意味着，古代的人们怀着一颗童心，他们的好奇心专注于历史那些意味深长的事情上，流传于民间的各种奇特传说，不知不觉成为他们撰写历史的材料，他们也许希望用这样的具有奇异花纹的砖瓦，建起一座令人赏心悦目的宫殿。历史不应该是平凡的，它应该是一场具有传奇性的戏剧，也应有瞬息万变、悬念重重，然后突然峰回路转的童话般的奇迹。否则，一部毫无趣味的历史，又有什么价值和意义呢？

现在的历史研究，已经没有古代的童心了，也似乎缺少对往事的强烈的好奇。探寻过去发生的，变成了一种职业习惯和顽固地追寻真实性的癖好。实际上，这不过是一种历史信念，一种认为能够还原已经消失了的生活的虚幻的理想主义情怀。一个传世的青铜器皿上有一段晋公盨铭文，谈到了唐叔虞曾经辅佐武王，参加了攻克殷商的牧野大战，也可能参加了诛灭反叛的古唐国以及平定蛮族部落的征战，他的功勋获得了周王室的肯定，分封于唐国应该是对他的一种嘉奖。另一本史书说，唐叔虞能够将体形庞大、凶猛异常的兕射杀，这说明唐叔虞善于御射，具有十分强大的膂力。兕可能是犀牛一类的动物，它是不是已经灭绝？我们不得而知了。我们只是从这些只言片语中可以感受到历史深处散发出来的气息，古人的形象隐藏在这些简单的、零碎的文字中。这些文字推开了书写它的人的尸骨，在腐烂的地方，重新萌发出那些已经在漫长时间中灭失了的生动面孔。

这样，唐叔虞封于唐国，可能还有周王室更为周密深邃的考虑。商王之后武庚叛乱虽然平息了，但使周王室看到了四周的危险信号，太平世界里像迷雾一样弥漫的杀机，远不能让人高枕无忧。必须寻找某种永葆安宁的万全之策。委派唐叔虞前往管理唐国，还负有藩屏王畿、随时防范戎狄侵扰的重要使命。古唐国位于夏墟，曾是夏人生活的地方，它的东面有群山起落的太行山脉，北方、东方和南方都紧邻游牧时代的戎狄部落，特殊的地理环境和生存环境，使它处于周王统治天下的极其脆弱的咽喉位置。可以认为，唐叔虞被分封到唐国的时候，已经是成人，不可能是一个游戏中获得某种幸运的孩子。

尽管这样的推测可能更符合历史事实，也更符合生活本身的逻辑，但我仍然更喜欢一片桐叶的故事，因为在这样的故事中，有着历史的浪漫和童话般的心灵期待。它使我们对生活本身不是怀有敬畏之心，而是就像一条鱼游动在江湖之中，感受到清澈的水给自己带来的自由与快乐。很多时候，生活并不需要真相，也不可能完全看到真相，我们所看到的往往都是被扭曲了的事物，关键是历史能否与我们的心灵获得虎符一样的契合。

我们是一个酷爱历史的民族，从很早的时候就意识到生活需要记录下来，尤其是统治者的生活，否则，他们的权力就会无限膨胀、毫无顾忌。他们既要知道比他们更为古老的君王如何行使自己的权力，也要用自己的行动为将来做典范。为了不在自己的身后遭人唾骂，不留下恶劣的名声，他们的行为就会有所收敛。那时候的史官实际上是以历史的名义监督统治者，具有实用意义。因此我们具有最为浩瀚的典籍，记下了历史发生的各种事件，给我们研究历史提供了便利。

人类面对时间的安排，只有两个维度，过去和未来。在我看来，现在不存在，因为现在只是我们向前进程中的一个移动的、变化的、暂时的点，它转瞬即逝，变为过去。未来是一点点来临的，对于每一个人，或者整个人类社会，未来充满了不确定性，我们在不断地做着种种选择，实际上我们的选择并不能有效发挥作用。我们选择的时候，它已经暗暗改变了方向。我们等待的时候，已经有另外的力量为我们规定了前程……以至于我们很难断言哪一种力量为我们修筑了一条并非我们希望的路。未来学没有太多的意义，它只是对没有出现的事情做出分析，它往往偏离事实本身，因为没有出现的事情不在我们的掌控之中。唯一能够确定的，是已经形成的事实，也就是历史。这是我选择研究历史的原因。

关于古唐国的故事，只是遥远过去的一个点，它只要能够触发我们的思考，它的存在已经获得了意义。我所研究的，不过一个个谜团，乌云一样笼罩在头顶，它不可能让更高的光穿透，将我们照亮。而是促使我们飞翔到云端之上，借助阳光重新观看它的另一面。历史不是供我们理解的，而是供我们思考的。理解不是思考的前提条件，不理解才是思考的前奏曲。

我再次翻开历史书，古代的种种记载，仅仅给我们揭开了浩瀚生活的序幕，一切虽然已经上演了，但对于真正的观赏者来说，戏剧都是滞后的、延期的，它还远没有开场。它的一个个悬念、一个个谜团，可能永远滞留在原来的地方，这是一个不可能抵达的地方。在某种意义上说，历史是各种随机事件相互影响的结果，甚至其中有着更多不为人知的细节决定着这些事件的发生和演化，每个节点之间的连接方式最终形成整体的因果效应。这意味着，我知道得越多，怀疑就越深，我甚至相信，人类从来就没有真正解决过任何一个谜题，而是将一切努力投入到解题的过程，并将索解的谜题变得更加深奥和晦涩，直到我们完全不能理解它，使它成为摆放在历史深处的一团绝对的黑暗。

卷七

邑姜

这一夜，我几次从睡梦中醒来。一场惊心动魄的肉体狂欢令我异常激动，周围是那么黑，以至我不知道自己究竟置身何处，要是这样漆黑的样子就是世界的真实样子，该是多么让人恐惧。幸好我听到了武王轻轻的鼾声，感到那个给我一切的、也主宰着天下的人，就在身边，他是那样强大，他有着惊人的力量、智慧和勇气，他即使睡着了，仍然对四周隐藏的灵魂具有威慑力。他的鼾声中，我能够听到某种具有节奏感的、断断续续的厮杀声，甚至能够感受到敌人惊恐的尖叫，他的鼾声中也包含了一个个场景——战车的车轮碾过死者的血，箭镞从强弓上射出，穿透了远处的头颅。这样的人在我的身边，即使他在睡梦中，我还有什么可怕的呢？

然而，我还是辗转反侧，我感到他的手放在了我的胸前，沉重而有力，好像要拥抱我，可是又像越过我的身体，探向更远的地方。他总是不安于眼前的事物，也不会把手放在一个地方，他需要更多，需要抓住所有的影子，直到将它所暗示的实体捕获。月光从房屋的缝隙中渗透进来，很细小的几丝光线，暗淡而捉摸不定，它们以模糊的幻

古灵魂

影再次将我推入了睡梦，在那里，另一个世界，这些光线变强了，展开了一片大空旷。我这是到了哪里？我从来没有见过这个地方，眼前的山一片朦胧，云彩压得很低，好像我一伸手就可以摸得到。即使是树木也是奇异的，我从来没见过这么大的叶子，这么艳丽的花朵，一些瑞兽行走在云中，有时会露出它的眼睛，有时会显出整个身体，尾巴就像武王得胜归来头顶上飘荡的旗子，它们显得那么轻，都飘浮在空中。

突然，我听到了一个洪亮的声音，就像夏天的雷霆一样震响，我知道，这是天帝的声音：你要听着我说的话，我的命令你不许违背，你的愿望也会实现。我要让你生一个儿子，他的名字就叫作虞，将来他将会封到唐国，那里是参宿的分野，就叫他在那里繁衍他的子孙。

天哪，你竟然将一切都安排好了，还让我做什么呢？我在这滚雷一样的震动中，感到了腹中的热流涌动，云彩慢慢地散去了，剩下的是无限的虚空。我被这虚空所惊醒，知道刚才所听到的原是在梦中。黎明时分，外面的鸟儿开始叫了，尤其是一种鸠鸟的叫声最大，它隐身于大树的冠冕中，发出了节奏明快的咕咕声。我说不上这些鸟儿的名字，但它们的叫声我是熟悉的。它们的叫声从来没有像今天这样响亮，也没有这么欢快。此刻，我的王醒来了，他大声喊着，我做了一个奇特的梦！我就问他，你不妨给我讲一讲你的梦，我也做了一个梦，不知道我们的梦有没有相通？河流要归向大海，尽管它们的源泉不在一个地方，可是每一条河流都因为共同的归宿联通了。每一座山头都有自己的位置，可是它们的基座都在土地上，它们也是联通的。我们在同一处睡眠，我们的身体始终挨着，难道独有我们的梦境会分离？我的王，你要讲一讲你的梦，你这样大声喊叫，它一定是奇特而有趣的。

武王在睡榻上谈着他的梦，史官立即过来将这个梦记了下来。他同样觉得这个梦是多么有趣，值得好好想一想。梦境讲完了，事情就像我预想的一样，他的梦和我的梦几乎完全一样，只是有几处细节有一点差错，我想也许是他没记清楚。我不会有错，我在刚刚醒来的时候，已经把那个动人心魂的梦反复琢磨了几遍，我能背诵天帝告诉我的每一个字，我也感到了腹中已经悄悄地酝酿着什么，是的，一块土地上，王的种子已经播下了，一场春雨很快就使之萌发。

漫长的等待，漫长的日子，白天变得特别长，夜晚也变得特别长，阳光比以前更为明亮，月亮从一升起来就静静地照在宫殿的玉阶上，我每天醒来的第一件事就是祈求天帝，让他赐给我好运，让我的儿子快点儿出生，而且一出生就是强壮的。我真的有了身孕，天神说的一定会应验。度过了一个个日子，我把每一天都记了下来，每一天别人和我说的话，每一天的瑞兆和祥云的形状，我离临盆的时间越来越近了。从万木萧索的深秋一直到第二年树木结果的时候，我腹中的躁动越来越强烈，终于有一天，在剧烈的阵痛中，我的孩子出生了。武王来到了我的身边，他展开了婴儿紧攥的手，他的小手心里果然有一个"虞"字。我不知道，天帝用什么方法把这个字刻在了他的手心里，即使是前一天的夜晚，宫殿上空的群星也好像排列了这个字，无论是天上还是地上，所有的迹象都是对将来的预演。

卷八

孩子

　　我唱着歌儿回到家中，给我的父母讲述了老师讲述的故事。我告诉他们，我们的村庄，就坐落在古代的晋国中，为什么你们耕种的时候会碰到一些陶片，那就是很远很远的古代留下来的。他们的回应是，好像有这么回事情，但那是什么时候的事，并不是很清楚。这么重要的事，他们竟然一点儿也不清楚！他们对我所说的好像并不关心，我说的完全和他们无关，可是我们的房子不就是在原来宫殿的基础上建起来的么？也就是说，我们居住在宫殿的上面，我们的下面曾有一个古代的国家，有一个童话里的王。

　　这是多么有趣啊。他们竟然一点儿也不在意。我的老师说，这个国家最早叫作唐国，它的第一个国君是一个叫唐叔虞的人，唐是他的国家，叔的意思就是天子的第三个儿子，也就是说他是一位王子。我的童话书中经常出现这样的王子，一般都是最聪明、最漂亮又善良的人，又拥有财富和地位，他们一出生就生活在美丽豪华的王宫，等待接替至高无上的权力。这个唐叔虞的出生，也是那样充满了传奇。他的母亲因为梦到了天帝，还听到了天帝让她生一个儿子的命令，唐叔虞就真的出生了，而且一出生手心里就有一个"虞"字，连他的名字也是天帝命名的。

可是，我不相信这样的故事，尽管这个故事是美丽的、让人激动的。我也做过不少梦，可是从来没有梦到过天帝，也没有什么人在梦中和我说话。而且梦中的故事根本不会和生活中的故事一模一样。有一天晚上，我梦到自己掉下了悬崖，我惊叫了一声就醒来了。我把自己所梦到的告诉母亲，她说这说明我又长高了。还有一次，我梦到自己被一只野狗紧追不放，醒来后满头大汗，心怦怦直跳。可我从来没有被野狗咬过，也没有这样疯狂地逃命。我知道梦并不真实，它过去之后也就过去了，很多梦已经完全忘掉，尽管刚刚醒来的时候好像还历历在目，等到再一次醒来之后就完全记不得了。在我看来，任何事情不可能完全重复，梦和生活也不可能重复发生。

还有，一个孩子一出生怎么会在手心出现一个字呢？而且笔画那么多的字，即使我写了几遍，仍然还会写错。老师说，可能是他的手掌上的掌纹正好像那个字。可是哪个孩子的掌纹有那么复杂？我反复观看自己的掌纹，很难看出是哪一个字。是啊，历史是多么有趣，但我一点儿也不相信。历史上发生了那么多的事情，谁又能把它们全都记录下来呢？即使我亲历一天的生活，也不可能记住每一个细节。但是，我还是热爱故事，我喜欢听那些有趣的故事，我喜欢听老师讲解历史，是因为我喜欢听故事……历史就是故事，这可能是历史的精彩之处，它不仅需要一个会写历史的人，还需要一个倾听者。

卷九

叔虞

　　盛大的封唐大典，隆重而庄严。王都镐京都感受到了节日的温暖，周王的宫殿四周，柳色掩盖了大殿的边沿，青瓦从屋脊下滑到飞檐，天上的每一朵祥云都好像从大殿的顶部上升，对先祖的祭祀礼、祝舞和急雨般的鼓点，将封唐礼推向高潮，气氛从宫殿的御阶蔓延到更大的空间，浸染了我的袍袖、衣襟和充满了激情的心。

　　这是一个极其重要的时刻，我在周王的宫殿里，和高贵的众卿相端坐在天子的左右两侧，觥爵中斟满的美酒散发着香气，充盈了我的呼吸。授土授民的仪式是神圣的，它使我的脚步从一个玉阶踏上另一个玉阶，我感到了自己升高了的步履。看看那些遍地的人们吧，他们怎样出生，又在劳累中怎样死去？应该承认，在纷纭而起的天云中，每一朵都是不一样的。在每一个时辰都在不断出生的婴儿中，他们落在什么地方，就已经决定了命运。人的等级从一开始就出现了。以前的以前不重要，因为那是一团黑雾，谁也不曾看到过；以后以及以后的以后，应该是可以看到的——一切从一个时刻开始，并从一出生就将你推向已经安排好了的路上。

我是拿着玉珪出生的。我的国不过是天子追封的，它原本就属于我，只不过我原来不知道它在哪里，现在一切都水落石出了。据说，我出生的时候，手心里就紧攥着一个字，它成为我的名字。我自己也难以想象，这么复杂的字，是怎样出现在我的手心的？现在为什么看不见了？天帝将一个字安置在我的手心，又在时间中将它一点点擦去了。他不让我一直看着这个字，是让我忘掉自己的来意？天帝既然暗示了它的设计，必然有其深意，我不需要猜测，人的智力永远难以抵达天帝的真实想法，所能做的，就是按照他的旨意做自己所能做的。天子的文诰，已经将天意宣明了。

这样的册封是多么令人激动。天子与我的同胞之情，都沉浸在美酒和赐赠的重礼中。这些天下的珍稀令人赏心悦目，这里有来自古代天子和诸侯的坐乘，这华丽的车被唤作大辂。高高昂起的车盖和炫目的盛装，曾闪耀着多少奢华生活和璀璨夺目的权力的光芒，又接受过多少人的朝拜和多少张脸的仰望。它的车轮，从远处的高山上一路碾轧着无数草木滋养的季节，蹚过一条条河流，将激流推到时间的另一侧，碎石被压到了深深的泥土里，留下的只是两道嵌满了荣耀和被历史不断赞颂的车辙。现在，我也将乘坐这样的华车，在从前权力者的宝座上，继续向前方疾驰，并不断倾听身边的众声呼喊和马蹄轻快细碎的节奏。

天子还赐给我密须之鼓，它产自北方的密须国，鼓面蒙着猛兽的皮，在万马之中能够听得见它浑厚激越的声响，无论是激战中的厮杀，还是森林中风暴的呼啸，都压不住密须鼓的咆哮。它的雄浑将像影子一样盖过敌人的血，并将天上的乌云和闪电引到地面上。这样的

古灵魂

鼓，里面住着神灵，神灵的旨意从鼓声中发出，没有什么刀剑能够抵挡。它被多少公侯敲打，经历过多少血战，因而它的声音中已经携带了锋利的箭镞，以及无数勇士的力量。我将带着它横扫敌军，用它的节律增添我的荣耀。

还有两样珍宝值得炫耀——它们叫作阙巩和沽洗。阙巩是来自阙巩国的铠甲，它可以抵挡利箭，也经得起烈火的焚烧。杀戮中的血已经使它变得更为冷酷和坚硬，一切利器接触到它的时候就像碰到了石头和铁。它有着拒斥敌人的秉性，在野性的力量面前无所畏惧。我的先王曾穿着它讨伐不义者，在疾速驱驰的战车上荡涤千军，夺取了浩瀚无边的天下，让地上的人们归于真正的王。沽洗则是青铜铸就的钟，它有着厚重的外表和充盈了天地之气的内质，并且含有最严格的音律。这些都是开国的先王遗留的，一些来自讨伐商王之后缴获的宗庙彝器，它不仅代表着光辉的过去——用征战建立的丰功伟业，还意味着传世的权威，以及一脉相承的统治众生的理由。

天子的慷慨恩赐只是一部分。他更大的赐予是给了我方向上的指引，我不仅被封予处于夏墟之地的唐国，还赋予我大的使命：用夏人的方法来治理、启迪、引导和驾驭夏民，用戎狄的规矩约束、引领和归化戎狄之众。在这一独特地域，只有特殊的施政才有效，才可以以宽厚的盛德感化天下，获得天下归心。这是上天赐予的灵感，它将把我短暂的生命带向无限和永恒。我有的是力量，我曾在山林中用弓箭射死体形庞大的猛兽，人们已经见证了我的力量和勇气，但是，我将在我的唐国展现我的智慧。

卷十

天子

我是天下的统帅，上天赋予我无限的权威。我可以主宰一切，只有一样是不能由我来决定的，那就是我自己的生命。我知道，我的一切归于上天，归于我的先王——他们已经完成了属于他们的使命，开辟了一个不朽的时代。他们的事迹已经记录在史官书写的史书上，铸造在万世不灭的巨鼎上，那些比生命更为长久的文字，将被带到更为久远的后世，以及后世的后世……那是多少年？我们最伟大的智慧都难以计算和想象将来的无限。

叔虞是我的胞弟，在很小的时候，我就把自己最喜欢的东西给他。我喜欢他宽厚的品行，也喜欢他天真烂漫的样子，我发现他是十分聪明的，也有非凡的勇气和胆量。他浑身仿佛都充满了力量和活力，曾经在山林中的一次狩猎中，射中了一头凶猛的兕，当那头野兽向他冲来的时候，他一点儿都不慌张，而是从容不迫地张开了手中的弓，利箭早已搭在了弦上，积蓄了猛力的手臂，等待着最好的时机……

那是多么惊心动魄的一刻，利箭激发于风中，好像掀起了一阵迷雾，从众人的眼睛中划过一道闪电，照亮了森林中的所有草木。兕在林间的缝隙中摇晃着，它的石头一样坚硬的皮毛被穿透了，开始，它发出了凶横的嚎叫，这样的声音我从来没有听到过，它是这样凄厉、痛苦又绝望。天上的云开始压得很低，然后又飞出了九霄。就在猛兽发现自己遇到了前所未有的对手之时，叔虞的第二支利箭已经发出，疾飞的箭带了尖利的呼啸，一点点逼近了猛兽的独角。最后……我们已经知道结果了。兕的庞大身躯在疼痛中撞倒了几棵小树，在叔虞的面前倾倒了。

他有的，已经不缺少了，我还能给他什么呢？在我看来，他的生命已经是完美的了。我作为天子，拥有整个天下，我要把我宝贵的一部分给他，让他与我分享一个权力者的快乐。当然，我还赋予他更大的责任，只有他能够在唐国的土地上有所作为，完成藩屏周朝的使命。那是前朝的前朝的后裔们世代居住的地方。四周满布了山地和河流，巍峨的大山从不知道它的端点，但在千万年间一直屹立，既不会坍塌也不会迁移。河流也不知道自己的源头，但在千万年间一直奔流不息。那里的土地是肥沃的，适合于任何庄稼的生长，即使是飞鸟偶然掉落一粒草籽，都会在地上的暖气中很快发育成长，并连成苍茫一片。

叔虞就要到他所属的地方去了。我的身边，会少了一个人，我会更加孤独——这是天子的宿命。我就是一个人，一个天下最孤独的人，不然为什么是天子呢……只有一个，唯一的一个。当然，叔虞到了他自己的属地，他也将变成一个人，在那片土地上，他也将是唯一的一个。每一个人都会如此。但作为一个人，我是绝对的一个。就像

— 035 —

卷一—卷一百零七

菊花面对的是一个绝对的太阳，天下最亮的光芒所在。我常常感到自己并不生活在地上，而是在遥远的白云之上。或者，我没有自己的生活，我的生活属于所有的别人，可是别人的生活却属于他们自己。

我还是有点不放心，唐国是夏人的旧地，又有戎狄居住于山峦起伏的密林中，处处充满了凶险。这里也是尧舜的故乡，也是我们周族先祖生活过的地方。河汾之西，不过方圆百里，可是它对于我们周族的天下具有特殊的意义。它土地肥沃，降水充沛，五谷旺盛，遍地河流和湖泊，不仅有王泽、董泽和方泽，不远的地方还有盐湖，浩瀚的水面，茂密的森林，百兽出没，群鸟飞翔，它是我们心灵里的泉、生活的砥柱。我的都城需要守护，天下大局甫定，我的基座需要四角的支撑，需要粗大的木头稳固屋顶。我的父王曾经在叔虞出生之前已经在梦中看到了一切，我便把我的胞弟封于唐国，天神的意旨从云层的背后变为册封大典的祥光，没有什么比这样的时刻更令人兴奋了。

我让史官将这一刻记载到史书中。没有记载的事实不是真正的事实，一切光辉都应该被史书记录。没有被记录的生命是没有意义的，在前世以及更早的时候，多少人生活过，他们也许做了很多事情，可是既没有刻在石头上，也没有铸在青铜上，谁还记得起他们曾经活过？他们好像梦一样消失了，无影无踪。站在我身旁的史官，随时将我的言行记下来，他们这样做是有道理的——记录使得生命更真实。我还要让乐师们用音乐歌颂，他们看起来是一些瞎子，他们不需要眼睛，一个看不见的世界里，声音才拥有变化万千的形象，世界才能被美妙的音乐充满。

这些当然还不够。一定要有美女们的舞蹈，她们可以呈现世界上

古灵魂

神圣的生活，创造光影变幻的奇景，并将双耳中回荡的袅袅之音得到具体的解释。我要给叔虞以丰厚的赠予，让他带着王族的灯，照彻唐国的土地、大夏的旧墟。我赋予他极其重要的使命，要把这片土地守护好，屏藩天子的都城和京畿辽阔的沃土，不要让异族的长戟擦伤河边的茅草，也不要让森林里的巨兽掀翻我们的房屋。

　　为了让周族的天下稳固，我给了他明确的诰命：按照夏人的传统治理夏墟，也依据戎狄的习俗驾驭戎狄。面对复杂的变化，可以凭藉自己的睿智临机处置，我已经把权柄放在叔虞的手上。我还给他配备了经验丰富的智者，以及熟悉唐国习俗的官吏，把装满了计谋的锦囊系在他的腰间……他的船将越过汹涌的河，他的车也将碾过沼泽和泥泞，一直抵达他的都城，把先祖的种子播撒在深土里。

卷十一

史官

我把眼前发生的一切都记下了。我的腰间系着小刀，准备随时将写错的字刮掉。手上拿着用来书写的木片，我要将天子的言行以及谕旨，事无巨细地写在这些木片上。木片是精心制作的，平整、光滑，还带着树木生长时形成的花纹，它的淡淡的香气直冲我的鼻孔，我感到天神给我的旨意都在这香气里。我的父亲就是一个史官，我的祖父也是史官，也许我们的家族从一开始就是用笔来记录一个个朝代的事情，还要一直延续下去。我不知道我们已经写了多少年，记录了多少事情，一个个天子死去了，文字却牢牢地爬满了木片……它们堆积在黑暗的宫殿里，专管史籍的人不断地拂去上面的尘土，守护着这些曾经活着的朝代和君王遗留的事迹，这是时间的遗骸。他们都在这些文字中奔忙和享乐，酒、美女、权力……都还散发着香气，渐渐地，那些木头朽腐的味道压下了本来的气味，是的，文字也会朽腐的，只不过它的寿限会长一些。

我紧跟在天子的身后，他的每一句话，我都细心地倾听，有时候，他可能是嘴里嘟囔了一句什么，我就要屈身问清楚，这是我的职

古灵魂

责所在。我不能有所遗漏，我知道这些文字是给后世的人们看的，他们会因为这些文字知道前世的人们做了些什么，既知道以前的错误，也知道以前的智慧和榜样，这样，我们的后面，将会是一代比一代更为聪明的人。

当然，即使是天子，他所说的话也未必是完全有道理的。很多时候，他的话并没有多少意思，不能引发我记录的兴趣。还有的时候，我不能理解他所说的究竟是什么用意。我所能理解的，乃是我曾想过的；我不能理解的，也许超出了我的所思所想。每一个人都有自己的界限，正是那些难以捉摸的事物扩大了我们的边界。何况，对一个天子来说，他所想的，乃是一个绝对的孤独者的所想，因而他的心中有着更多的黑暗，甚至没有黑夜的微光。这是天子作为神的派遣者拥有的奇异和奥妙，也是我需要把那些不能理解的事情记录下来的原因——我的职责就是对所看见的和所听到的，呈现出文字的忠贞。

我并没有世俗的特权，但我不是世俗的奴隶，我只是历史的仆人。这意味着我有着无人可及的权力，一个时代必须通过我的笔才可能获得不朽。即使是天子，他的权力可以对他人的生命生死予夺，可我能让文字对事实做出裁判，它超越了人的寿命，将今天的一切传之久远。要想证明今天曾经存在，必须通过我的文字来证明；要想知道我们曾经有一个天子，也必须通过我的文字来证明；要想获知天子以及其他人做了些什么，就必须从我的文字中间走过。世界上只有一条文字铺成的小路，可以通往时间消亡了的地方。

因而，我随同天子的每一步，就是世界的每一步。天子的脚步不过是幻觉和梦中的脚步，我的脚步却是有巨大回响的，纵然我的脚步声很小，几乎不能被听到。好了，现在我又要开始写了——天子就要把他的胞弟叔虞分封到唐国去了，不论这册封典礼如何隆盛，他们终将生活在我的文字中，我将把他们的言行收入每一道笔画，从此他们再也逃不掉了。他们虽然有着生与死的激情，以及拥有整个天下的力量，却在看起来无限的自由中，被戴上了不能解开的枷锁。他们既是主人也是奴隶，他们却不知道。

古灵魂

卷十二

研究者

　　我研究古文字已经几十年了，我头上已经白发丛生，就像冬天残留的积雪。为了找到一个字的真正含义，我要查阅大量的资料和各种古籍，还要和我对生活本身的理解融为一体，才能猜到它究竟在说什么。这简直就是一种猜谜的艺术，一个人即使用尽了毕生的心力，依然不够。可是，世界上什么事情不是猜谜呢？正是因为世界上充满了一个个谜，才值得我们生活，我们才感到自己的日子是有意义的。

　　谜是生活的本质之一，也可能是最重要的本质。对于人类来说，一切精神活动都意味着猜谜。即使是生存活动也和猜谜有着密切的联系。天文学家猜测宇宙的起源和宇宙形成过程中的种种奥秘，物理学家猜测着物质的终极含义，地学家猜测着地球的演化过程以及它的内部结构，生物学家试图揭开生物进化和生命的秘密，化学家研究分子千变万化的化合和分解的可能性及其规律，社会学家猜测人类社会和集体行为之谜……即使是一个普通的生存者也在时刻猜测在何时能够出现某种有利的机遇。

　　文字是人类最重要的谜题，它怎样起源，从什么时候起源，又怎样演化和发展，它曾经的意义怎样影响我们今天的表达，它在一开始的时候究竟想要说出什么？显然，它深藏着关于我们自己的思想基因。比如说吧，我们今天使用的文字究竟要说什么，从表面上看来，我们所要表达的是我们内心所想说的，但实际上，你很快就会发现，我们说出的并不是我们真正所想，甚至我们所用的文字含义都难以被真正捕捉。我们要了解我们自己，就必须追寻文字的源头，看看我们从前是怎样思考问题的。

可是这仅仅是一个理想的解决问题的方式。在实际研究过程中，你会发现问题远不是那样简单。人的智慧是如此有限，你所猜到的谜底，也许并不是真的谜底——即使这样，它也让你不断从各种猜想的途径上获得有益的启示，最终的答案可能在渐渐靠近你，另一种情况是答案将离你越来越远。不论是哪种结果，你在探索的路上已经寻找的自己的某种深藏的灵魂，它使你揭开了自己心灵里一直被某种事物遮蔽的部分，你通过猜谜的方式接近了自己。至于最后的结论是否正确，已经不那么重要了。

我看过古籍中记载的古唐国的故事，也看过一些考古学证据，我们现在甚至连唐叔虞的都城在哪里，也不知道，仅仅能够确定一个大概的范围。我们对历史所发生的一切，还在猜测中，也许根本不会有结果。从悲观的意义上说，猜测的最好结果最后还要转入另一个猜测中，这是一个看不到底部的黑暗深渊。

就说《史记》中讲述的剪桐封弟的故事吧，是一个多么漂亮的童话，年幼的周成王和弟弟叔虞一起玩耍，将落在地上的桐叶剪成了珪的形状，就把唐国封给了叔虞。两个孩子的一场游戏，在历史中成为

古灵魂

一个重要的节点。当然，桐叶宽大的叶面也给这一故事提供了可能，它完全可以剪出一个珪的形状。我十分喜欢这样的故事，我相信古人也是由于喜欢这一故事的缘故，才对此坚信不疑。我们在一百个结论中总是相信那个最美好的，其中暗含了人的热爱美的天性。

我对"桐"这个字进行了查证，发现"桐"和"唐"在早期的文字中可能是同一个字，至少它们十分相似，古人对于文字的书写并不像我们今天这样规范、严格，他们往往把相似的字经常互换使用，但是对于他们来说，这些误差毫不影响表达，也不会影响同时代人的识别。但对我们来说就留下了一个个谜团，因为我们已经失去了昔日语境，甚至我们今天的思维方式也和从前有了巨大的差异。如果我的猜想成立，那就可以将这一美好的封国故事重新讲述，转化为另一个一般的、平庸的历史叙事：这四个字应该为——翦唐封弟，也就是说，周王室剪除了唐国的叛乱者，然后将这一古国封给了唐叔虞。可能这一推论更为符合逻辑，却减少了历史的神奇感和童话感，它的趣味也失去了。

另外，如果"唐"和"桐"是同一个字，那么唐国最初是不是因桐树而命名？倘若是这样，是不是在这块土地上到处有着高大的桐树？不论有了多少结论，我们仍然可以不断猜测，猜谜的意义在于猜谜的过程中，历史也是这样。如果一个古国能够和桐树联系在一起，岂不是重新归还了它神奇的一面？一个谜如果永远不能猜透，又岂不是更为神奇？神奇乃是我们灵魂中所自有的，因而它才在世界上处处闪烁。

卷十三

商人

我在一个贩卖文物的人那里看到了一个类似于铜盘的古物，上面的铜锈说明它已经存在很久了，也许一千年，也许两千年，甚至更久远。它的花纹是如此精美，体现了古代制作铜器的工艺水平是多么高超。我喜欢收藏一些古董，重要的是，它们意味着金钱，它们不是存在银行里的死的存款，而是活着的不断升值的、膨胀的黄金。它们更多的时候就像面团一样发酵，你很难判断它们能够变成多大。渐渐地，对于利润的追逐使我养成了某种顽固的习惯，我只要见到古董，就会弯下腰，细细地打量它，掂掇它的含金量，估计它的未来，就像面对一个孩子一样，看看他将来能够长多高。

当然，金钱的魅力仅仅是开始，渐渐地，我对自己用金钱购买的文物开始琢磨起来，它们是什么年代的？什么人制作了它，又是什么人使用过它？关键是，它的价值是怎样体现的？为什么一些文物的价格不断增长，而一些文物却一直在市场上保持着沉默？市场又拥有怎样的机制来对一件东西的价值做出判断？一团团疑云开始笼罩我的心，我想揭开这些谜团，但我很快发现，打开一把锈锁的钥匙已经落

古灵魂

到了尘土里。

重新回到一开始的话题上吧，我看到了那个古盘，青铜，锈斑，古朴的外形，有着直入人心的力量。我还隐约看到了上面有一些文字，究竟是什么内容，我不需要一下子看清楚。文物贩子向我不断地兜售它，我冷静地看了一下，装着毫不在意的样子，我的表情告诉他，这件东西不值一提，我见到的东西太多了。我和他谈起了我的收藏，告诉他我所收藏的都是有价值的，没有一样比眼前的这个盘子差。我还向他表示，这个盘子好像是仿制品，因为我也有一件类似的东西，是从一个小摊贩那里偶然买到的，只花了很少的钱。

这个人一听我的话，就变得十分急躁——这正是我要的效果。他反复为他的盘子辩解，述说着它的来历，还讲了它可能来自黄河边的某一个古老的墓葬。我安静地听着他的种种解释，仍然保持着不为所动的表情，让他觉得，我只是一个十分有趣的故事的听众，而对那故事所指涉的实物，却一点儿也不感兴趣。他开始失望了，面部带着遗憾的复杂线条，像一幅俄罗斯画家笔下的铅笔写生画，线条凌乱，又显出了极其生动的光影效果。

我的策略显然已经奏效，他已经不再夸耀他的古盘了，我看到他的头低下了，并把他的盘子放回了原处。我开始安慰他，既然你一定想卖给我，我也不想拂去你的好意，你的生意也太冷清了……最后的结果你已经知道了，盘子归我了。我看也不看一眼就让他放在了包装里，我要显示我的不在意和对这件文物的漠视。我知道，它一旦属于我，可供欣赏的时间太多了，我愿意什么时候拿出来看看，就在什么时候摆在我眼前。

盘子上的铭文我一个也不认识，我想知道它的秘密，它究竟要我们知道什么？显然，它包含着制作它的人的用意。我开始请教一些懂得它的人。一个老教授小心翼翼地捧起它，双手抚摸着它，嘴里嘟囔着什么，显然他的内心涌起了波澜。他的表情吃惊而夸张，这意味着，他一定发现了什么。他又放下盘子，戴上了老花镜，重新开始欣赏，他对我说，这太有价值了，这几行文字推翻了一些历史和传说。

它上面的铭文谈到了古唐国的第一位国君唐叔虞，说这个人曾经跟随武王征战，曾是武王的得力辅佐，在铲除商纣的征伐之战中建立了卓越功勋，极有可能参加了与商王一决生死的牧野大战。而且他还在征讨戎狄、建立周王室天下的过程中，起到了不同寻常的作用，使得众多蛮夷部落归顺周朝。这说明，司马迁的《史记》中所记载的剪桐封弟的故事不过是一个兴之所至的虚构妙笔，也许是一个当时的民间传说，或者更近似于一篇漂亮的小说。

它说明，唐叔虞在武王时代已经是成年人，有着过人的力气和极好的武功，已经开始在血流成河的战场上厮杀了。在周成王继承武王的王位之后，天子所面对的不可能是一个仍处于童年时代的唐叔虞，也不可能用一片桐叶就轻率地把一个唐国封于胞弟，分封唐国应该是周王室的一件大事，是经过了慎重选择后做出的重要决定。一个关于游戏中决定命运的故事是美好的，也妙趣横生，但是历史的绝妙之处在于一个慎重的选择中，可能蕴藏着游戏的性质，它只是将游戏的一面隐藏了起来。这样看来，司马迁只是将历史的奥秘提取出来，放在了具有真实感的座位上，这又有何不可？如果我们一开始就把历史当作小说，就不会怀着种种烦恼去追寻真相了。

古灵魂

实际上，真相永远是不存在的。不要相信世界上有什么真相——因为，世间所有的事情都是一次性的，而且拥有的细节太多了，即使一件很小的事情也是如此，它过去了就永远过去了，谁也不可能将之重新演绎。人们能够书写记录的，或者能够深深记住的，少之又少，即便是记住的那一部分，也不是十分牢靠的，甚至充满了讹误和偏差。对于已经发生的事，我们又知道多少呢？

我是一个商人，我对往事一点儿也不感兴趣，我只对现实生活感兴趣。人是生活在现在的，谁也不能停留在过去。谁一直对过去念念不忘，谁就是一个十足的傻瓜，你的脚步一直向后，你又怎能在现实中前进呢？你仅仅在过去寻找安身之地，就意味着自愿放弃了现实生活中的栖息地。而在这个世界上，对我来说，没有比金钱更重要的东西，既然每一样东西都可以购买，那就是说，每一样东西都可以和金钱换算。商人的本质是与金钱的本质联系在一起的，金钱不是僵死的钞票，也不是所谓的象征着商品的符号，它是欲望的比喻，它的意义在于不断增殖和复制自身，它是我们在现代社会生存的基础条件，也是重要目的，没有它，我们就难以活下去。它可以使我们得到一切，也可以使我们失去一切，它能给予也能剥夺。因此，它是能够储存、能够隐形的最大的权力。

这样说来，我收藏和购买都是最好的投资行为，我附带地了解历史，是因为它的价值是历史赋予的，没有历史背景赋予的物质形象，不配和金钱换算，它不是金钱的谈判对手，只能躲在高谈阔论的桌子下面。历史之所以能够给予某一事物以价值，就是因为它可以被谈论，它也缺少真相，谈论使得历史更加迷茫。如果一件事情可以将人们的思想导向迷茫，它的意义也就愈加突出，并显示它在重要性方面更具有优越感。因而，历史不是为了追寻真相，而是为了以真相的名义迷惑人们，那些坚信历史能够找到真相的人是悲哀的，因为他们把自己的生命投向了没有任何结果的虚无之境。

古灵魂

卷十四

御戎

　　道路从来不是平整的，我驾驭着战车走过各种道路，却从没有像今天的路这样通畅、平顺，因为我所驾的不是战车，而是封于唐国的君侯坐乘。我的主人端坐在车里，他的座位是舒适的，有着豪华的装饰和能够想到的所有用品。在车盖的四角上包裹着绘有花纹的铜饰，还吊挂着玉石雕琢的瑞兽。

　　丝质的帷幕挡住了主人的面容。车辕的前面，是四匹骏马，它们有着四种不同的色彩。最前面的中间的两匹服马，其中之一叫作弘螭，有着火焰的色彩和龙的神韵，它长长的鬃毛在行进中不停地起伏，眯着眼睛看上去，堪比霞光覆盖了的群山，静悄悄地向夜色中移动。它的额头上有一个耀眼的白斑，就像启明星冉冉上升。另一匹则呈现了纯的白，水面上微微颤动的莲花的白，雪的白，它的名字叫作洁骔，我不知道它为什么叫这个奇怪的名字，却总是被这种雪白感动，它激起我对纯洁的向往和对多少往事的缅怀。

　　在右边的鞭梢下的骖马，是一匹玄色的叫作玄诺的神骏，通身的黑把我的视线引向很远的地方。它没有一丝杂色，更像是地上一个疾奔的黑影，在阳光的照射下闪着黝黑的亮，让人怀疑前面的路突然下陷，出现了深渊。它使我常常警觉，丢掉了漫长时光带来的瞌睡和瞬间的梦幻。左边位置上是另一匹杂色骖马，身上有着灰、黑、白、黄几种颜色，它的名字叫作凌灿。它们有着差不多同样的高度，四蹄轻快而充满了音乐的节拍，不断将路上的泥土踏向后面。辕木是一根粗大的木头，它与衡连在一起，连辔的驷马在华丽的轭下扬起了头，不断抖擞自己的颈项，有着英雄的姿态和高傲的气度。

我看着这些马儿，有着说不出的兴奋。我感到它们和我一样，享受着路途中的快活。在繁华的宫城，它们沦为了囚徒，局促的马厩难以放下它们的自由，饲马者即使不断给槽中添加青草，它们的胃口也是有限的，浑身的力量不能释放，它们需要在路上找到丢失了的天性，在汗水和劳累中获得快乐，以及不断欣赏山林、花草、石头以及自己的蹄声。它们从来不属于憋屈的马厩，而是属于天神给它们的草地和原野，否则，它们的力气、速度、飞扬的气息又有什么用呢？它们的长鬃如果不在风中飘荡，又有什么意义呢？

我许多年前就开始和这些马匹打交道了。我熟悉它们的性格和每一个细小的习惯。就拿弘螭来说吧，就在它还是一匹马驹儿的时候，就显出了调皮的一面。它喜欢在宽广的地方撒欢儿，也喜欢和那匹杂色的凌灿在一起互相磨蹭，它们的头经常凑在一起，好像在说一些属于它们自己的秘密。但是那匹叫作玄诺的黑马，就显得不太合群，总是孤零零地躲在一旁，好像在想什么心事。它甚至有点儿不接受其它马儿的友谊，有时雪白的洁椠把嘴伸向它的马槽，就会激起它的愤怒，它会毫不犹豫地踢踏着蹄子，用浑身的力量将洁椠拱到一边。我想，它们就像人一样，每一匹马都不是相同的。

我从小就学习驾驭马车，已经记不清从什么时候开始了，总之童年时代就可以随心所欲地驾驭了，我常常站在一辆车上，任凭马儿狂奔，我调整着几根缰绳，既让马匹获得最大的自由，又使它们保持奔跑的节律，使它们用力的时候总能有同样的速度。我还学会了射箭，能在奔驰的车上从容地发出一支支箭，直飞远处的目标。我还有着巨大的勇气和膂力，一次，一匹马受惊了，我竟然牢牢地挽住了缰绳，刹住了它狂奔的脚步。最后，那匹受惊的马都惊呆了，它不知道眼前的这个人竟然像一根石桩一样，一动不动地扎在了原地。

我曾在武王的率领下东征，铲灭了荒淫无道的商王。在一次次激战中，我稳稳地握紧了手中的缰绳，从没有一次失误。战车上的人用他们的兵器，不断把敌手斩于车轮下，血流掩住了我的双眼，我却仍然在朦胧中能够辨认方向，知道从敌人的头颅中间穿越，并躲开一个个石头和陷地。

从天子之都镐京出发，已经走了几天了。但是我并不感到疲惫。路途是这样遥远，我不知道那个封国究竟在哪里。我跟着前面的车辆行进，一辆辆华车在崎岖的路上颠簸着，在下坡的时候，我好像是从一个高高的亭子里望着前面的景色：驷马连辔的车辆从盘旋的路上一直延伸到转弯的地方，就像一个无穷无尽的车阵，淹没在马蹄扬起的尘烟里。

这让我想起了跟随周武王讨伐商王的战场……一会儿就要走近大河了，一阵紧似一阵的波涛声隐隐传来，沉闷而浑厚，听起来更像是从天上降下的雷霆。这是大河波涛还是轰隆隆的众多的车轮碾轧地面的声音？或者，它们分不清彼此，已经混合在一起了。我们的车可真是奇妙，据说是聪明的黄帝发明的。一会儿登船之后，我要求教制作大车的工匠，他一定知道我们的车是怎样制造的，又是在什么时候发明的。

卷十五

车匠

这是多么大的河啊！汹涌的河水卷起了巨浪，激起了巨大的轰鸣，两个人大声说话都不能听清。我从没有看到过这么宽广的河流，对面的河岸已经超出了人的视线，不知道它真正的河岸在什么地方。我跟随唐国的国君一路东行，要到他的封国去，可是要走多少个日子才能到达？我将到一个完全陌生的地方，继续我的生活。据说那是一个非常美好的地方，尧舜禹居住过，我们的先祖也居住过，可是我们为什么总是到陌生的地方？

在熟悉的地方一直待下去，这是最美好的。熟悉的房子和熟悉的工匠，熟悉的都城和街道，在天子之都能够见到最尊贵的人，他们所做的一切是那样神秘，以至于我们不需要知道别人，只要看着自己手中的活儿就可以了。

我的祖先一直到我，都是制作车辇的，我的手艺是上一代传下来的，我不关心别的事情，那是别人的事，我只是把车造得好用、结实、漂亮。这一件事我已经做了几十年，还要做下去。一个人这样活着已经足够了，除了天子和国君，谁还能做更多的事情？其实，即使是天子和国君也不过做一件事情罢了，不同的是，他们看上去做的事情很多。

史官把天下发生的大事记下来，并且传下去。天子把自己的江山守护好，并且传下去。武将拿好自己的兵器，要么把敌人杀死，要么自己被别人杀掉。农夫种好庄稼，每一天看着云彩，希望在干旱的时候降雨，又盼着在收割的时候每天有太阳照着。我当然在我的房子里，拣选着木头，看看哪一样适合装在车子的哪一个地方。我看着这些木头，有着说不出的欣喜，因为我的心早已经从它们的形状中看出了它们应该成为的样子。与其说车子在我的头脑中，不如说它们早已存在于生长着的树木中，我只是动手去掉它们多余的东西，让它们一点点在我的汗水中现形。

我的先祖是黄帝的七个佐官之一，有着显赫的身份和不朽的荣耀。那时还没有车子，人们搬运重物的时候，往往需要众多的人抬起来，既费力气，也挪动不了几步的距离。哪怕搬动一块巨石，也几乎不可能。要是一直这样下去，人们的一生差不多什么都做不了。在人们面对石头或者其它重物无能为力的时候，我的先祖不是像别人那样唉声叹气或者干脆放弃，而是昼思夜想，用什么方法做这些几乎不可能做的事情。他相信世间的事情都有它的理由，只要找到埋在深处的理由，就能够找到解决问题的办法。他从居住的四周寻找着天神的启示，也不断祈祷上天赐给他灵感。

一些想法就像闪电一样划过，但瞬间就熄灭了。有一次他坐在湖边，看到独木舟上的渔夫在捕鱼，木舟是那样轻巧，那么小的舟竟然能够载着渔夫在水中自由地游荡，只要渔夫用一根木头轻轻一划，舟就轻快地转弯或者前行，水竟然有着我们无法理解的力量。他找到了事情的本来理由，他开始用一大堆木料制作了大船，只要把重物搬到船上，剩下的事情就是借助水的力量了。人们用树枝一起划动，就可以非常省力地搬运。这真是一个上天赐予的好主意。

最重要的事情发生了，那就是他的儿子奚仲出生了。奚仲从小就心灵手巧，显露出了非凡的智慧。番禹有时候就在儿子的身旁观察他玩耍。一次，奚仲用黏土泥巴捏制了一匹马，又捏了一艘船，把马拴在船上，并使劲儿吆喝着让马快跑。番禹就笑了，这是什么游戏啊，我造的船是在水里行的，你的马儿是在地上跑的，它们怎么能凑在一起？奚仲回答，你造的船的确是浮在水里的，可是我的马拉的是地上的船。儿子的话引起了番禹的深思：船不一定非要行在水中，要是地上也有水的浮力那该多好。

奚仲长大了，他像父亲一样热爱思考。人们经常看到他不是坐在河边的草滩上，就是坐在旷野的石头上，有时会整整一天发呆。谁也不知道他的头脑中究竟有些什么古怪的念头。可是，人们只要遇到难以解决的问题，奚仲总能给他们满意的答复，找到最好的办法。他一直想着造一艘地上的船，实现自己儿时游戏中的愿望。这样，人们就再也不会因搬运重物发愁了。

一次，他看到深秋的蒿草被风吹得滚成了一团，在野地里不断地旋转。他还追了一会儿，感到了世界上竟然有许多事物是神奇的。还有一次，他又看到一块圆石从山坡上滚了下来，越滚越快，直到停在了不远的地方。令他激动的是，它们都具有一个特点：滚动。又一次，他在制陶的工匠身边看了很久，快轮带动着泥坯飞速旋转，他们用轻微的力气就能把一块泥巴弄得浑圆而光滑。

车轮……用车轮就可以让船行走在地上，简直是一个天赐的灵感。他在野地里兴奋地奔跑，直到浑身被汗水浸透了。是的，他早就知道，世界上一定有一个最好的办法在前面等着。如果它没有出现，那只是你没有想出来。

现在，我们就要登船了。这岸边的船多么大啊，我们几乘车都可以一起放到上面。我是骄傲的，无论是我们乘坐的车还是现在渡河的船，都是我们的先祖发明的。没有我们的先祖，就很难想象唐国的封君怎样去大河的对岸，又怎样去到自己的国，这样，天子的分封和委派也就变得毫无意义。或者，根本就不会有天子，因为每一个人或者每一个家族，只能待在一小片地方，一遇到大河的阻碍，他们的脚步就得停下来。这意味着，没有一个人可以一统天下，将万千山河以及它的居住者归拢到一个人的影子里。

你就想想吧，这是多么令人激动的伟绩，先祖的思考和发明改变了世界，我们也因此生活到了另一个完全不同的朝代。这么说来，世界上真正的统治者是那些已经死去的人，活着的人们不过是死者的民，那些看起来有权支配他们的，实际上仅仅是死去的人们的暗影，只是一个没有具体面目的轮廓，他们的眼睛、鼻子、嘴巴乃是安放在另外的地方，要看到他们的真实面孔，就要到厚厚的泥土下寻找。

好啦，刚才有人和我谈起制作车辇的事情，我的回答是简洁的，我只是简单地告诉他车的来历，剩下的该属于我。一些东西也该摆到外面的车辕上，另一些我需要藏起来，放在我的衣襟下面，我有自己的秘密。事实上，这些秘密不是我不愿意说，而是不能用语言说出来，我只有自己在制作大车的时候，选择木料的时候，仔细审视木头的直线和曲面的时候，才能将这些秘密说给我手中的活儿。我的故事都在我的工作中，这是充满了悬念的一个个冒险故事，比那些绘声绘色的讲述一点儿也不差，甚至更精彩。

我从父亲一代的传教中记住了车辇每一部分的形状和尺寸，还记住了它们的制作方法。这可不是容易的，但是记住还不能算一个工匠，还要在具体的操作中做到毫厘不爽。你要运用自己手中的斧头和锛，还要观察木料的湿度，鞣制车轮的时候还要借助火的恰好的热度，不能有丝毫的偏差，这需要你不断地做，才能找到锐利的感觉。比如说，战车和人所乘坐的车就不一样，要适合不同的用途。车轮的大小也十分重要，如果太大了，人们就不便于登车，借助高凳上车，那将多么烦琐，也没有必要。一个制车的工匠为什么不能做得尺度恰好呢？当然，轮也不能太小，否则骖马和服马拉起来就像总是爬坡一样，那样，马也就不舒服了，它们耗费两乘车的气力，却只能引得一乘车向前。我不能让车子在行进中耗费加倍的力。车辇是需要一点点改进的，它需要不断地融入我的思想，我的生命也一点点地注入到越来越好的车子的形象里了。

车子的每一样东西都是有讲究的，它的尺寸和样子不是任人打造的。如果一件事可以恣意妄为、信手而作，那一切就都变得很糟。车辐必须一头粗一点，另一头细一点，不然在沼泽地上或者雨天的泥泞里行走，就会带起更多的泥土，最终让车子陷入无望之境。轮辐嵌入车轮的辙牙和毂，必须掌握好榫卯的尺寸，太长容易折断，而太短则不会牢固。车的牙辙要尽可能做得窄一点，它与地面的接触面越小越好，否则车就会因为路的摩擦不能奋马疾驰。可是，辙牙太窄了，就会在泥路上刀一样切削，也不利于行进。车辕的弧度也要做得恰到好处，弧度太大了，辕就易于折损，弧度太小了，辕马一旦倒卧就不容易重新站立。我越来越觉得，一乘车竟然有这么多的学问，那世上的学问该有多少。

你能做好一件事也是多么不容易啊，何况世上又有那么多的事情需要去做，又有哪一件事是容易的？这就是我为什么要为此付出全部心血的理由。即使是选用一个部件的材料，也需要丰富的知识和熟练的技巧，不然你其它的技艺再好，也会因材料的选择不当而前功尽弃。营造一乘车的过程简直就是人生精华的浓缩，它的每一步都通向制造者自己。

我要用富有韧性又耐磨的榆木来做车辆，车辐则采用外表美观、光洁而坚硬的檀木，车牙必须用檀木，它既有韧性和弹性，又经得起磨损。要是想得到你理想的材料，还需要你亲自去深山中寻找所适合的，伐取这些珍贵的树木还要注意恰当的季节，并不是每一个季节都属于你。树木若要生长在山丘的阳面，你就要在中冬节令前往砍伐，这样树干中的水分正好适于制作；若是生于山阴，因为它所见到的阳光太少，就需要在仲夏斩之，还要将这些斫伐的木头耐心蒸煮，再用火烘烤。如此应时而行，揉曲车辕、辙牙和削制轮辐的过程一样不少，才能保证你的车子形状不变又结实耐用，经得起崎岖颠簸，也经得起路途泥泞和两军对垒的激战考验。一乘车是用来使用的，只有使用者才会告诉你做得怎样。

这也仅仅是大功告成的一部分。为了加固车輂，还要在一个个连

古灵魂

接处施以皮胶，在车毂上覆以皮革，还要在许多关键部位涂以厚漆，以及套上铜铸的车軎并贯以车辖……我不能一一说清我所做的每一个细节，但这些已经足够多了。即使一乘车做成之后，仍然要经得住验收，要套上上等的良马，在驰道上奋力驰骋，必须做到奔驰千里马不伤蹄，也不能让马匹在驰骋中感到疲惫不堪。在一年四季的驾驭中，御车者能够从容应付每一个可能出现的路况事端，他的衣衽不会因慌乱而敞开，也不会因给予处理事故而弄得衣衫不整，即使在松软的泥土中疾驰，也要保障车身的平稳，它的每一个部件都不能损坏或者折断，只有造出这样的车子，才能称得起世代传承的良工国匠。

这些过程以及一乘车所需的每一个部件，都有着长长的故事，有血的故事，也有泪的故事。因有血泪的沾染，它就变得完美而优雅。它是一乘车，可是它不也是一部人生启示么？我们在什么时候做出选择，什么时候开始制作，又在什么时候打开另一道工序……都需要严密的、不可有丝毫失误的刻苦用心。重要的是一切都必须恰当，这是多么难啊。从一乘车的形象可以看到，每一个人都不可能完全按照自己的想法行事，即使你十分用心，世界也不会给你以分毫不爽的恰当之机。有人问我造车的秘诀，我只提炼了两个字：恰当。除此之外，即便最复杂的，也是很容易的，只要你有足够的耐心就足以应对。

我就要随同我的新主人去到遥远的唐国了。那里将有我新的家，新的造车之所。对于我来说，只要让我造车，我就拥有了一个永恒的家。我所居住的乃是有木料和制车工具的地方，我的睡梦是一个个即将完成的车的样子连成的。除此之外，不论到了什么地方，都会使我失去归宿。我所跟随的主人，是引领我的命运的服马，在车的位置上，也许看到的不过是不断晃动的马尾，我不过是它后面的车，或者仅仅是车在灿烂的天光下投下的一片黑影，我虽然也在疾驰，但我疾驰的原因是因为马的奔跑。

现在，我已经在宽广的河面行进了很长时间了。驾驭大船的舟虞正向每一个操桨手发出命令，他们一起用力，有着完全相同的节奏，一个个大波浪被他们挥动的桨板压了下去，然后大船又冲上另一个波浪。今天我所乘坐的船同样源于我们先祖的智慧。我无论是在车上，还是在船上，还是徒步行走中看到了车上和船上的乘坐者的欣喜，我的激动之情都溢于言表。我的面容涌上了一阵阵微笑，我的内心浮现一个个波澜，这心头的大波浪要比大船下的波浪还要激烈，也拥有无数船桨压不下去的猛力。

卷十六

舟虞

从大河的这一边到另一边，并不是十分遥远，尽管从岸上看去，河的波浪是无穷无尽的，你既不知道它来自哪里，也不知道它最终的去处，它浩大的水势冲决了一切阻挡，也冲开了如此宽阔的地带，让巨量的滔滔流水得以奔腾而去。对于我来说，驾驭巨舟就像行走在土地上，这不过是一片不断移动的土地而已。我从小就在河边长大，我熟悉大河中的每一块石头和每一道暗流，我的双眼能够看穿水底的每一个转弯和暗藏的大石头。不熟悉河流的人不知道它的奥秘，实际上，每一条河流只要有足够的宽度，就必然有着它的道路。是的，大河中是有道路的，只不过它是隐秘的，不随便告诉别人。

我的舟船是巨大的，我还没有见到过比这更大的舟船。好几乘车可以开上去，排列在它的上面，让拉车的马儿和车上尊贵的乘坐者，目睹我高超的行船技艺。武王讨伐殷商的时候，就是凭藉这样的大船渡过了孟津。八百诸侯汇集在武王四周，师尚父姜太公持着饰有黄金的大斧，另一只手握着白牦牛尾装饰的军旗，发出了孟津之誓。负责舟船的职官称为苍兕，我不知他为什么有这样一个古怪的称呼——

卷一一卷一百零七

也许是面对苍茫的大河，就像虎兕一样凶猛？师尚父誓言说，苍兕啊苍兕，你们要汇总各自的军队，给你们最好的舟楫，出发吧！落后者将被处斩！可以想到，那么多的大船汇聚在一起，将是多么恢弘的景象！若是没有这样的舟船，又怎能一鼓作气荡平暴虐的商纣王？

我的舟船上是唐国的君侯，武王的儿子，是天子的胞弟。这是怎样的人物，他将赶赴他的封国，治理他的土地和人民。我的舟船载过多少人渡河，这一次，我所渡的是一个非凡的君侯。他也和我一样，也是一个渡舟者，不过他的舟船更大，是整整一个国。他将把他的土地和人民渡向哪里？这个国的河岸在什么地方？我把他引向对岸的时候，还会默默地注视他的每一个动作。

我看到，他坐在舟船的前端，晨起的阳光在他的背后留下一片黑影，而他的前面则一片光明。他穿着彩色的衣裳，一动不动地面对着前方，好像一直盯着对岸的某一个人或者某一块山岩。不断翻滚的波涛，把光的幻影扑到他脸上，河风是猛烈的，有时掀起了衣襟，但他仍然一动不动，有着磐石一样的稳定。他一定在沉思，他的封国究竟是一个什么样子？他的第一件事情将从哪里做起？也许，他根本就什么也不想，只是享受风浪中起伏的渡河历程。一只水鸟从船头箭一样飞过，他好像动了一下身边的弓箭，但还是恢复到了原来的静止状态……这个人，是水中的巨石，即使再大的激流也纹丝不动。

我在舟船的中部，对于前面的水路，即使是闭上眼睛也知道到了什么地方，船应该怎样行。顺着激流的方向，穿过波峰之间的低谷，绕过水下的大石头，避开汹涌的暗流，从一道弯曲的斜线向彼岸发去。我用一个手势告诉掌舵的人，他的双手用力扳动尾舵，舟船就偏

古灵魂

离了暗藏的惊险。一切是顺利的，岸边的山岚从高处降下，就像有一些天上的神蹬着云走向人间。我们就要到了，赶来迎接国君的人们已经开始欢呼了，只是他们的声音仅仅沦为惊涛中的一阵沙沙声。

在一个操舟人的眼中，所有的乘客都是被渡者，他们现在在船上，一会儿就会下船，到他们应到的地方。他们是谁，已经不那么重要。唐国的国君也是乘客，所有的人都是乘客，我的责任就是把他们送到彼岸。我的事情已经做完了，剩下的是他们自己的事情。我不知道人还有没有来世，若人生不是一次，我也是在渡河中了此一生。不过我的河是真实的河，也是虚幻的河，而其他乘客们不会和我不一样，他们看到的彼岸也不是真正的彼岸。

卷十七

唐叔虞

路途是多么遥远啊，我不断地在车和船之间轮换，既经过了一望无际的平川，也路过峰峦起伏的群山，当然要在汹涌澎湃的激流中感受每一次惊险，又在脚步踏到岸上的时候觉得地上的实在。一片又一片沼泽，我从它的边缘小心翼翼地穿过，也在湖泊的湛蓝前停下车轮，我不让别人跟从，只是一个人来到湖边的石头上，静静地坐一会儿，这给我很大的享受。我觉得我的土地不仅是一种颜色，它给人的遐思也远不是一个方向，我的呼吸如此舒坦，好像空气中被神添加了香料。

我远远地看到了都城，我的都城，有着高高的城墙和雄伟的门，一条石头砌筑的大路通向其中。我站在城前问旁边的大臣，你们想象的都城是什么样子？他们给我绘声绘色地描绘都城里的美景，可我一样也不信。他们的话与真实之间是有距离的，因为他们所没见到的又怎能告诉我？我只是借此提醒自己，我所要面对的是一个完全陌生的地方，我却要住在里面，成为陌生者的主人。

这里的旧主人已经被迁往别的地方。天子之所以把我遣往这里，

古灵魂

就是让我把这块土地守护好，以防周朝的山河被夷狄侵扰。先王用怎样的智慧和武功赢得了天下？它是用马蹄踏出来的，用车轮碾轧出来的，又用血来浸泡。现在我来到这里，依然能够感到野花下面的血腥，青草已经压住了敌人的墓冢，清晨又给它加上沉重的露滴。只有原本的颜色，血的颜色，还停留在开着的花瓣上，当然，这些花瓣也会凋谢。事情是为了遗忘才发生的，然而，我来到这里却是为了记住曾经发生的，以让它不再重演。

我巡视我的土地，它不算太广，不过方圆百里而已，人口也不是很稠密，但它的位置是十分重要的。它的东面是十万大山，这些山峦一个连着一个，几乎没有尽头。它还有着无穷无尽的沟壑，以衬托山峰的巍峨。其间有着数不清的河流溪水，它们日夜流淌，不断汇集到了更大的河流中。群山在密林的覆盖下显得不同凡响，在四季中变幻着色彩，不论是谁都会在其中迷失了自己。我相信，山林里是没有路的，除了林中的野兽，我们都不知道路在哪里。好像我的土地为我布设了一幅古奥的谜图，让我感受世界的变化莫测。

我不需要懂得一切，我最需要的就是懂得自己。只要能够从自己开始推演，就能破解外部的难题。我聪明的先王就是在被商王囚禁羑里，推演出了可以预知未来的卦象，我想先王不仅观察天上的星图，更重要的是找到了自己的心灵。他发现，地上的心灵都和天上的星有着对应，这是万事万物变化的根基和原因。很多时候，人们太多地关注外部的变化，却遗忘了自己隐秘的心灵。

夏天来了，一场豪雨把地上冲刷得这样干净。太阳是这样炽烈，很快就将地上晒出了一片一片的发干的痕迹，树上的叶子就像会发光一样，亮得有点儿让人晃眼。我已经在我的城中走过了，街道是整齐的，人们铺上了干燥的沙土，行人们已经躲开了我的车辇，四周除了我的大臣和侍卫，没有更多的人了。我叫来了一个城里居住的国人，他完全操着唐国的口音，我几乎听不清他说了些什么。他似乎已经被我的威严和气势吓坏了，可我的口气是柔和的，一点儿也没有为难他的意思。我仅仅是想了解一下他们对这个国的看法，也想知道他们需要我做点儿什么。

我又在城墙上俯视这座国都，比之于天子之都，既不怎样广阔，也不怎样繁华，但这里可以望见不远处的翔山，山势的两侧很像一只飞翔的巨鸟翅翼，尤其是天色渐渐暗淡，它看上去还在飞，它似乎永不疲倦，和我现在的心一样，不知道究竟要飞向哪里。的确，这个国已经在我的手里，我将决定它的命运，它和我的命运是连在一起的。满天的星斗，哪一盏是神用来照亮我的灯？

唐国的北面、南面和东面，还居住着尚未开化的戎狄，他们逐水草而居，在山野里过着野性的生活。他们心性不定，反复无常，有着我们很难理解的古怪习惯和剽悍的性格，随时侵扰我们的安宁。我们怎样能够安抚他们，才能让我们高枕无忧？唐国的旧族曾参与叛乱，被我周族平息，人心还不稳定，政局也十分复杂，我已经料到了翔山的险峻，也在星光下看到了路的暗淡，然而，我也听到喜鹊的叫声，它在高高的枝头上，不停地叫着、叫着，分明带着几分喜悦，也有一点儿忧伤——究竟是喜悦还是忧伤？

我在盛夏的日子里，来到了谷地里。我看到了农夫在炽热中在田垄里拔去野草，他们衣衫褴褛，有的几乎赤身裸体，他们的脸上没有一丝笑容。即使我以一国之君的威仪和他们说话，他们也不会微笑。他们的嘴角没有甜，只有苦涩的日子挖出来的深沟。仔细看他们的脸，发黑，没有光泽，却有着刀疤一样的皱纹，汗水顺着那些沟壑弯弯曲曲地流着……这些令人伤心的面容，简直是唐国山河的缩影。

我也看到了牧人，一只羊羔在他的怀里刚刚死去，他抱着这只蒲公英一样的小东西，眼角有着泪痕。他的羊群在山坡上，和野马一起嚼着草根。它们有着长长的脸，和放牧者十分相像。有的已经吃饱了，卧在树影下慢慢咀嚼肚子里存放的食物。它们比自己的主人要快乐——我多么希望自己成为那个牧人，替那些伤心者伤心，又看护好那些快乐者，让他们不要有担忧，还给他们阴凉的树，他们好在下面一点点地享受已经获得的生活。这是多么令人感动的场景，我所渴望的正是羊群和马群所渴望的，我所忧伤的也是放牧者所忧伤的。我要坐在山间的青草地上，望着流水和蓝天，让一切所在的，依照原来的样子各在其位。应该是怎样的，还让它怎样，还有什么比原本的事物更美好呢？

我的土地是肥沃的，天上给我的雨水也足够。唐国的人民在苦难中煎熬，战乱又给他们带来了灾变，该是让他们休养生息的时候了。被大火烧过的荒田需要休养才能耕种，连续多年种植谷子的熟田，也需要通过休养才能重新获得肥力。我得到的启示是，一个人为了走更长的路，就不必一直用最快的脚步赶路。我需要慢一点，需要休息一会儿，喝点儿水，我的唐国需要积蓄那些从前被消耗掉的东西，需要慢而不是更快。它的心灵是焦渴的，云朵里的雨水，再多一点儿吧。

卷十八

农夫

前些日子一直没有下雨，田里的谷子都快枯死了。田野的谷垄里被太阳晒出了一层层皮，它们就像河里的波，一丝丝地卷了起来。我每天都望着天上的云，看它们在什么时候飘来，又在什么时候离去。好多次，我以为要来雨了，先是从东面的山顶积聚起了云气，渐渐地浓郁了，有了发黑的样子，阳光也不那样强烈了。它开始离开山头向我头顶的方向移动，并将零散的云拢在了一起。然而，没过多久，它的颜色变淡了，又四散而去。这多么让我失望。我举起的头又低了下来。

唉，地上的事情尚且捉摸不定，又怎么期望天上的事情如愿以偿呢？我每天观察着蓝的天，它是这样蓝，蓝得让我感到发晕。在每一个夜晚，月亮也在没有云彩的地方行走，它一点点升起，把我的眼睛照亮。我坐在自己的屋子前，盼望着天神的恩赐，地上的谷子和我的愿望是一样的，我要的不多，仅仅需要一场好雨，把我的路打湿。

有一些日子了，每天都去地里拔草，但是这些野草也都枯萎了。它们卷起了叶子，露出了黄边儿，尤其是那些很小的、叶子很细的

古灵魂

草，你只要拿起来两个手指一捻，它们就成为一些粉末。现在，我不需要再去理会这些小草了，每天早上开始就坐在田埂上，望着一片垂头丧气的谷子。微风吹动着它们，只是把更热的气息灌到它们的身子里，我内心的骚动越来越强烈了，这骚动来自隐隐的不安和忧虑。

我听说唐国新的国君就要来了，从前旧的君主已经因反叛周天子而获罪，他的军队已经被击败，他的家族已经被迁移到遥远又偏僻的地方，对于我来说，他们已经不存在了，将有另外的主人落入我的视线。作为一个农夫，他们对我是不重要的，不论是谁来治理，我仍然在地上敲土块。不论是哪一个国君都需要谷子，而这些谷子需要我的双手来栽种。何况，说不定新来的国君要比旧的更好一些？当然，你也不要指望一个国君成为你想要的，你没有这样的权力，这样的权力属于谁，要由弓箭和长矛来说话，也要天上的星辰说话。他的手中握着天命。我的手上只有耒和铲子，还有土地里埋下的种子，这又有什么用呢？我热爱土地，但不喜欢这土地让血来浇灌——而每一个国君的脸上都涂满了血污。

国君的变换远没有天上的雨云重要，因为国君不能让谷穗变得更加饱满，但一场雨就能够做到。可是，现在的国君据说是怀着上天之命，也怀着悯人之心，相传他武功盖世，但心却是柔软的。不然为什么他一来到这里，就带来了一场久已盼望的甘雨呢？我的土地上终于接纳了天上的雨水，我亲眼见证了那令人心醉的一刻：云气从东边的山背后缓慢涌起，翻过了无数山岭和沟壑，把阳光很快就遮住了。先是一些稀疏的雨点砸在地上，我听到了谷子的叶片发出唰唰唰的声息，好像它们要直起弯了太久的腰，要抬起头来了。很快地，雨越下越大了，整整一天的光阴用豪雨扫过了整个田野上的禾谷和山上的密林。

我的房屋背后有一条路是通往国都的，我只要转过房角就可以踏上那条路。而另一条路则通往山林，我经常上山砍柴，就会走上这一条小路。有一天，我打柴归来，沉重的柴捆把我的头压得很低，我的身体几乎完全埋在了柴捆里，从外面看去，就像一大捆柴自己在山坡的小路上移动。我听到一群人的脚步声离我越来越近了。我放下背上的柴捆，眼睛所看到的，是一些衣裳华美的人……他们一定从唐都而来，我赶快躲到了柴捆的后面，生怕冒犯了这些有权势的人们。

就在这时，一个人来到我的身边，对我说，这么重的柴禾，你背得动么？接着他招呼他的仆人帮我把柴捆扶起来，并把我送回到家里。我问那个仆人，你的主人是谁？他严肃地告诉我，我的主人也是你的主人，他是新来的国君，天子的弟弟。看来，这个国君还是一个好人，他会给我们多一点，不会像以前的君主，只知道在收割之后，打发官吏前来命我们交出最好的粮食，从来没有问过我们将如何生活。而且，我从来没见到过那个旧君主，他不是在有着高高城墙的都城里，就是在豪华的车辇里，即使从我的房屋后面的路上走过，我也不知道他是谁。对我来说，他就是一个影子，一片盖在我身上的、取不走的咒语，我也没有从那个空洞的暗影里获得一点温馨。

昔日的时光已经过去了，新的日子是被一场好雨洗干净的。我日夜想着我的谷子，听到的都是土地上禾苗的话，第一次听到了高贵的一国之君和我说的话，这话是温和的、悦耳的，就像干旱日子里的雷霆，使我的心灵感到了震动。

古灵魂

卷十九

铸铜师

　　我看着炉火在燃烧，铜在釜中沸腾，那么坚硬的铜在我的火焰下变成了水一样的液体，我还要使它变成我所需要的形状，烈火真是无坚不摧。我是烈火的崇仰者，我却不知道火究竟是从哪里来的。火是无情的，最有力量的一般都是最无情的。它有时能够把一座宫殿焚毁，只要顷刻之间，那由万千人工建造的宫殿就灰飞烟灭，可是建造它是多么不容易。山上的树林，不知道什么时候就会燃起一场大火，从一个小小的地方蔓延，很快就把整个山头烧得通红，烤焦了林间奔跑的野兽，甚至连飞鸟也来不及逃脱。

　　可是这无情的东西也有温情脉脉的一面，每一家的屋顶冒出袅袅炊烟，意味着生活是温馨的，火又成为生活的缔造者。农夫们用火烧掉了旷野里的野草和树木，才能播撒良种，我们的陶碗里才会有香气缭绕的米饭。在火烧过的田野，谷子长得多么好啊。可是，我不仅不知道它来自哪里，也不知道它究竟是什么。它从来没有固定的形状，永远处于最活跃的状态，火苗一闪一闪，让我们的手捕捉不到，也不能把其中的一片拿下来。它看起来是附在别的东西身上的，比如你拿一根树枝引来了火焰，可是它却有着自己的主见，至于要怎样燃烧，什么时候在哪里冒出一个小小的尖，那是它自己的事情。

那么必定有一位神主宰着火，火有着神的意志，它不让我们懂得它的奥秘，我们所做的仅仅是使用它，并且在使用它的过程中需要千百次地通过神的测试，不然，你不是煮不熟饭菜，就是将饭菜煮煳了。据说我们的火种是从燧人氏开始的，他从火神的手里第一次接过了火，从此火就进入了人间，参与了我们的生活。冶铜也是这样，我要全神贯注地盯着每一个火苗，还要看铜水表面渐渐变深了的颜色，火隔着炼铜的釜传递到了铜块上，竟然让每一块铜也燃烧起来了……事情是多么神奇。

我想象着火神的样子，它一定有着红色的头发和长长的脸，它的胡须也是红色的，它要是行走在旷野，我一定能够认出它来。我曾经在墙壁上画过它的模样，我还用我的米饭放在它面前，让它知道我的生活来自火的恩赐。我所做的就是把带火的铜水浇注到模范中，显现出神奇的形象。它会成为祭祀的国器，也会成为国君使用的各种器皿。看看那些用来饮酒的爵、觥和斝，也看看那些造型各异的盉与簋，还有那些各种各样的铜鼎……它们都是火的造物，栩栩如生的飞鸟，面容可怖的神兽，云起飞扬的花纹，以及各种令人心动的形象，都以铜的质料凝结在最合适的地方。这些形式自然有着独特的意义，它至少烘托了高贵者的位置，也划开了高贵与卑贱的界限。

高贵者还将他们的事迹铭刻在鼎上，也将他们的名字和记号铸在使用的器物上，因为铜是一种坚硬的、不易毁损的、也更能经得起时间磨蚀的物质，它能满足君王和贵族将自己的事迹传之久远的欲望。

他们也许认为，人仅仅有一生是不够的，在一生结束之后，还需要用另外的方式延续自己的存在，铜是最好的灵魂寄寓物。可是，这些精美的实体将会流落到什么地方？又传至什么人的手上？

也许它还成为曾经拥有者耻辱的见证，给他们腐烂的尸骨上涂上肮脏的粪。我们可以想一下不可一世的商纣王吧，他曾经拥有的，比以前任何人都多，他有最高的权力，有无法想象的酒池肉林，又有数不完的美女、珍宝、玉器和世界上最重的鼎。他也不缺乏文字的赞颂，在各种精美的铜器上刻满了他的名字，可是最终的结局呢？他被杀掉了，他的宗庙被毁灭了，宗庙里的彝器被得胜者夺去了，放在了别人的宫殿里。他的名字被唾沫洗了又洗，再落上岁月乌黑的尘垢，最后将埋在别人的墓葬里。

这是多么大的耻辱，拿着自己的光投向漆黑，又把灰烬放入充满了便溺的粪池。光荣和耻辱可能会在时间中转换，它的奥妙在于，你想把自己变成什么，却总是变成了你不愿变成的样子。所以，在我看来，最好的铜器不是放置文字的，它上面只有花纹和美丽的图案，它不记载任何事情，它只是用铜的光泽和耐久来告诉工匠的手艺，以及铜的形象和重量。有人说，你可以做成另外一种样子，我告诉他，铜只能是它本来应有的样子——我所做的就是铜的本意，任何违背和歪曲铜的本意的想法，都要受到铜的惩罚。也就是说，我所制作的一切铜器，不论它刻上谁的名字，也不论是否写了不该有的文字，最后的结果是，铜不会改变这些内容，而是在时间中静静地等待。褒扬和贬低，光荣和耻辱，都会在等待中获得评判。

现在，我又要把炽烈的铜水放到塑造它最后形象的模范里了，里面早已预备好了它的花纹、它的文字。其中有着世界上最完美的形状，有花草、树木、飞鸟和野兽，也有云气、雷电和饕餮，有我见过的，又有我从来没见过的，还有我永远不知道来历的，可以说世界上有的或者没有的事物，都已经要有尽有。一个铜制品的理想就是包含一切，将能够有的形象放在一个形象中。

　　唐国的新主人已经来了。我还是原来的生活，我的生活不会因国君的改变而改变，因而我一点儿也不关心谁来让我做工。我只是按照他们的想法来工作，并把他们的想法放到我的想法中，这样，我已经就像我所做的铜器一样，我已经包含了他们能够想出的一切想法，并让我卓越的手工来实现它。我的制造物配得上一切君王，因为它将在所有的时代中存在下去，并让每一个时代的人们来欣赏它。

卷二十

屋匠

我们最初的祖先女娲就是一个屋匠，她不仅用泥土创造了人，使我们一代代繁衍，还炼制了最好看的石头补天，又用巨鳌的脚立起了四极。是的，我们需要居住在自己的天底下，这就是我们的屋顶。女娲也许是从鳌足的支撑中受到了启示，我们的房屋就立起了柱子，并撑起了屋顶，我们的头顶就有了遮挡，雨雪就不会漏下来落到我们的身上。

我们都是泥做的孩子，就像我们在小的时候也用泥土捏制过人一样，当然，也捏制过其它东西。女娲之所以用泥土，是因为泥土是这个世界上最多的东西，它既是最卑贱的，也是最高贵的。它卑贱，是因为太多的缘故，到处都有，你走到哪里，都会在泥土上留下脚迹，也会使它站在你的脚上。然而它的高贵之处在于，即使最高贵的人也离不开泥土，它提供我们的食粮，也提供我们脚踏的地方。如果我们没有了泥土，就会落到了无底的深渊里。

我是一个造房屋的匠人，已经营造了无数房屋，每当我看到人们住到了房子里，就感到无比快乐。我就像我的祖先一样，一生和泥土打交道，我把泥土兑上适当的水，把它变成了泥巴，然后将它们抹在墙上。我用树木的干作为房屋的立柱，也用树枝和草秸搭成了屋顶，我的手艺是人人称赞的，我做的活儿又快又好。我抹好的墙壁是那样平滑光洁，就像用石头磨制的一样，我造好的屋顶不会漏雨，也经得起时间磨蚀。在冬天到来之后，里面不会太冷。即使是在最寒冷的时候，人们也能从我的房屋中找到温暖，并在寒夜安然入梦。我看到，无声的大雪降临，一些房屋被厚厚的积雪压塌了，而我造的屋子总是安然无恙。

我既在国君的都城里建造房屋，也会到郊外的地方施展身手。要盖好一座房屋，一定要将地基打得坚实，这样上面的房屋才能牢固。实际上，盖房子就像建立一个国家，要知道它必须立在地上，没有坚实的地面，你的柱子就不可能立稳，如果你的脚踩在了泥泞里，就容易陷落或跌倒。相传已经有新的国君来了，接管了唐国，他能否找到他的地基，并让这地基变得坚硬？又怎样才能盖上严实的屋顶？

听说当今的天子已经赐给国君众多的大臣，以辅佐他的新政。我不知道他们是一些什么样的人才，有着多大的智慧，但有一点似乎是真的，那就是他们尊重我们的习惯，使我们的生活仍然保持原来的样子。有人告诉我，国君是一个善良的、体贴我们的人，他鼓励农夫种植谷子，也勉励工匠做好他的手工，也让牧人专心看护他的羊群和牛群。不过，这些都是听说的，我并没有亲眼所见，也没有亲耳所闻。

多少年来，营造房屋的经验告诉我，最好的房子是那些结实的、并不感到十分华美的，当你居住其中，你甚至不留意它少了什么，也不会为它随时操心。在雨天你不会担心它漏雨，也不会在什么时候担

古灵魂

心它的柱子倾斜了，房屋可能会塌下来。它既不会给你某种惊喜，也不会给你更多忧虑——你一旦拥有它，它似乎就不重要了。

一个真正好的国君也是如此，他坐在国君的位置上，却不显露他的模样，他路过我们的身边，我们却不知道车辇里究竟坐着什么人。他即使与一个农夫在一起，我们会以为他和我们一样，并不是一个地位崇高的人。当然，一个国君是尊贵的，他一定与我们有着巨大的差别，他所做的并不是必须要做的。我们不期望身旁有一种每一刻都能感受到的强大力量，也不希望自己的生活被嵌入一个高于我们的、有着强权的人。我们需要自由自在的、没有任何人干扰的生活。我们只是需要专心致志地做好我们本分中的事情。

我们新来的国君，好像有点儿像我描绘的样子了。我既没有见过他，也还没有感到他已经来到了我的生活中，他在高高的座位上看着我们，而我们又看不见他，这是多么让人感到惬意的日子。好了，我还是和我的泥巴打交道吧，国君的事情归于国君，我要为我的房子操心了，我的双手已经伸到了柔软的泥团里，其中有着别人不知道的温暖。

卷二十一

历史学家

唐叔虞在唐国做了些什么，文献资料上的记载很少。剩下的只能依靠零星的历史记载推测他的所作所为了。有时，即使凭藉十分详尽的资料也不能得出明确的历史结论，因为，资料在任何情况下都是有限的，而事实的每一个步骤都有着难以胜数的细节，还有当事者内心的活动和特定条件下的心理逻辑。所以，历史学从来不是以资料取胜的，而是隐藏在事件背后的认知图像起着非凡的作用。因而，在我看来，历史学追寻真相实际上是一种虚妄，它的意义在于不断颠覆人们对已知事实的认识，它的本质是一项思想创造活动。

一些事情是不言自明的，从唐叔虞分封到唐国的历史背景看，他肯定会面对多方面的难题。唐国的叛乱刚刚平定，政局应不是十分稳定。虽然唐国的旧贵族已经迁走，可是旧的势力仍然存在。他的唐国不仅与强悍的戎狄为邻，也许唐国的内部也有相当数量的戎人，各种不同的人群杂居在一起，冲突和喧哗仍然在发酵中。

这片土地真是太古老了。从远古时代开始，每一个民族都有一段口传历史，历史典籍也同样包含了这样的口耳相传的上古史。依据这

古灵魂

样的传说，上古时代这一带曾经有一支陶唐部落，他们是一些善于制作陶器的能工巧匠，在夏商周之前被称为唐尧虞舜，但最终也不会逃脱衰落的命运。历史很像地上的四季，一个民族一般都会有历史的机遇，让你获得鼎盛，也会让你面临秋天枝叶枯败的结局，然后被一场白茫茫的大雪覆盖。

陶唐氏宗子飂叔安的一个后裔董父曾在帝尧联盟中供职，帝尧氏对他十分欣赏，封给他大量土地，并赐给他姓氏，可能成为陶唐氏大部落中的一族，被称为豢龙氏，也就是以养龙为业。这是多么富有传奇的一族，可是上古时代的龙究竟是什么？也许就是马匹？也许就是麋鹿？他们原是以牧马为业？还是以养鹿为生？马的形象，鹿的形象，都可以给我们龙的联想——他们所豢养的动物一定藏着龙的原型。

这一族延续到夏代，他们便以豕韦氏为族名，曾一度南迁，后又在商代北上返回故园，他们的国就称为唐国。西周初年称唐的国族可能不止一个，可以推断的是，在夏商后期依然有陶唐氏的后裔生活在唐国范围内。一个重要的原因是，无论是夏还是商，他们的始祖都是帝尧之臣，对于帝尧的后裔应该有所眷顾，不过这一国已经逐渐缩小了疆域，之后随着武王的征伐，这一夏墟上的古国被收入了周的怀抱。

历史有着掩埋和消除证据的本意。一个人的脚印要被沙土覆盖，要被另外的脚印踩踏，也要被路上的车轮碾轧，还要被严冬的积雪遮蔽……这种对于证据的掩盖充满了悖论，那些被掩埋的似乎是被更深地封存起来，等待着后来者的发现，就像把谜底深藏在谜面里一样，乃是为了唤醒发现者更大的好奇心，并考验那些试图寻找它的人们的耐心，以便让寻找者从寻找中获得最大的快乐。这也是历史学让人永不厌倦的原因。

一个国家虽然并不大，但它乃是在漩涡的中间。怎样保持它的平稳，用什么方法不致使它倾覆，是唐叔虞来此封地的最重要的使命。也许周天子赐给他的官吏中有一些是原来的古唐国遗民，这些异姓贵族在辅佐他建立新政中起了重要的作用。可是，这些猜想有什么意义呢？因为历史记录得稀缺，反而给我们的想象力预留了巨大空间。

那么，让我们就在这树木稀少的林地中享受更多的清新空气，也接受穿越时间的吹拂吧。从后来的一系列事件推测，唐叔虞是一个不错的国君，他不仅用周王室《唐诰》中的策略来行事，用夏人的历法指引农事，又用戎狄的习惯分配田地，用宽松的、柔和的施政方式，并鼓励耕作，给众生以相对自由的环境，也使得辅佐他的大臣发挥了各自的才能。除此之外，还能说些什么呢？历史没有说出的，我们也不可能说得更多。总之，他继续顺着原来的河流方向，操纵着自己的舟楫，渡过了一道道激涌的暗流。

史料可能会自动呈现价值。没有记载的，说明一切都正常进行，异峰突起的历史往往意味着人间的残酷。最好的生活是平凡的，没有什么惊涛骇浪的，人民不需要波澜壮阔的历史。可是，对于历史来说，它不喜欢表达平淡无奇的人世，因为这样的叙事缺少悬念。历史更倾向于像小说家一样，追寻令人惊奇的素材，以便取悦于它的阅读者。材料缺乏的历史既可以提供想象，也令人感到遗憾，因为历史必须拥有建筑它的基本材料，它可能不需要那么多，但也不能太少。如

古灵魂

果将具体的事件取走，历史中所含的意义就悬空了。它的义理乃是在事实中的，历史的意义需要一个能够寄存的实体。

要是有人问，你怎能知道唐叔虞一定是一个好的国君？其实，一个简单的事实是，他的时代，农业获得了丰收，他的田地里长出了嘉禾，谷穗是饱满的、硕大的，令人难以置信的，以至于这是一个令周王室十分激动的奇迹。其实，往往最有效的业绩，乃是最平凡的生活孕育的。在这一点上，平凡胜于伟大，生活的奇迹胜于帝王的奇迹。

不过，我也不得不承认，你所看到的历史，未必是真正的历史。你所猜测的历史，也不是真正的历史。历史从来是隐身的，你不可能从黑暗中将它拖出来，也没有什么强光能照亮它。所有的历史，都是你能够想象出的它的最好的样子。你只能借着微弱的星光摸索它，接触到它冰冷的、狡黠的外衣和感到它对你的一丝嘲讽的笑意——对一个历史学家来说，你已经用最低的成本开始接近它了。这可以说是一个不错的结局。不过，对于一个历史学家来说，历史从来没有真正消失，它仍然存在，它活在书籍中，也活在我们的生活里。我所做的，就是从发黄的书页中谛听几千年前生活的细微呼吸。

卷二十二

唐叔虞

一切开始如愿以偿。我的大臣们都十分能干，他们对唐国是熟悉的，好的消息不断传来。我的国家里的人们生活安逸，各自做着自己的事情。战乱已经过去了，人们需要休息，骏马需要在温暖的木槽前耐心地咀嚼草料，放牧的人需要面对草坡和树林慵懒地唱歌。我应该让我的每一寸土地上的谷子自由自在地生长，顺从神赋予万物的天时。

农人的劳作是勤奋的，牧人把畜群放到了野草肥美的地方，他们比我更懂得怎样能把他们的事情做好。大臣们各自拥有智慧，他们知道怎样就能调理好民情，我所做的就是把他们放在最合适的位置上。每一个人最重要的就是他的位置，你如果把一粒好种子撒到了草丛中，又怎么能长出好谷子？

我按照规矩按时祭祀宗庙，给我的先祖报上我的每一个决定，他们会在冥冥之中赐给我智慧和灵感，也会给我带来好光景。我还要虔诚地祈求众神，让他们给我的国以无比的安宁，也给我的民以更多的福分。天旱的时候需要祈雨，以我的诚心感动上苍，云就会从消失了

古灵魂

的地方汇集，然后飘到我的头顶……一切都是顺利的，因为我一切都按天神的意旨做事，顺应一切本该顺应的，接受睡梦中神的指点。

我的使命是管理好这个国，让它安稳、平安，又能得到繁荣。这样就能以此屏藩天子之都，使得周族江山永固。看来，唐国一开始就在我的手掌中，从我出生的时候，神已经将它画在了我的手心里，我又怎么可能丢弃它呢？它已经与我的命运连在一起了。现在，好像一切都开始应验了，周边的一些戎人开始归顺，农夫享着种田的安乐，他们的筋骨更有力气了，我遇到的脸，都开始微笑了。

秋天已经来临了，万物依据天意的安排，开始向苍凉的方向移动。它既有终结前的华艳，有着最令人留恋的庆典一样的盛筵，也有不安于未来的忧伤。我的方圆百里的土地上，竟然在不同的田地里生长出了嘉禾。它的穗子是那样大，籽粒是那样饱满，植株是那样高大壮硕，人们从来没见过这样的禾穗。这是多么吉祥的预兆啊，我要把这土地上的奇迹献给天子，让天下的所有人分享我的喜悦之情。为此，我把这上天赐予的嘉禾放在最好的宝器中，要派遣最好的华车，我要亲自将这来自神的垂青的信号，进献于天子面前。

对于我族的天下，还有什么比这更好的礼物？要知道，天下纷纷攘攘，依然不是太平的，周公仍然率领将士在东土征战，虽胜负未卜，但叛乱者必会遭到天谴之灾。这祥瑞之迹乃是神的意旨，说明了我族必将获胜，天下必将大定。从唐国到天子之都镐京，虽然路途遥远，远涉大河，但我必定要亲自率人护送这令人狂喜的天意。

卷二十三

周成王

叔虞又来到我的身边，他看上去更强壮了，脸也晒黑了，我的心里充满了欣喜。几年来，我无时无刻不在想念他，只要有人从唐国来到镐京，我就会询问叔虞在做些什么，他的生活情况，以及唐国的其它事情。我对唐国的一切都感兴趣，哪怕是一草一木都惦记着，仿佛我也在那里一样。我是天子，应该关注整个天下的每一件事，却独对唐国的兴趣超过了别的地方，就是因为这是叔虞的封国，他是我的胞弟，他曾一直在我的身边，现在他已经离我那么远，那么远，然而在我的内心，他仍然待在我的身边。

今天，他是带着好消息来到我的身边的。我从来没见过这样高大的、壮硕的谷子，也没有见过这么大的谷穗。叔虞的唐国在他的治理下获得了前所未有的丰收，他的封国已经像他自己一样强壮了，浑身都充满了力量，这是我们周族的幸运和祥瑞之兆，它是神的眷顾，是上天的意旨用这谷子来传达到人间。还有什么比这更令人高兴的事情呢？上天并不说话，但它一旦开口，就用谷穗这样神奇的语言来表达，它的语言远比我们的语言更为具体和形象。你看这硕大的谷穗，

古灵魂

它包含着无数颗粒，它将给我们以无数的种子，带来无数个丰年。它金光闪耀，每一粒都像海底里寻来的宝石，即使在漆黑的夜里也能看到它的光芒。

唐国献来了嘉禾，这是叔虞的功绩感动了天神，也说明唐国乃是我们的福地，它将把我们周族的未来引向光明。那是一个遍布嘉禾的甘甜之地，必将使天下的花朵都一起释放它们的香气，我们将拥有一个祥瑞的、安宁的、繁盛的天下。我要奖赏叔虞，把我的藏宝多多给他，让他知道他所给我的是多么重要。

我还要作诗来歌颂嘉禾，因为嘉禾出现在唐国的土地上，乃是天神给予我们的福荫更大了，这是一个示意明了的神迹，值得我们永远赞颂。我还要让人把我作的诗和嘉禾送到东土激战的地方，周公正在率军征讨叛逆，愿他早一点得胜归来。我的诗题就叫作《馈禾》吧，我要用最华美的词，最崇高的感情以及对于未来的深情宏愿，来表达我对上天的感激之情，要用华彩的辞藻和最生动的比喻，来讲述我内心的激动，也要倾尽我平生的才华，向佑护我的神奉献一曲格调高迈的颂歌。

为此，我要待在我的宫殿里，不让任何人打扰我的思绪。我还要关闭所有的窗牖，在黑暗中更能接近我的神灵。我的眼前出现了一个个影像，我的先祖好像一个个向我走来，每一个人都要和我说一句话。他们还用眼睛盯着我，希望我不要把这些话忘掉。我都记住了，这些话有时候不那么明晰，因为他们不是直接说出的，而是用诗的语言表述的。比如他们要谈一件事，并不是直接说这件事，而是用一个关于鸟儿或者森林里的故事告诉我的。于是，《馈禾》的意象被确定了，灵感犹如泉水一样涌出，我已经被先祖们话语里的闪电照得雪亮，我的每一句诗，都包含在了先祖们的语言和形象里。

卷二十四

诗人

我不知道人为什么要写诗，也不知道是从什么时候开始第一首诗的写作的，诗人究竟因为什么写了这样一首诗。可是我猜测，一定有什么事情让他感到惊奇，并被这事情所打动。我甚至想，人类的第一首诗一定是爱情诗，因为只有遇到爱情的时候，我们才羞于直接表达，而是试图用委婉的、比喻的、暗示的方式，让爱的对象领悟其中的真意。诗的婉转就像树枝上鸟儿的婉转，展示语言的优美乃是为了展示自己的魅力，也借助他物来说明自己的真诚是来自心灵的。

如果对一个女人说：我爱你。这是最简单的，也会让对方感到突然和不知所措，其中也含有某种不能接受的粗暴。可是我用曲折的方式，譬喻的方式，就会更加优雅和生动，也更能让被爱的人找到回旋和斟酌的余地，并保持了各自隐秘的答案。当然，如果爱情一开始就具有了明朗的结论，"我爱你"这句简单的表达可能是最简洁的，可是那又是多余的，也就是说，这句话已经不必说出了。因而，第一个诗人必定是一个羞怯的人。

我意识到，我作为一个诗人不是从今天开始的，也不是从我出生的时候开始的，而是有着遥远的起点。因为我写的每一句话都来自昨日，这个昨日也许已经距离我有几千年，甚至几万年了。总之，我所写的都是来自最早的羞怯的人类灵感。我甚至想，所有的诗人都来自同一个祖先，他们的基因中已经被密写了密集的诗行，他们需要把这些诗重写一次——是的，我所要说的，远古的诗和今天的诗有着同一个灵魂，尽管它们有着不同的个性，也采用了不同的语言方式，甚至所表达的内容也不一样，对世界的理解也有着很大的差别，但并不妨碍我来推断，本质上所有的诗都是一个人写的。

这简直让人难以置信。我是用现代语言来写诗的，它对于古代的诗歌来说，已经发生了很大的变异，很久以前的诗甚至已经很难懂得它的真正含义了，它只是作为某种形式留了下来，以便接受后来者的朝拜，它经由一代代阐释者不断地演绎和阐释，已经演化为神秘的、拥有了无数意义的古代密码，它原本的意义可能已经被彻底遗忘。

可是，诗人们为了更深地理解自己，就需要激活不断向后追寻的好奇心。就说中国最早的诗歌集《诗经》吧，收集的很多诗歌已经不是原来的样子了，它被许多人做过修改和删削。它原来是什么样子，我们已经不得而知了。别人的修改意味着失去了原来诗人的本意，也失去了推测原有语境的依据，也就是说，生命中最令人激动的某些真实原因没有了，丢失了，场景的证据被挖走了。当然，几千年前的语言变得如此陌生，当初的口语竟然转化为需要破译的密码，只有一些研究者依据有限的资料做出判断和解读，实际上，我们已经不可能与那些古老的诗歌对话了，尤其是那隐藏于诗中的极其微妙的部分——它已被生硬的释义和某些教条，转化为无生命的文字砌筑的幻象。

古灵魂

我翻阅历史，看到了西周时代唐国的开国君主唐叔虞的故事。他的土地上长出了嘉禾，嘉禾究竟是什么样子？仅仅是植株高大和禾穗丰硕？如果就是这样，又有什么值得夸耀的？我想，进献给天子的，一定有着奇特的、不同寻常的外貌，它也许根本就不是寻常我们见到的禾物，因而才会让人觉得乃是天降祥瑞，才让周王感到异常鼓舞。

史书上记载这一嘉禾是"异亩同颖"，仅从字面上解释，应该是在不同的田地里长出了一样的大谷穗。可是这应该视为唐叔虞遇到了一个风调雨顺的丰收年景而已，又有什么令人惊奇的呢？有人认为，"亩"应该是母本的意思，而"同"则与"重"同义，那么，这句话的本义应该是不同的植株上长出了两个禾穗。还有人说，很可能是不同的植株结了同一个禾穗。当然，这些看法是不是说出了嘉禾的本来样子？可以说，我对于嘉禾的样子越来越模糊了，它原来可能还是清晰的，但随着众人的解释，它离我越来越远了——它就要飞出了我的视线了，留在我心里的，仅仅十几个枯燥的文字。它既没有形象，也没有暗示，也许它仅仅是一个关于一段历史的譬喻。

有一点可以肯定，那就是嘉禾一定是不寻常的，它有着与其它谷穗不一样的形貌。我不知道它的具体样子，但知道它是奇异的、令人惊讶的，它的样子甚至还有着暗示着某种祥瑞的形状，甚至可能正好形同某一个吉祥的字样——否则，古人怎会认为它是嘉禾？也许就像唐叔虞出生时手掌心里的"虞"字一样，它的意义是明确的、一目了然的，一点儿也不费解，因为它的样子一眼就可以被辨认出来。

既然如此，嘉禾实际上已经变为一个具有强烈象征意义的符号了，它被唐叔虞献给周王室就有了具体的含义，就像献给周天子一首诗一样，一首能够增强统治信心的颂诗，一首按照上天的意旨写就的诗，它被赋予了无所不能、一往无前的神性。没有什么比嘉禾的获得更让周天子喜悦的了，他的王位将更为巩固，他的宫殿将更加威严，他的权杖也更为有力，他的刀剑比以前更锋利了。

所以，他要重奖得到嘉禾并将嘉禾进献给他的唐叔虞，还要用一首诗来表达自己的激动之情。他写了《馈禾》一诗，一定让乐师来演奏，让歌手来唱诵，又让舞女来舞蹈，当然不会少了盛宴和美酒的辅佐。这一切既是表达自我，也是献给天神的，人与神的彼此唱和和交流，在一片欣悦的气氛中上演，天和地重合了。

我所好奇的是，周天子的《馈禾》一诗究竟写了些什么？它一定不是对嘉禾的简单描述，也不会直露地颂扬自己。它一定会使用某种比喻，或者用身边常见的某种动物形象或者植物形象来抒发自己的情感。也许用某一物质的、高贵的器物作为意象来表达对神的忠贞？这一定是一首格调高雅、修辞华美的诗，也是一首感情真挚、充满了质朴之气的诗。我多么希望能够一睹它的真容，然而，它已经失传了，它除了一个富有魅力的标题之外，其它的都已经淹没在了历史的深渊里。

我在想，历史不喜欢把它最好的藏品拿出来给人看，它所拿出来的，既不是最好的，也不是最坏的，它只会出示中等货色的收藏，而将那些上等品珍藏在箱子的底部，渐渐地，历史也遗忘了它。好的东西从来不是供人瞻仰的，而是为了将它彻底丢掉。或者说，一首好的诗，就是为了它的毁灭而写作的。

古灵魂

卷二十五

周公旦

我是文王的第四个儿子，武王是我的兄长。我的兄长的儿子做了天子，武王曾托我辅佐他。实际上周成王已经长大成人，他是一个仁慈的君王，他已经可以君临天下，行使他统摄一切的大权了。只是，他还缺少一点儿经验，他的知识似乎还不足以应付十分复杂的现状。我知道，我已经衰老了，精力也大不如从前，必须承认万物拥有的四季，即使是最强壮的树木也要在秋天来临的时候变得枯黄，它的叶子也会掉落。

不过，我仍然不能从战车上走下来，我已经习惯了车轮发出的吱吱声，也习惯了战马的嘶鸣和刀枪剑戟的相互碰撞，血的颜色比秋季到来的枫叶还要鲜艳，我的心还在血的光焰中骚动不安。我的父王已经死去了，我的兄长也死去了，只有我还活着，就像一片树林中只剩下了一棵树，我头顶的鸟儿还在筑巢，不断地说着它们的话，而我只是一个孤独的倾听者，并在倾听中度过余生。我知道，我也最终将死去，追随我的父王和兄长，他们想必已经给我预留了席位，准备好了歌舞和美酒，可是我还不能现在就匆忙离去，我的兄长所托付我的使命还没有完成，我还要再走一段艰难的路。

武王伐纣之后，商王的宫殿被武王的刀剑压垮了，他的酒池肉林成了他的葬身之所，他的墓葬是他自己亲手挖掘的，而这片后土所埋葬的是奢靡和不义，是荒唐和残暴。我们再也不让这样的种子生长了，我们需要一片好谷子。为了杜绝商纣后裔复辟旧梦，武王将商王的土地分成了三份，一份给商纣王的儿子武庚禄父掌管，要让他从失败中找到正途，也安抚殷商的遗民。一份归于蔡叔度，另一份分给了管叔鲜，他们都是我的兄弟。他们的使命是监督商纣王之子武庚，以防他图谋叛乱，动摇我族用血剑夺得的天下。可是，一切都出乎意料，我的兄弟竟然和武庚禄父密谋勾连，背叛了周王室，践踏了我们的荣誉，发起了可耻的叛乱，我又怎能坐视他们为非作歹？如若他们的阴谋得逞，我又怎能在告别人世之后面对我的父王和兄长？

于是我奉天子之名出征讨伐。周王的大军锐不可当，那些试图阻挡我的车轮的，必将使他成为车轮下的泥泞。我虽然老了，但我还能把自己的箭头磨得雪亮，也能穿透敌人的铠甲，它的寒光能让敌手感到自己的身体在颤抖，心灵像火焰一样摇曳飘忽。我还记得在征讨商纣的时候，辅佐武王统率战车三百乘、虎贲三千以及甲士四万，渡过孟津的壮观景象。在那里大会诸侯，在牧野集众誓师，那是多么浩气激荡，我又感到自己是多么年轻啊。我痛斥商纣听信妇人谗言，不祭祀祖先天地之神，连自己的兄弟都不能进用，却使用那些负罪逃亡的罪人。我那时的确很年轻啊，有着无限的勇力和云彩一样高傲的激情。

可是青春总是易于消逝的，我又岂不知这青春乃是我身外的事

古灵魂

物？我的斑斑白发已经说明了，青春已经开始抽离了我的生命，我的头顶的白发已经证明，岁月从我的生活中一点点飘走了，落叶已经落满了面前的地上。然而这失去的东西是为了让我沉浸在自己的思想里，让我手中的斧钺发出更强的光。

现在我率军征讨叛乱者，和从前是多么相似，几乎每一幕都是相通的，暗合了天神的意旨，找到了渐渐消失了的勇气。我已经从种种迹象看出了我们得胜后的一刻，就像我的父王从一个个卦象中看到了天地之间潜藏的周族前程。多少年前，父王继承西伯侯之位，以崇高的德行感召天下，四方的小国都来归附。当年的虞国和芮国因田土之争，各不相让，只好让父王来裁定，他们来到了周国之境，看到我们的农夫耕田互让地边，走路的人们互相让道，进而发现彼此礼让，举国仪礼井然，他们感到惭愧，认为他们所争的却是我们周人所耻的，最后两国的国君让出了所争之地，并让这些所争田地变为了闲田。这样的盛德，又怎会不成就周族的天下呢？而今，管叔和蔡叔背叛了先王，也背叛了周人应有的德行，我只有举兵征讨，乃是为了回归不朽的天道。

可是战事已经很久了，一些将士就在我的眼前倒仆了，他们战袍上的血已经被太阳晒干了，我的心一阵阵收紧了，连头顶上的乌云都充满了忧虑。就在这样的时刻，天子及时地送来了唐国的嘉禾，这样的祥瑞之兆一下子扫开了阴霾，我的眼前豁然开朗，一道亮光从天庭射了下来，放在我面前的影子里。我同时看到了天子的诗篇，我也要作一首《嘉禾》，用来庆贺嘉禾为我带来的运命，以呼应天子的心声和酬答天上的神灵。

实际上，我不知道从哪里来的灵感，那么多的语词，一下子就落到了诗篇里。我几乎没有想更多的事情，听凭我内心深处的声息，先王们的业绩从地下上升，弥漫于身前的空气里，塞满了我的呼吸。他们的灵魂从远处来到了文字里，并在其中复活了。我从自己的一挥而就的诗篇之中，看出了从前的一幕又一幕……残暴的商纣对我先父的崇高德行感到不安，他看到了众人的归附，也察觉到自己陷入了万劫不复的泥淖，而我的父王却如东方的星在夜空中一点点升高。商纣便用他的欺诈邪术，把我的父王囚禁于羑里。那是多么寂寞的时光，漫长而安静，除了风雨之声、草木之声和出没的鸟兽的声音，再也没有其它声音了。他在这被囚的日子里，观察天上的群星，发现无论是地上的人间，还是头上的星空，都有着自己的秩序。他还观察飞鸟的翱翔和林中野兽的踪迹，发现这世界上处处有着某种暗示和玄机——实际上，厄运乃是命运可以捕获的转机。

世界上的一切并不是可有可无的，它所造就的，每一样都不可缺少。神灵从不在我们的眼睛中显现，而是以它所创造的万物呈现它的思想。神灵的叙述所用的语言就是它所创造的万物，这样的语言是最丰富的，最有表达力，也最能说出它最微妙的想法。可是倾听者却是有限的，因为更多的人缺乏倾听的能力，也不可能从中获益。但是，父王在被囚禁中却倾听到了神的声音，也开始从具体的形象中领悟到了神灵所说的语言——他不断地推演各种卦象，破解了未来的秘密，看到了我族面前已经敞开了的大道，天机就这样在一个广施德行的人面前泄露了。

而今我又遇到了迷茫，我的眼前现出了前所未有的黑暗，我不知道事情的出口摆放在哪一个地方——先王的灵显现了，他的形象隐藏在唐叔虞的嘉禾里。我知道，没有什么比这更为直接的形象了，这是先王曾经在羑里多少次推演的卦象之一，他所预言的已经都在这嘉禾里了。现在，我将把我的《嘉禾》诗篇放在史官的简牍上，然后用我的斧钺再次指向敌阵，我还要亲自敲响战鼓，让轰隆隆的鼓声压倒对方的长刀戟，并让我的铠甲上沾染背叛者的血迹。

卷二十六

周武王

　　我已经到了另一个世界，我的灵魂却不愿离开我的兄弟和后代。我在一个时刻离开了伴随我几十年的肉身，像一只鹳鸟抖着黑与白组成的翅翼，掠过了泛着涟漪的水面，没有带起一滴水珠。我甚至看到了我的兄弟和儿子，以及太后和公主们聚集在了我的身边，我却不能和他们说话。我连我的声音都携带了，却不能携带他们的哭声。是啊，我力不从心，或者已经没有一点力量，主宰自己的灵魂。我被一阵比一阵更轻的风，浮到了越来越高的地方，已经触到了云端，看到了从未看到过的奇景，连这些奇景我也说不出，因为这些奇景已经不在语言中了。

　　我飘浮在云头上，昼夜注视着我的兄弟和我的孩子们在做些什么。我的儿子已经继承我的王位，成了年轻的天子，开始统摄天下。另一个儿子也被封于唐国，他在那里已经稳定了局势，田地里竟然长出了嘉禾——它是上天倾向周室的见证，天神已经用这样的方法把天命授予了我的后裔。唐叔虞是有能力的，在我的生前，他已经表现出了忠勇和诚实，也有着他独特的智慧。我曾把他一直带在身边，

古灵魂

以观察他的品行和才能。

　　猫头鹰的叫声不会惊扰猛虎的睡眠，却能让胆怯的野兔藏到深深的地洞里。叔虞是一只从睡梦中忽然醒来的猛虎，他从没有在意可能出现在路途上的阴暗的山林，他也不会躲避突然蹿出的猛兽。他有真正的猛力，也有着自信、镇定和从容不迫。他即使在睡梦中也看得见神的指引。我的兄弟周公是一个有着无与伦比的智与勇的人杰，他曾辅佐我完成了征讨商纣的大功绩，又辅佐年轻的成王，他是无私的，有着高尚的德行。我曾分封他于曲阜，赐予他鲁国的土地，但他没有接受，而是要留在我的身边，辅佐我纵横于天下，驰骋于沃野，安邦于万民。我是多么高兴啊，有这样一个兄弟，我已经别无所求了，这是上天赐给我的福分，它将那最宝贵的，连在我疾驰的影子里，和我合为同一个身体，又使我感到了另一个和我有着同一呼吸的心灵。

　　我不会忘记和我的兄弟在一起的日子，它们是那样灿烂，像一团七彩的虹不断在我的心中飘动。我还记得，在牧野盟誓的时候，周公旦手执标志着权力的斧钺的样子，他是那样英武，有着令人艳羡的风姿。他的眼睛是明亮的，又配上了金色的斧钺折回的光芒。我的孩子叔虞也在我的身边，他似乎已经完全是一个大人了，他的臂膊是有力量的，能够将强弓拉开，把箭镞射向强敌的头。当商纣发兵试图抵挡我们的兵锋时，一切已经预示了商王朝已经崩塌，他们的将士的枪头指向的不是我们的战车和徒兵，而是地面上的草木和枯枝败叶……我的兄弟周公向他们呼喊，并告诉他们所要抗拒的乃是不可逆转的天命，因为他们的纣王早已经朽腐了。我看到了震惊的时刻，商纣的前军纷纷掉转了矛头，不可一世的商纣王的大军瞬间溃散了，地上的落叶和天上的流云一起，被西来的强风吹开了。

纣王登上了鹿台，他和他的一切，包括他的罪孽，让他自己点起的火焚烧了，天地之间的一团光焰照彻了众人的脸，也让我们的长矛变得更为耀眼。一个恶灵被一缕缕黑烟带到了天上看不见的地方，它一点儿也不会损坏令人感到眩晕的蓝。可是，一个恶王已经将世界带到了黑夜的旁边，天的四角已经垂下了黑幕，人们的眼睛被捂住了，又用木塞堵住了鼻孔。因而我要夺去他宗庙的彝器和宝物，毁弃他的恶脉。

人们是多么不幸，他们是受害者，我要解除他们身上捆绑的绳索，让他们回到本应有的生活中。我要善待他们，并使他们能走在坚实的路上，而不是挣扎在沼泽地。因而，我所做的第一件事情，就是打开商纣的粮仓，把粮食分给那些饥饿的民众。有人曾对我说，要爱一座房屋也会爱房屋上筑巢的鸟儿，如果一些人不值得爱，就应该把村落里的篱笆和围墙也一起拆掉。他的意思十分明确，让我挥起自己的长矛，杀掉所有的殷商后裔以及他的土地上的民众。他们是无辜的，罪人只有商纣王和他四周的佞臣，又怎能将他们的罪加在无辜者的身上？我不能那样做，我只除掉那些有毒的草，还要把好的禾苗留下。

这时候，我的兄弟周公旦给了我最好的忠告：让殷人继续耕种他们的土地，居住他们的房屋，让他们中间有德行的人来引导，让有罪的悔罪，用自己的行动来救赎自己，而让无罪的人们，过上快乐的日子。我从这话语里听出了他的仁德，这仁德也是上天给我的神谕。于是，我命人释放了牢狱里的罪人和商纣的族人，赦免了他们。我还修

古灵魂

缮了被战事毁坏的商城和殷人的旧居。我还来到了被商纣王挖心而死的殷商王子比干的墓前，并为这仁义者培高了墓土，还要将他的名字铭刻在青铜上。

这一切，都是为了让没有死去的殷人知悉什么是真正的仁德，以便使他们变得醇厚，就像地上的土壤，让人收取食粮，又要把禾穰沤烂。赦免永远比杀戮更让我快乐，它既告慰了死者，也抚平了生者身上的刀痕。我来到世上不是为了呼吸血腥之气，而是为了将车道铲平，扔掉那些绊倒了众人的石头。

一个灵魂的回忆是虚无的，却让我所踩踏的云头变得更为虚无。我知道人的一生是短暂的，可是我必须用最大的光亮使这短暂变得持久一点，它将在史官的笔下渐渐发暗，以便让更多的人从这暗淡了的字迹中寻找发亮的部分。现在我已经远离了地面，无法随着雨滴降落到树叶上，我只能在云上飘荡，并注视着我的亲人们。我看到我修出的路，并没有留下商纣后裔的脚印，他们背叛了自己的誓约，离开了天神的意旨，我的兄弟的矛头已经指向他们的头颅。他们已经跌倒了一次，还要再次跌倒。

我的儿子的土地上长出了嘉禾，它被送到了周公的手上，他的手上因此留下了天神的香气。毁灭那该毁灭的，仅仅需要时间的煎熬。我已经看见了，将士们的矛头挑旺了野地里的篝火，天就要亮了。我所遗憾的，是不能伴随他们并在疆场上大声叫喊，我所能做的就是默默地回忆——我感到自己开始后退，迅速后退，甚至退回到了婴儿时代。这里既没有死，也没有生，一切远离了自己的视线。

卷二十七

周 成 王

我不断听到周公平叛得胜的消息，看来用不了很久他就可以班师回朝了。一段时间里，我感到了自己的内心焦虑，总是担心我的将士会遇到挫折。商纣的儿子武庚气息将尽，我的同族叛逆也不会获得好结果。从我的父王讨伐暴虐的商纣开始，我的军队从来所向披靡，一切阻挡者都将自取其辱。我已经在早晨听到了不同的鸟儿在欢叫，它们的声音不再是悲切的，而是充满了欣悦之情，我就知道，周公不辱使命，必定已经胜券在握。

我早已把唐叔虞献来的嘉禾转赠给了周公，让他知悉我们所做的乃是尊奉了天命，天神已经站在了我们的身边，并帮我们擦亮了矛头。我的先王也从更高的地方给我的将士们以无限的力量和勇气，我的战马也从飘拂的灵气中获得了高昂的精神指引，它们的长鬃在烈风中立了起来，火焰一样闪烁。

周公的《嘉禾》，写得多么好啊。里面的呼吸是连贯的，他还没有老，仍然有着白发不能掩盖的英武面孔，也有着年轻时代无坚不摧的勇力，以及驾驭万军的才能。我多么盼望他早日归来，带着我给他

古灵魂

的嘉禾，我要为他的获胜举行庆典，并让史官记下周公的功绩。可以说，他的力量来自他的德行和宽厚，他的智慧来自他的天禀和先祖的血脉，也来自上天的恩惠。我还是这样年轻，需要他的辅佐，我又在什么时候能够像周公一样有着浑身的力量和用不完的智慧呢？他会像我的父王那样离开我，会剩下我一个人，那时我该是多么孤单。想起这样的事我就会忍不住伤心。

我会每天为他祈祷，不要让他在深山的小路上绊倒。我需要他有时胜于我需要自己。我也会定期前往我的宗庙，在先王的牌位前久久停留，我和他们说话，希望他们的灵附在我的身上，那样，我就会在大殿上坐得更稳，会有高大的雪松一样的姿态，在风云中从容地观赏千岩万壑，以及草木盛衰的四季。我还想着唐叔虞，他已经回到他的唐国了，他现在正在做什么事情？是在他的宫殿里还是在山林里狩猎？也许又在田地里和农夫一起干活儿，悠然自得地仰望山顶的白云。

我的天下不是单纯的一件件事情积累的，而是在关键的时刻有了支撑。就像营造房屋的工匠所做的，看起来需要一点点做工，实际上那些泥巴和木料早已经准备好了，他仅仅是按照他的想法舞动他的双手而已。也就是说，世界上只有两件事情，一件事是世界已经预备好了的，另一件则已经在心里预备好了。剩下的事情是必要的，但不是关键的和最重要的。我只是心中有天下，天下一直就在那里——而周公所做的，既是那工匠心中所想，又是那工匠手中所做的。

卷二十八

周公旦

一切都已经安排妥当了，几年的激战耗尽了我的心智，我已感到疲惫不堪，我头上的白发更多了，好像冬天的大雪不断落到我的头顶，一部分被我的热力融化，另一部分永远留下了。这让我愈加悲伤。我终于可以回家了，三军将士也想念家乡，他们经常在军营里唱着家乡的歌，并且用自己背上的弓来伴奏。每当夜晚来临，我的睡梦中就会涌现孩子们的形象，有时候也会有天子出现，他完全是一副忧心忡忡的样子，可是在梦中的世界里，我又能用什么来安慰他？我只能在醒来的时候，走出军营大帐，朝着西方看天上的群星。那些星图是那样神奇，它们用各种图案拼出了一个个形象，我想象着它们所要勾勒的猛兽和虫鸟，有一些可能是故乡山上的野花和树木，更多的我不能猜出它们究竟是什么。

也许它们仅仅是一些文字，可我又辨认不出它们在说些什么。要是先王在我的身边，他一定会告诉我，那些星组成的文字是天上的诗篇，天神正是用它们来书写，里面有着我们周王室的前程，也有每一个人的命运。我只能看出它们的闪光，并把它们和天子之都的宫殿里的灯火联系在一起。

征讨叛逆者已经结束了，我完成了天子交给我的使命，一切按照我想象的样子在变化，只是这变化太慢了，使我一直深陷在忧愁里。我杀掉了十恶不赦的管叔鲜，生擒了商纣的儿子武庚，又将他杀掉。还将罪过较小的蔡叔流放到很远的地方，给他一个生的机会，他毕竟是我周室的成员，并且他已经后悔自己的所为，我同样为他的罪过感到痛心。我还乘胜东进，灭掉了东边曾跟随商纣的一些小国，另一些国家归顺了天子。总之，事情是圆满的，我们的每一步都有先王的灵指引，又有天上的神护佑。

一连几个夜晚，我都不能安然入睡，内心充满了激动。我让将士们来到我的大帐，让他们继续弹奏家乡的乐曲，我在这音乐声中感受着远方，好像有一盏灯从东边挪向了西边，划开了归路。有时，我会静静地听着猫头鹰的叫声，有几分凄厉，也有几分感伤。在白天的某一个时刻，它站在不远处的树枝上，用一只眼睛看着我，另一只眼睛则紧紧闭上，好像在说，世界的另一半它已经不想看了。此时此刻，它的心情可能和我的一样，因为世界上有一半是厮杀和血腥，另一半是吉祥的生活，我不知道它所看的究竟是哪一半。

实际上，猫头鹰是凶狠的，也有着残暴的性格，这一点，你只要看看它粗壮的腿和可以撕毁兔子的利爪，就可以明白一切。它的样子一下子触动了我的诗情，我轻轻地歌吟：

猫头鹰是多么凶狠啊，你竟然夺走了我的婴儿，还毁掉了我居住的巢窠。为了哺育我的孩子，我日夜操劳已经疾病缠身，可你还不放过我们，竟然没有一点儿怜悯。在没有阴雨的日子，我剥下了桑树的枝条来修葺我的房屋，把我的门窗一次次扎紧。你们树下的邻居不要再欺凌我们了，我的手已经非常劳累，我还要去采摘野花，积蓄茅草来将自己的窝巢铺垫，让我的生活更加舒适自在。我的嘴唇焦灼声音嘶哑，一切为修筑好我的家园。你看吧，我的羽毛渐渐稀疏了，我的尾巴像秋草一般枯槁，我的房子仍在垂危晃动，在风雨中飘摇，我只能一次次在惊恐中哀号！

我吟唱着自己的诗，这首《鸱鸮》说出了心灵的忧伤，我吟唱到一半的时候，已经泪流满面了。我来到了一棵树下，它的枝头的叶子已经显出了秋天的颜色，有的叶边开始微微卷起，尽管风还是柔和的，可是它的方向已经转向了西面，那是从我的家乡刮来的，带来了扫荡万物的力量。想到这几年来，几乎没有睡过一个完整的觉，经常在夜半起来，思虑每一次破敌的谋略，耗竭了我的才智，我的生命也渐渐感到了枯萎。这一切都是为了我的周族，我的家园，为了我的房屋更稳固。

我并不想四方征战，我的心也并不是一块石头，它有着柔软而温暖的一面，可面对猫头鹰的厉叫，以及它飞到我窝巢的铁的爪，它的贪婪的喙，我只有拿起我的斧钺，背起我的弓箭，驾起我的战车。除此之外，还会有什么样的选择？这样做，仅仅是为了把我的门窗绑紧，把我的房柱立得更直，不让我的房屋摇动。想想那个可恶的武庚，仁厚的武王——我的兄长，是给了他生路的，他的道路本来是宽广的，但他毫无悔罪之意，也没有感恩之心，而是像猫头鹰一样，试图用它的爪，毁掉我们的巢和夺走我们的孩子——他要将生民放在釜中煎熬，还要不断往釜底添加柴火。

即便如此，我仍然坚守我的爱，我的宽厚的仁德，我仍然赦免他们的罪，把他们放在没有血污的地方。我仍然按照我的兄长的旨意，也是先王能够感动天下的原由。以前我们是这样做的，因而由弱小变得强大。现在我们从未有这样的强壮，却要面对仁厚的天意退却？让那些跟随叛乱的，仍去耕种他们的田地，让他们有自己的收获和活着的食粮，他们居住的房屋仍能够躲避冬天的风雪，也让他们屋子前面的树，在火焰一样的夏日投下阴凉。我想他们会知道仁爱是重要的，我们来到人间不是为了仇恨，不是为了互相杀戮，我们的血乃是为了平安的生活而流动的。

我的哀号不是一个人的哀号，而是天下众人的哀号。我的哀号是我的心中充满了绝望，对于这天下，仁德将施与那些配得上施与的，人性中有着复杂的成分，我们很多时候很难分得清林中的野兽，哪一个会给自己带来危害。作为一个密林中的行人，应该小心翼翼地行路，要耐心倾听出现的每一片树叶的骚动，也要观察突然出现的目光——它射出的光有没有恶？是啊，我已经老了，也已经尽力了，剩下的该由后来者去做了。一个人不可能永远活下去，也不可能用苍老的翅膀庇护躲在下面的幼雏，他的翅膀最终会无力地垂下，并在秋风中干枯。好在我的天子已经越来越大，他的羽翼开始丰满，每当看见他的英俊面庞，我就感到由衷的欣慰，他也一定看到了我脸上的微笑。

归家的路是很长的，它穿越了山川与河流，也穿越了时光。它应该是一个人一生的浓缩，艰辛、痛苦、希望、期盼以及思念……都要抛洒在路上。实际上，从我一出生就开始行进在路上，一直走在归途上。就像我写的诗一样，边走边发出哀号，这哀号不可能打动猫头鹰的心，却能让天下的苍生知道我的心是多么柔弱，它远不像我的外表那样强大。

卷二十九

唐叔虞

　　似乎一切都结束了，世间的万事万物都会有一个结局，即使是最美好的事情也不会例外。草木的生活只有一个春夏，蝴蝶的生命不过几十天，尽管它的翅膀上有美丽的斑点和奇形怪状的图案，就像我的青铜鼎上绘制的兽面，可是它尽情地飞舞，很快就飞到了最后的时间……也许它并不会觉得时间的短暂，甚至还以为度过了很漫长的一生。我现在也躺在我的宫殿里，房子里是阴暗的，我让人们把窗户打开，让我的身前亮一点，更亮一点。

　　我知道自己将不久于人世了。我觉得自己浑身都失去了力气，软绵绵的，像一团儿时玩耍时不断能够改变形状的泥巴。是的，我的感受正是这样，我已经被一种濒临死亡的感受窒息，我的呼吸越来越感到艰难了。视线里的东西一会儿发暗，一会儿又清晰了。本来这身边的一切都是多么熟悉，可是现在却渐渐陌生了，好像已经到了另一个地方，这是哪里？我为什么要来到这里？或者说，我要准备到一个怎样令我惊恐的地方去？可是，我连惊恐的气力也没有了。我已经变成了一团泥巴，被一种无形的力捏制，不知道我究竟会变成什么样子……只能接受天神的主宰了，那个暗中藏着的神要出现了，我很快就会看到他了，他一定有着和我们不一样的面孔。

我对即将到来的，既十分好奇，也十分悲痛，可是连这悲痛也是需要力量的，连这好奇也是需要激情的，如果生命就要结束，这些都失去了依托。我这一生和一只草尖上不断停留、又不断离去的蝴蝶，是相似的。那停留和离去的，都最终不属于我，它们仍属于它们自己。它们是自己秘密的保守者，而我的秘密是要被带走的。

这时候就会发现，我并没有太多的秘密，因为我所做的，和我自己的生活没有太多的联系，也就是说，我从没有和自己的相遇。我在什么地方，我在哪里？这一直是一个问题。可我对这一问题几乎没有想过。直到此时，我才觉得自己好像并没有真正地活过。我想一想，能够证明我活着的依据是什么？我被天子分封到了唐国，我来到了属于我的地方，我所做的就是尽可能做得最少，我仅仅是尽量减少苍生的负担，让他们感到我的轻。如果我试图给他们的越多，他们就会感到沉重。仁厚和宽容，必须用最少的表达，它常常藏在了沉默里。但上天给了我最好的回报，使我的地里长出了如此奇特的嘉禾，给了周族天下最高的荣耀和抚慰，也给以光芒四射的前程。

我已经记不起嘉禾的形象了，它是什么样子已不重要，重要的是它所表达的天神对我的偏爱，我将这偏爱进献给天子，这爱就遍及了天下，就像暗夜的月光从天顶洒下，覆满了整个地面，也照进了没有关严的窗户。我还记得周围的戎狄，不少人归附了唐国，我甚至不知他们为什么这样做。实际上，世界上最重要的原因，往往不在你想到的那些理由，而是你觉得不需要任何理由的时候，他们从这看不见的原因中看见了天道。

在弥留之际，不要让我一个人待在冰冷的殿堂，不要让我感到孤独，却又要让我能够安静地多想一会儿。我看到许多人来了，我的四周围满了人，就像我到都城的城墙上看到的那样，那么多的人在我的眼前晃动，只是每一个人的面孔都是模糊的。我听见了我的儿子燮父在呼唤我，可我已经不能回答你了。孩子，你已经长大了，不需要我回答你了，你应该已经没有疑惑了，我想说的，以前已经都说过了。你将继承我的国，成为新的国君，在这样的座位上，你会变得孤独和寂寞，权杖会压低宫殿前方的山，你也因此坐得更高，天神就更易于照应你了。

只有一些面孔变得越来越清晰了，那就是我的父王、我的兄长，以及从前的我从来不曾见过的先王们，就像飘过来一朵朵祥云。他们中的很多人是陌生的，但脸上都充满了慈祥。我需要到很远的地方去了，我将离开我的唐国，离开我四周熟悉的人们，离开我的生长了嘉禾的、年年丰收的沃野，还有遍布山坡上的牛羊和蹲在树下乘凉的牧人……人世是值得留恋的，可是我从人间无数条路上，看见了从没见过的另一条路，它并不是完全漆黑的，因为人间每一条路上的光亮，都是这条路所照射的。我就要踏上这条路了，它一直隐藏在最暗处，所以是那样虚空，好像不存在一样。

卷三十

燮父

我的父亲已经离开了，剩下了我们。他走的时候，没有说什么话，但我从他紧闭的眼睛中已经知道他所说的话了……已经说过的，我都已经记住了，重要的是，他所说的话都已经包含在他所做的事情中了，一个人不能仅仅用嘴巴说话，还需要用他的双手说话，用双手说出的话更有力量，更能够让人领悟它的意义。

父亲是质朴的，也满足于已有的生活，他喜欢做不被雕刻的璞玉，和每一个人说话都喜欢使用简单的语言，他认为好的表达不需要那么细微和精巧，只有采用简短的、质地粗糙的言辞，才能给倾听者留下思考的余地。语言不是为了仅仅说出自己，还需要留给别人，这样看似粗糙的语言就能给别人打磨的机会。

我不会忘记他一遍遍在唐城的城墙上巡视，他所看到的不过是一个过时的、有点儿土气的都城，它是前朝的遗留物，遍布前朝的印记。街上的每一间房子，都太小了，根本不能和天子之都的镐京相提并论，也不如其它侯国的都城那样洋溢着华贵之气。真是不能理解，父亲来到这里，既不知道享受，也不知道自己乃是一国之君，在这里

古灵魂

拥有至高无上的权威，他的权杖可以给他做一切事情的自由和权力，可是他却满足于愚蠢的大臣们对他的夸赞，以及乡间的农夫编造流传的颂扬他的歌谣——这些歌谣简直是粗俗不堪的，几乎没有一句雅言。这些戴着草帽的、只知道耕种的人能编出什么样的诗歌？

尽管我是很佩服我的父亲的，可是不能赞同他的做法。我们乃是有着高贵血脉的，我们生来就是要统摄天下，驾驭万民的，所以应该有与之相配的华美，也应该尽我们的所能，使我们的生活不同于普通的民众，要远远高于他们，不然他们又会怎样看待我们？岂不是认为我们和他们差不多是一样的？这样，我们就在他们面前无法使用权杖了。

我现在坐在了父亲的位置上，我要比我的前辈做得更好。翔山就让它停留在原地吧，它的翅翼已经太老了。我的翅翼却是年轻的，有力的，我要飞得更远一点。我不愿继续在一个古旧的唐城继续待下去了。这个都城太熟悉了，我知道它的每一条街道，也知道它的每一处房屋，连它的树木也已经数了多少遍了。我所居住的宫殿乃是一座旧宫殿，它的墙皮已经剥落，甚至已经不起再次粉刷了。这些屋宇的檐角上，落了太多的灰尘，很多鸟雀在屋檐下面筑巢，它们已经安家落户了。

我经常在这宫殿中徘徊，巡视每一个角落。我看着水池边的樗树和桐树，它们尽管是高大的，但它们仍然是前朝栽种的，它们的稀疏的枝条分割了蓝天，并将枯黄的叶片漂到了水面上，我的倒影和这些枯枝败叶混合到了一起，让我感到悲伤。我还在这水边想到了我的父亲，他曾和我一样，望着水面上的涟漪发呆，他在这里想到了些什么？

也许他所想的和我一样，也许他也同样厌倦了日复一日、不断重复的生活。

我实在不愿与过去的影子待在一起了，我需要新的日子，我只需要自己的影子。唐国已经不是原来的唐国了，我的父亲留下的这片土地，已经比原来更大了，四周的戎狄不断归顺了我们，我们更为强壮了，有了非常强硬的筋骨，以及有力的呼吸。尤其是天神的佑护，使我们获得了嘉禾，天子是如此喜悦，对我们的犒赏更为丰厚了。有了这样一个强大的唐国，天子之都更为安宁，天子的屋宇更加巩固。也就是说，疆土已经更大了的唐国，不应该有一座小的都城，它和我的位置已经不那么般配了。

我要在别的地方另建一个新的都城，要有高大的宫殿和华丽的园林，有开阔的水面和植满了奇异树木的洲渚，还要引来众多的水鸟和各种飞禽，它们华贵的翅膀将覆满我的视野。我在这弯弯曲曲的小径上走着，不断有香气袭来，又有水鸟衔着小鱼落到面前。那是多么美好啊。生活是需要精心设计的，不然它是不会自己改变的。另外，我也想把我的国号改为另一个名字，是的，不能再叫作唐国了，应该改为晋国。这个字意味深长，它有着不断生长、不断向上的吉祥含义。

卷三十一

大臣

　　国君的命令已经下达了，天子也已经恩准了迁都的设想，我要将未来的国都建在一个好地方。这个地方要有河流，或者至少要有两条河流，它的水应该是甘甜的，它要将天上的云映在自己的河面上，表示一切都在变化，而不是停滞在一个时刻。这是一个好日子，占卜中的卦象是大吉，我祭祀了天神和先祖，并在他们的面前祈祷，让我能够用最少的时间找到新都的吉址。

　　我从唐都的东门出发，拉车的双马积蓄了足够的精神，它们几乎要跑起来了。它们的蹄声细碎而紧张，好像前面有着它们饥渴时需要的泉眼，鼻孔里似乎嗅到了某种让它们兴奋的气息。尤其是那匹左马，它的鬃毛向后飞扬，不停地抖抖身体，好像要抖掉身上的尘土。马蹄不时地把小石子踢到一边，在接触的一瞬间，几乎能看见迸出的火星。我手中操着缰绳，一开始路是宽广的，根本用不着我提醒马儿怎样走。转了一个弯儿以后，路变得狭窄起来，不断出现岔路，我就得调整着缰绳，让它们知道我的用意。我的马儿是聪明的，我只要稍稍动一下，它们就会向着我提示的方向行进。我有时向后看一眼，一片烟尘总是挡住了我的视线。向前的路似乎都是清楚的，而向后的一切已经迷茫。

我曾经勘察过一些地方，其实我对于唐国的每一个地方都是熟悉的，我知道在哪里有湖泊和河流，也知道哪一个地方是高山峻岭和茂密的树林，以及哪里的土地更加肥沃，能有一个个好收成。现在唐国的疆土已经扩大了，先前的国君的声望越来越高，远处的人们都扶老携幼前来归附，唐国的人也越来越多了。一个好的都城应该建在唐国的中心，这样就会像一盏灯那样，放在屋子的正中间，并把它摆在了高处，就能将屋子里的每一个角落都照亮，灯下的人们就能把手中的活儿看清楚。一个国君也是这样，他要住在一个国的中心，他的号令就能在几乎同样的时候到达每一处，让地上的民众均衡地获得国君的照拂，得到仁德和教化，即使住在国的边缘的，也要尽可能使他们到达国都的路不要太长。

水是滋润万物的精华，也是天神告诉我们天道奥秘的比附，这是我们能够看得见的道，它最为柔顺，却有着神秘的源头。它有时会从天上降下，有时又会从地下冒出来。它们不论有怎样的经历，最后都要找到归宿，要汇合在同一个地方。也无论是林中的兽还是天上的鸟，还是地上的青草和禾谷，没有水的日子，它们将干枯，也不能继续生长。所以，水有着神的意志，它要照顾什么，就用水来护佑。当然，你要是激怒了天神，违背了天神给你的使命，甚至犯了不可饶恕的罪，也会遭到水的报应，天神会遣水汇集成滔天巨浪，冲毁你的一切，夺走你的所有财物。它可以成全你也可以毁灭你。

所以，一座都城应该建造在水边，它使从国君到每一个臣民，都

古灵魂

领悟天神的意愿，获得必要的约束和对自己的警觉。水要常常在你的身边，它一直在那里，你就会获知自己该做什么，又不该做什么了。事实上，有水就会聚集灵气，鸟儿会从很远的地方飞来，也会带来草种，树木会生长，而且不同的树木会互为邻居，它们会按照本来的秩序，安排自己和别人的距离，就像周文王教化我们的周礼，树木会成为我们的榜样。它们也不会生长得一般高，而是各有自己的位置和高度，并为世间留下各不相同的阴凉。它既将阳光放到你的面前，让你眼前一片明亮，又不会让你在夏天的时候感到炎热。如若天气转冷，它会自动脱去众多的叶片，太阳就会变得更加明亮，让你的浑身感到温暖舒适。它既不会像天上的云变幻无常，也不会像地上的烟随风飘散，它的安排就是神的安排，有它自己深邃而巧妙的节律。

都城还必须是方形的，它代表着我们所做的事情都有着规则，农夫要种田，就要按照天定的节令，樵夫要在山林里砍柴，也要找到那些枯败了的枝条，而不能把林中的大树随便伐倒，使这些做房屋的大材料变成做饭熬粥的碎劈柴，如若你真的违背了天理，就要受到惩处。牧人们要带着你的畜群寻找向阳的山坡，青草在那里是茂密的，你的畜群才能吃得又肥又壮。工匠们的规则是一代代留下来的，他们的手艺因为遵循了规矩，双手就会越来越灵巧，手中的活儿就让人夸赞。一座都城应该是一个国的见证，它的建造丝毫也不能随意，必须按照古制，才能体现上天的宽厚仁德，才和国君的权杖一样有着巨力。

现在，我就去寻找这样的地方。我要去唐国的中心寻找，要反复判断远近的山形和河流的走向，还要用文王创制的八卦来推演它的吉凶，也要在暗夜里观望天象，以便我所勘察的都城位置和天上的星辰相得益彰。我的坐乘正在驰往那个让我心醉的地方，路边的禾苗已经发芽了，天气已经渐渐暖和了，这是一个不冷不热的最令人舒适的时节，树叶也还不那么稠密，叶子还闪耀着嫩绿的光泽。我看着前方，两旁无论是山峦还是平地，一草一木都逃不过我的目光，我在疾驰中扫视着一切，对于我来说，世间的一切都向后退去，我的过去的一切。也是这风景的一部分，一切一切都将退到我的身后。因为我是这个世界的一个敏锐的观察者，我不屑于在那些毫无意义的地方停留。

卷三十二

考古学家

　　唐叔虞的封都已经很难猜到在什么地方了，似乎应该在翔山下的某个地方。近年来，通过大量的考古发掘，这一带出现了一些西周早期的遗址，但都没有足够的证据说明唐城的确切方位，如果一定要给出一个正确的回答，那就是唐城就在原来的唐国境内。这意味着什么也没说。历史有时候不需要完满的答案，完满的答案只能消灭历史学。或者说，因为历史失去了一些证据，它才可以借助有限的资料重新建构历史，没有真正的历史，只有"我们"的历史。我们站在今天的位置上，只能得出"我们"的推论，历史实际上成为制造现实的工具。某种意义上说，它更像几何学的公理，不可能完全通过实证的方式获得检验。

　　如果我们通过考古学获得了某些具体的证据，我们就可以对文献记载的历史做出另一种说明，而历史事实本身，将永远是一个谜团。这也是历史的魅力所在。你的每一个考古发现，都会颠覆已有的观点，甚至颠覆史书中的常识，因而它是改变世界的一种途径。你发现的过程就是改变世界的过程，原来构筑的知识体系好像是坚实的，实际上经不起"发现"的摧毁。同时被摧毁的还有固有的思维方式。

没有简洁的路径能够进入历史现场。从外面看起来，有无数路径通往历史的秘密，实际上没有一条道路能够抵达目的地，它在好像就要接近真实的时候，道路会突然中断，你发现面前突然出现了不可逾越的深渊，或者，你以为已经触到了现场的石头，甚至已经看见了事情的轮廓，但是前面的一切，突然被黑暗遮断。

因而，考古学的意义不在于寻找历史证据，而在于寻找我们自己。我们所见的，是我们能够见到的，我们不能见到的，乃是我们的智力的极限。若我们所发掘的东西正好与史料一致，我们就说它是什么。可是，更多的时候，我们所证实的却是文献史料的虚假和讹误。史料既然是不确实的，我们又怎么知道所看到的证据能够与历史印证？因而，我们对历史的回答也是不确实的，我们只能说：可能。其实，这样的回答不能令人满意，因为其中所包含的是另一种答案，那就是：不可能。

对于唐城究竟在哪里的问题，我不可能回答。我们似乎知道一点儿，实际上几乎一无所知。我能够给出一个范围，却不能给出一个确切的地点，就在这片土地上，我们进行了几十年的发掘，工作是艰苦的，一个个寒暑从我的考古铲下流过，一片片泥土被揭开，露出了惊人的事实，这简直是一个个地下宫殿，那么多的马匹、车辇、玉器、青铜器、陶器……这是一个死者的现场，却不是死者自己的现场，因为这个人死去之后，他并没有参与这一切活动，他仅仅是用他已经失去了生命的肉体，完成了别人的盛大仪式。

考古是一项残酷的、考验自己承受力的活动。你所做的就是和

古灵魂

死去的事物接触，你所寻找的也是死去的、可能仍然驻扎着幽灵的物质。你想到眼前的白骨是曾经活着的，他们甚至经历过奢靡的生活，经历过善与恶，只是他们的人间被我们占据了，而他们却以另一种方式潜藏到了地层深处。我们的工作就是找到他们藏身的地方，将他们重新放回到光亮里。他们失去了内容的眼眶，看起来是完全空洞的，却显得更为深邃，以致深不见底，里面可以盛得下整个世界。好像我们注视他的时候，已经被完全吸了进去。

这是多么可怕的一刻。事情不能在特定的现场冥想，否则你就会由一个发现者变成了和死者的一场真实交谈。在这样的交谈中，死者并没有完全死去，而你也难以证明自己仍然活着，你会因此看到自己的灵魂，以及最后的归宿。这样，生活本身就变得无比虚无，你会觉得生活仅仅是一些假象，一系列假象的组合，而一堆堆白骨是生活剩下的最后实相。它不是掉落在地上的面包残渣，而是整个面包。

好吧，我所告诉你的只有这些了。我的讲述好像找到了几个角度，没有保留所有角度的完整的故事。所以，唐国的都城，以及后来燮父的晋国都城，都在这一带，它在那么多人依据自己的癖好所讲述的故事中，在一张张写满了字的纸上，在埋葬着诸侯的墓葬的周围，也许就在离他们不远的地方，甚至就在我们走过的路上，唯独不在我们所认定的地方。

卷三十三

历史学家

　　历史是试图满足人们回到从前的愿望，我们不仅想生活在今天，还想生活在昨天和明天。人类是贪婪的，总是想要占据所有的时空，以便获得无条件的永恒。实际上，这种妄想不断激起人们对昨天的兴致，我们要知道从前的生活场景，以及我们从前是什么样子。可是，一切都无济于事，因为我们是有限的存在，我们的视线不可能看得很远，无论我们是将目光对准过去还是未来。

　　时间给世界上所有的选择只有一次，它是吝啬的、苛刻的，这样生活的严酷性就成为我们的常态，幸运则存在于偶然中。从严格意义上说，历史是封锁了证据的，我们总是用各种方法把已经发生过的事件记录下来，实际上这些记录没有证据的意义，或者说，我们认为真实的证据并不是真正的证据，历史的线索非常隐蔽，以致我们根本不可能真正地揭示它。我们所发掘的内容，从来都是表面的，它有着一层我们永远无法认识、无法穿透的东西——这才是历史的灵魂，它是完全漆黑的。

　　就说唐国的事情吧。唐叔虞分封到唐国后，国家治理得井井有

古灵魂

条，声誉日益升高，引发了周边的一些戎狄部落归附，他大力鼓励农耕，做出了很多有益于民生和国家强盛的功绩，受到了周成王的奖赏。尤其是农业获得了丰收，产出了具有祥瑞之象的嘉禾，给仍然不很稳定的周王权以极大的激励，周公在平定东土叛乱中信心倍增，以致在几年的征讨中将殷商残余和自己的宗室叛乱者一鼓荡平，周族的天下一片欣欣向荣。嘉禾极具象征意义，既是丰收的标志，也是天意的证明。一株形象特异的嘉禾为什么会有这样大的力量，我们不得而知，因为我们不可能回到过去，因而无法理解古代人们的思维方式。

也许在遥远的古代，无论是个人的命运，还是一个国家甚至天下的命运，都充满了不确定性，就像水上漂浮的木头，不可能判知它会漂流到什么地方。那么，就只有相信一切都存在着某种天数，超自然的神力成为唯一可信的、可依赖的，只要出现某种奇异之象，就会对它的寓意浮想联翩，并与自己的处境和愿望建立起联系。这种充满了暗示的力，总是左右人的选择，以及能够激发自己酝酿已久的激情和活力。

那时候，人们的生活一切都要靠猜测和询问天意，天意是人世最有力的主宰，因而人们总是寻找各种方式试图和神建立某种沟通和对话的途径。梦境、占卜、星象、异象和自然事件的突然性，都是人通往神意的走廊。人并没有完全的自主性，实际上，那个时代乃是神的时代，人无时无刻不是笼罩在神的影子里。

为什么爕父要迁都，还要将唐国改为晋国？真实的原因不可能让我们获知，但有一些迹象可以导出一些可能：唐叔虞治理的唐国日益强盛，疆土有所扩张，尤其是嘉禾事件使得唐国的地位得到了提升，原来的都城已经与现有的身份不匹配了，也许都城所在的位置不利于进一步扩张……这些仅仅是推测，它仅仅是我们的认知图像之一，是我们思维和想象的结果，未必是历史的真实演化。我们的历史总有无数个角度和方向，但真实的历史只有一个方向，一个固定的结果，那就是它一直延伸到我们的今天，我们的生活和处境是历史唯一的结果，它的树上，只有一枚果子，而且只供活着的人们品尝。

是的，历史是唯一的，它的果子也是唯一的，因而就产生了一个极其诱惑我们的狂念，那就是历史是有逻辑的，是必然的。我们可以借助它的一系列事件，摸到它的线索，并且可以按照它的逻辑推演出一个可预见的未来。这是可能的么？我们不仅追问历史，更重要的是追问我们自己。我们实际上根本不可能找到它的逻辑，因为它的逻辑不是被某一个公式固定下来的，它的逻辑也在变化中不断更新。它的事件也不是单一的线索串起来的佛珠，让我们怀着一个信念随时清点，而是无数根线交织在一起，一个小小的碰触，就会改变历史的航向。如果我们的眼睛不可能看见无限，也不能够观察到最小的、可以被忽略的却是最关键的细节，我们就根本不会知道历史究竟发生了什么，它是怎样发生的。

历史典籍也充满了虚构，很多时候，它更像编制得丝丝入扣、严密无间的小说。看起来十分精美，十分巧妙，也充溢着感情和各种不同的情趣，甚至有一些角度是那样刁钻古怪，让你发出一声声赞叹。然而，这故事仍是虚构的故事，它的精彩仍然是故事的精彩。它的一切功劳应该归属讲述者。比如说，史学经典说，燮父改国名为晋国，乃是因为他的新都建在晋水旁边。可是这晋水在什么地方？在历史所

古灵魂

说的夏墟一带，根本无法找到这样一条河流。是不是连河流也修改了名称？这已经是无法找到答案的疑问了。如果晋水不是一条河流的名称，而是一个地名，那么它又为什么如此命名？它又在哪里？

我们要在史书中找到晋国命名的真实理由，几乎是徒劳的。你所找到的既不能被验证，也不能被说明。你找到了一个理由，就可以用同样的事实说出另一个理由——最终历史沦为智力意义上的阐释，它不是发生于真实的时空，而是发生在我们的讲述中。

卷三十四

文字学家

　　古老的事情总是令人着迷的，即使是一个字，也在讲述它自身以及和它相关的故事。这故事有一个看不到的开头，又有一个似乎十分果断的、简洁的结尾。它采用的方式是倒叙，先将结果端上了桌面，然后让你回溯它的来历。这就是悬念的奥秘。一个悬念中包含了全部内容，所以需要让人从某一个地方破解。唐叔虞的儿子，也就是他的君位的继承者，为什么要把唐国改为晋国？第一个原因是他的都城迁往了别的地方。可是以后的几百年间，晋国也经历了几次迁都，再也没有重新命名，又因为什么？

　　首先是它的"晋"的意义，它究竟想说出什么？一种事物的命名，都有着独特的原因，但由于这名称不断被我们提起，并不追究原来的理由，那开头的理由就渐渐被遗忘。然而历史的独特之处在于，我们所遗忘的可能正是最重要的。我们忘掉了不该忘掉的，留下了肤浅的表象，一个含义深刻的命名，最后只剩下了一个指向某物的抽象符号。那原来在林间指示道路的，却成为树干上一个伴随成长而渐渐漫漶了的疤痕。

古灵魂

"晋"这个字起源很早，它在甲骨卜辞上已经露面了，它的形象对称而优雅，面孔是清秀的，一定意味着它的含义也十分美好，否则燮父不会把自己的国用这个字来命名。有些专家对它进行了独特的解读，也可能说出了它意义的一部分，但不可能说出它曾经要说的全部。一种说法是，认为"晋"的象形是一个器物中插了两支竹箭，也就是说，它是箭和箭菔的组合，应该是"箭"的古文。

如果我们仔细观察，就会发现这一解释是有道理的，何况"晋"与"箭"的发音也十分相近，在一些地方方言中，如果抽取了说话的语境，就单纯的两个字音比较，你几乎听不出它们有什么区别。要是从古代的气候条件考虑，当时的晋国一带可能盛产竹子，他们制作箭的技术也十分高超。既然唐叔虞喜欢并擅长射箭，还曾经射死过庞然大物的猛兽兕，那么，周天子作为叔虞的兄长，将他分封到唐国这个盛产竹子、也能制作上好弓箭的国度，满足他的个人爱好，又有什么不可呢？叔虞当然也会喜欢这个地方，既能够治理国家，又能够带着满囊的利箭，在林间或者旷野狩猎。这是多么美好的设计，又多么令人羡慕。

这样解读的好处在于它给我们提供了充分想象的材料，既是具体的，也是符合人的个性和感情的。我们想想看，在一个黄河和汾河以东的方圆百里的唐国，有着大片的竹林，雨水充足，一条条河流从竹林中穿过，将这些身材颀长的植物群，分成了若干个部分，土地的肥力足够让竹子生长旺盛。这里有着最好的制作箭支的竹材，还有心灵手巧的能工巧匠，这里到处有着箭术精巧的狩猎者，他们在闲余的时间里，在一起切磋技艺，在谈笑之间，一支支箭镞射向了远处的靶心。这样的土地，乃是一片充满了活力的土地，它孕育出形象独特的嘉禾又有什么新奇的呢？它原本就是一个古老的、不断生成各种奇迹的地方。

可是，又有人怀疑这样的说法。觉得这样解释"晋"的字义，虽然是浪漫而生动的，又是形象而具体的，它描述了一个竹叶飞扬、情趣盎然的晋国，可是从先秦文献上的"箭"，一般都使用"矢"来表述，用"箭"来直接指示这一具象的物，可能是后来的事情了。有人说，从字形上判断，更像是向下飞行的两只鸟儿，它们是要从某个器皿中寻找食物么？器皿之中放着什么，竟然诱使飞鸟从高处降落？这样的解释充满了诗意，仿佛是某一诗篇中的意象，可是晋国为什么要用两只飞鸟来命名？显然，一切很难得到理解。

又有人看出了另外的奥妙——这个"晋"字的形象，上面好像是两个倒立的"子"字，可是，这两个"子"为什么倒立，它的下面又是什么，难以找到具有说服力的依据，也好像违背了生活的逻辑。或者说，我们还没有足够的理由找到理解的线索。这样的解释，使得一个字变得更加玄妙，甚至有点儿神秘了。总之，这是一个会意字，是否为一个器物中盛着某物的形象器皿实际上已经无关紧要了，它仅仅是实质的外在包装，关键是，里面究竟放着什么，那才是这个字的秘密。它似乎有着秘而不宣的东西，用它的外表来迷惑解读者，一次次将我们引向歧路。一个形象的轮廓有着很多理解，就像一个影子，里面的细节没有了，而且因光源的位置发生了形变，我们要判断这影子所指出的实物，并不是一件容易的事情。

与我们相距近两千年的一个古人，写了著名的《说文解字》，他依据文字的形体，创立了五百多个部首，将近万个字归入其中，又依据字形进行了分类。这是最早的字典，解析了汉字的结构意义，总结了汉字的造字规律以及演进的趋势。其中，对于"晋"的解读有着独特的角度，他认为，这个字的本义是向前、向上生长，是日出之后引发的万物竞进的形象，它意味着我们所能看到的一片生机，草木茂盛，禾苗茁壮，在太阳的辉映中展现了生命的力量。也就是说，这个字的形象可以分解为两部分，下面是一个太阳的形象，上面则是草木或者谷禾的平视侧影。在这里，人作为观察者，是站在了平地上的，或者是站在面对东方的谷禾中间的，注视着日出的景象和禾苗的成长。

我十分赞同这样的解说，它既是诗意的，也从字画所构成的形状中找到了农耕时代初期的朴素观察角度。造字者乃是一个劳作者，一个农夫，他从自己的经验中寻找到了禾物生长与太阳的密切联系，将万物成长的奥秘归于冉冉升起的太阳。一个字乃是经验的结晶。也是，每日都和谷禾打交道的人，他既不是在洼地里向高处仰望，也不是从高高的亭台上俯视，而是选择了一个最朴素的角度——平视。因为，这一角度显出了人的位置，他既不是十分谦逊的，也不是傲慢的……他从来都是平凡的、平常的。

可是我仍然有一个疑问：太阳应该在草木或禾苗的上方，但这个字的构架中，却出现在了下面，显然这极不符合常识，也无法让我们充分理解。观察者应该在什么地方才能获得这样的印象？它会引发我们的一连串想象，是不是仅仅是一种会意，是太阳的能量传到了土地，然后供禾苗吸收？我不知道古人是如何建造自己的逻辑的，或者，这样的字形看起来更为稳定和美观？总之，文字的源头总是迷茫的，一切事物的起点都是迷茫的，它会将我们探寻的激情推高，也会使我们感到绝望。

古灵魂

卷三十五

诗人

一个字就是一首诗。文字本身充满了诗意，没有毫无诗意的文字。即使是西方拼音文字的抽象字母中也包含了丰富的诗意。尤其是汉字，它包含了许多具体的形象，能够和我们的生活现场联系起来，也包含了造字的时候人们的集体思维和观察方式，不然这样的文字怎能在一个共同体中与别人沟通，又怎能记录那些以往的事情？如果我们理解了文字本身的秘密，就理解了我们的过去，就可以把我们现在的生活与过去的生活融为一体，我们的精神在时间中延伸得更远，生命就会拥有不同寻常的深度。

写诗实际上就是处处寻找文字秘密的过程，它不仅赋予我们表达情感的力量，还给了我们观察和思考世界的理由。当我们说出某一句话的时候，显得是那样平淡无奇，可是一旦把它以文字的方式掉落到纸面上，它竟然神奇地焕发出异样的光彩。为什么会这样？这是文字自身的秘密给了看似平凡的话语以灵性，就像上帝创造人的时候一样，给我们的话语吹入它的气息，让一句话成为生命般的活物，文字本身的隐喻转化为我们表达自我的隐喻，它的指向变得扑朔迷离，因而令人在阅读中感受到了诗的美。

翻看历史，从中看到了字的魅力。就说古老的晋国吧，一个"晋"字包含多少意义，才能让我们永远处于猜疑状态？事实上，它有无数种可能，它也值得我们不停猜测、提问和思考。它既是可理解的，又是不可理解的；它既充满了矛盾，也弥漫着穿不透的黑暗。我曾就这个字的确切含义，请教一些学者，却从没有给出一个让我感到满意的答复。因为他们也同样感到了迷惑，他们尽管不断地比较各种说法的优劣，却总是陷入了更多的迷雾中。

其实，在我看来，他们的每一种说法都是正确的，但每一种说法都限于一个方面。一个字是一个多面体，仅仅看到一个面的闪光是不够的，要同时看到每一个面却又不可能。这就是我们智力的局限。还回到这个"晋"上吧，它既是"箭"，也是飞翔的鸟儿，还是倒立的"子"，应该也是日出之后万物生长的样子。我觉得都已经触及了"晋"的外形所指示的意义，可是似乎都与那蕴含在核心的灵魂有着距离。

如果它乃是箭插在箭囊中的形象，那它的背后就隐藏着一个武士的心灵。使用这个字的人是多么喜欢射箭，一定有着非凡的精妙箭法。如若它是另一种情形——两只飞鸟落在了或者飞向一个盛物的器皿，那么这是器皿中肯定有鸟儿喜欢的食粮。它们一定是为了觅食而来，它们的速度很快，因为饥饿的鸟儿面对食物的时候会显得急不可耐。这个形象是动态的，飞鸟和器皿因了器皿中的食物而联系在了一起，那么，一切都是外在的，唯有那食物是这个字所要指示的，也是它所要说的内容。可是，我们不知道其中放了什么，因而我们也不会

古灵魂

知道它的意义了。

可是，真正好的诗就在于它有着自己的秘密，就像那放在器皿中的东西一样，最后出现的不是那放在其中的，而是飞来的鸟儿。从这个意义上，我十分喜欢鸟儿和器物的解读，因为这已经是诗了。至于两个倒立的"子"的解释，意义是模糊的，不可解的，更多地堕入了神秘主义的泥淖。很多时候，我不太喜欢故作神秘，我想造字者绝不会使他所造的字不被人理解，也不容易嵌入到记忆中。

中国最早的字书《说文解字》的解释也是很有诗意的，日出的形象，禾物生长的向上的形象，生机盎然的力量，出色地揭示了古老生存环境中人的思维方式。至少我们直到现在使用这个字的时候，仍然能够感受到其中的含义和古人的解释是符合的，它有着进取、向上的意义。我也相信这样的解释，但从诗的方向看，它显得有点儿平庸，缺少那种突出的、奇兀的、让人惊叹的犀利感。我不得不承认，如果这个字的原初用意真是如此，它就仅仅是大自然的一曲颂歌。

我还想到一件事，那就是为什么太阳会出现在禾物的下方？一个灵感像闪电一样击中了我。我想出一个很好的解释：观察者一定是隔着一条河流或者一片水洼的，初升的太阳不仅在天边，更重要的是，在观察者眼中，太阳是映在水面上的，所以从这个视角出发，太阳就落到了禾苗的下部，于是，"晋"这个字生成了。也就是说，观察者所描述的乃是他所看见的，而且是忠实记录了自己在一个特定的位置上所看到的情景。如果我恰好猜对了，那么，那个造字者一定是一个不错的诗人，他有不同寻常的发现美的能力。

我的真实的想法是，对所有的猜测都不抱幻想，猜测总归是猜测，真实在猜测中变得更为虚幻。我们越是猜测，甚至认为我们猜对了的时候，真实就越是离我们而去。只有一种情况是真实的，那就是晋国的国君燮父，之所以用这个字来做自己的国号，一定是觉得这个字中藏着生命的喜悦与美好，以它作为一个国的未来寓言，可能是再合适不过了。这种喜悦与美好，不仅在生命中存在，也在物质形象中存在，当然也存在于一个用城墙和华美宫殿、宗庙以及一条条街道构成的都城中，还存在于历史中。从诗的角度讲，万物都藏着自己的暗喻，这个暗喻也深藏在一个字的形象中，你只要盯着它看，就会发现它会从内部射出一道幽暗的光，射穿了长长的时间隧道。

古灵魂

卷三十六

历史学家

　　唐叔虞的封号和他的儿子燮父的封号，在先秦的典籍史料中没有任何记载。史学家面对历史的空白一度变得束手无策。但时机乃是从随机中突然出现，有人偶然从一个地方购买到了一个先秦时代的器物——簋，上面的一段铭文推开了一扇窗户，古远的事件泄露了一丝光亮，让我们看到了以前未能获得的历史信息。经过专家解读，我们大致获悉了一些事情的原委：叔虞分封到唐国之后精心治国，和四周的戎狄部落的矛盾得到了缓解，还有一些部族归附了唐国，出现了一片祥和的太平氛围，农耕获得了极大推进，有了一个个丰收的好年景。嘉禾的出现是丰收的见证，也使得唐国的声望更高了，唐叔虞也因嘉禾的进献获得了周天子的嘉奖。嘉禾对周王室的天下具有深远的影响，这使唐叔虞在朝廷中的位置日益升高。唐国可以称得上是一颗耀眼的新星，在众星中发出独有的光芒。

　　唐叔虞的死和燮父的继位，可能处于周成王末期。按照簋上的铭文提示，唐叔虞原来的爵位应该为伯，而到了燮父继位之后爵号就升格为侯了。可以说，没有唐叔虞时期唐国欣欣向荣的景观，就不可能有燮父爵位的升格。极有可能唐叔虞死在了他的兄长周成王之前，这样，周成王出于对胞弟的怀念之情，也就对唐叔虞的儿子多有眷顾，就把对胞弟的感情移加到了燮父身上，给了他侯的爵位。这是对血缘之亲的特殊施惠方式，既有对唐国功绩的肯定，也有对死者的追念和抚慰之情。

燮父迁都并将自己的国号改为晋，是获得了天子准许的，可是"晋"又是什么意思呢？文字学家的种种解释都没有找到问题的关键，因为他们仅仅是孤立的从字形中寻找意义，却忽视了具体的场景。他们也许能够捕捉到字义的原始影子，却没有捕捉到赋予文字真正意义的现场。我们也不必迷信经典字书的释义，《说文解字》尽管有着不朽的权威，却也有很多的谬误，考古发掘中新材料的发现，已经推翻了许多解释。从时间维度上，它距离发生事件的时间于我们要近一点，但是很多证据作者也不曾见到，而我们却在考古中见到了，于是，我们跳过了巨大的时间段，在向后的飞行中迅速超过了前者。

还有一个事实不能忽略。古人对于文字的释义建立在小篆的基点上，将小篆作为收字和注释的对象。而这种成熟的文字乃是秦代书同文的结果，已经经过了系统的整理，通过规范和筛选，过滤掉了文字本身的许多原始含义。在先秦时代，同一个字的写法并不是完全确定的，一个字甚至有多种不同的样子。

一些史学家认为，晋国乃是以晋水而得名，但这可能是一厢情愿的想象。以山水河流作为国号，都无法通过考证或者其它证据获得证明。有些事情，我们必须回到现场才能获得真实感。我不得不承认，也许他们说的都没错，但我从历史的具体语境中，看到了另一条线索。

　　一个对于唐国来说的重要的事件，就是嘉禾的出现和进献。它让周天子作诗《馈禾》，又让周公作诗《嘉禾》，可见这是多么不寻常的事情，充分说明嘉禾的影响是巨大的，它让周天子获得了驾驭天下的神意，拥有了更大的合法性和权威，也让征讨叛乱者获得了正义。以后的一系列事件都和这一重要的起点相关，它是其它原因的真正原因。在周朝这一等级森严的时代，一个国号的改称，并不是国君可以定夺，而是要体现天子的意旨。所以更有可能的情形是，这一"晋"字，乃是天子所赐。它标志着唐国的嘉禾对周王室的非凡意义，可能带有某种嘉奖的性质。

　　从一直延伸到现在的用法来看，"晋"确有进、向前、向上的意思，实际上我们也可以和"箭"联系起来，因为在射箭的过程中，一支箭一旦脱离了弓弦就会向前或者向上飞去。如果是日出万物而成长的意思，它就会和唐国的嘉禾联系起来，嘉禾正是太阳的恩赐物，它代表了天神的谕旨，正是上天的力量成就了嘉禾，使它获得了象征意义，成为周朝天下的祥瑞之兆。如此盛大的事件，难道不值得纪念和缅怀么？因而，唐国改为晋国，其它的原因都让位于嘉禾。

　　如果一定要从文字的形象解释，那么可以说，尽管"晋"字的起源很早，但它的形象可能就是箭放在箭囊中的意思，可以引申为某物放在某器皿中，也就可以借用这一形象，表示嘉禾放在某一器物中进献给周天子，在这里，也许这个字的真实用意就是嘉禾。这样，一个国家的国号就因为一株奇异的谷禾产生了。

卷三十七

诗人

是不是还有另一种可能？故事的意义在于它敞开的可能，关于"晋"，也许还有另外的解读。这个字的含义也许远比我们想象得还要奇特——历史既不在我们的推测中，也不在我们的想象中，它为了保持自己神秘的样子，不惜从我们的大脑沟回中飞升到云雾里，让我们既不可能看到它的面孔，也不可能伸手触到它的不断分叉的犄角。这是历史对人的智力的真正威慑。多少天来，这个字一直在我的梦中盘旋，就像乌鸦不断从树顶小心翼翼地接近地面。可是，我所寻找的并不是那一个字，而是那个字的笔画中酝酿的形象。

历史的迷宫里没有路标，也没有足够的灯光。很多时候，你不知道身处何处，也不知道走向哪里。你所寻找的出口，没有未来，只有过去，遥远的过去。我曾经想，这和我所写的诗歌有着相似的样子——当我进入诗中，似乎一切都消失了，我的下一行应该写什么，我根本不知道，然而我的笔到了那里的时候，一切突然有了答案。这是我的情感？还是我的灵感？还是我真的知道自己所要寻找的以及所要表达的？所有的野草都是从黑暗的土壤中滋生出来的，最后我只看

古灵魂

到它的叶片以及它被微风吹动的样子。

我的诗歌是由语词构筑的，没有这些材料，它就落不在纸面上，它在我的心中开花，却没有果子。历史何尝不是如此？一些语词是十分关键的，它将事实藏在里面。古代的晋国，这个"晋"是什么意思？诗意的想象仅仅是一个方面，但不是全部。它的真实，可能不在我们的诗意中，它只存在于我们猜不到的地方。当然，历史不是供我们理解的，而是供我们做一次长途跋涉的智力消遣。

我在想，既然唐国源自曾经存在的古国，那么唐叔虞的儿子燮父更改国号的依据是什么？也许就像他的前辈一样，这里也曾经存在过一个名为晋的方国。这个晋国就在距离唐国不远的地方，却在某一个历史时刻被唐国所灭。唐国改为晋国实际上可能是为了纪念这一吞灭他国的胜利，并得到周天子的准许。从这一个古字形的角度看，它可能和许多文字学家的解读一致，就是两支箭置放于箭菔中的形象，它的本义就是箭。也许，这原来的晋国，就是生活于山地中的古族，他们以狩猎为生，他们的专长就是射箭和捕兽，因而他们把箭作为自己国族的象征和标志。如此美好、具有对称美感的文字，可能就是这个古族的族徽，他们是一个崇拜箭的民族，箭的飞翔和速度之美，它的远距离的击中猎物的奇异能力，使他们深深为之折服。它胜过最敏捷的人类奔跑和最优美的搏击技艺。

显然，一支发射的箭镞，是携带着神灵的光芒的，它是上天赐予的宝器，有着夺取任何魂魄的力量。因而，这个名叫晋的古国族，不仅身上时刻背负着箭，手持着强弓，许多射手还具有百发百中的射箭技艺，并以此为荣。他们还将箭放在箭菔中，供养在先祖的灵前，告诉祖先以及天神，这些坚石磨砺的箭头上，凝聚着无数的灵魂，它乃是从血中生长出来，拥有无可抵御的魔力，是他们生存的根本，不可稍忽遗忘的守护神。

也有人认为，两支箭下面可能应该解读为"日"字，可是这样的解读却让人疑窦丛生，箭和日有什么必然的联系？它们之间究竟发生了什么？从现实生活的角度看，太阳有着强烈的光芒，如果面向太阳发射箭镞，必定会影响射箭的精度，目标在眼前会变得模糊，我们的眼睛缺少直视阳光的能力。但是如果没有阳光的照耀，我们同样看不清眼前的实物。对于一个精明的射手，必须处理射箭和阳光的关系，太阳和箭是一个古代狩猎民族最重要的两样东西，它们对生活发生重大影响。我们能否捕捉到猎物，能否在某一个时刻射死野兽，取决于百步穿杨的高明射术和射手所处的位置——他与太阳的角度是否有利于向目标的凝望。如果在丛林深处，这一点就变得异常重要，天空是破碎的，阳光总是被伸展于空中的枝条所分割，并以碎片一样的光斑洒向地面。如果猎手面对的猎物处于阴暗的地方，他的弓箭将失去瞄准所需的充足光线，或者，林间令人炫目的光斑会干扰他的视力。

因而，这个古国族的人们深知箭与日是两个捕猎的要素，它们互相给予灵性，互相赋予力量，它们乃是神灵给我们的两样密不可分的灵符，如果缺失了其中的一样，人们将失去某种生存的权利。那么，他们不仅崇拜箭，还崇拜太阳？古老的时代，什么样的信仰没有理由？不同的生存者具有不尽相同的经验，他们的内心深处会有各种古怪的想法——事实上，他们相信一切对他们来说最好的事物。他们不需要获知事情的原因，他们只需要相信这些原因所支撑的表象。他们也不需要理由，而是坚信一切理由背后的神力。可能他们认为，世界上并没有绝对的原因和绝对的理由，但有着无限的未知。他们所看到的未必是真正看到的，一切有着黑暗的背面，那里潜藏着无所不在的神灵。

中国古老的神话有后羿射日的故事，它一定来自曾经的生活。人类在童年时代，拥有异常丰富的想象，他将内心的秘密经验和某一故事联系起来，成为一个古国族的精神源泉。信仰必须借助叙事才能建立，每一个古国族都有自己的叙事，它将是这个国族以后的历史形成的晶体原核，以后的事实不过是这个原核形象的不断放大和细节上的添加，就像种子里的秘密决定了一棵树的最终形象。后羿射日的故事也许来自远古时代持续的干旱，但因某种崇尚箭的古国族首领的象征性仪式——其中的一个细节可能是向天空发射箭镞，却恰好转而天降甘霖。这一神奇的仪式被改编为神话故事，使得箭的神性得到了普遍认同，以至于日渐深入人心。这是远古帝尧时代的故事了，它所蕴含的意义却意味着真实。

既然这个字和后羿射日联系起来，那就是说，"晋"这个字所代表的国族可能是尧时代羿的后裔。箭使他们长久的干旱炽热，获得了缓解，他们用手中的弓箭射掉了多余的太阳，使得天上的太阳恰好能给他们光明，也恰好能给他们所需的温暖，又恰好能够让他们看清眼前奔跑或藏匿的野兽，又使他们手中强弓上的箭镞，瞄准他们所需的猎物，获得生存必需的食物，为什么不用这一独特的字形来作为自己的族徽呢？

不妨让我们想象一下这个被强邻唐国灭掉的国族吧。他们居住在山林里，过着安逸自在的生活。他们喜欢在篝火旁跳舞，篝火上烤着大块的兽肉，香气在林间的树梢上徘徊，让树上栖息在巢中的倦鸟夜不能寐。他们不断地唱歌，带着自然给与他们的粗野，内心的力量是神灵给与的，因而这声音里有着足够的自信，既然他们的先祖，能够用手中的弓箭射落九个太阳，还有什么做不到的事情呢？生活是悠闲的，比天上的云彩更为悠闲，在近乎无限的山林中自由地飘荡。有时也会紧张起来，这是他们围猎野兽的时刻，他们埋伏在某一野兽出没的小径上，等待着最佳的时机。箭早已搭在了弓弦上，膂力已经蓄满了肌肉，一场巨大的生存游戏，节日般的狂欢，已经从一棵树以及另一棵树的背后，暗暗地开始了。

也许是一头巨大的野兽出现了。它东张西望，却充满了警觉，兽眼里冒着带血的光，从树枝之间斜着射下来的一个个光柱，扫到了它的身上，它身上的斑纹变得异常耀眼，那是它的族徽，它的力量和野性的标志，美丽而血腥。它有着利剑一样的牙，浑身都被看不见的力和掩藏在花纹背后的凶猛性格主宰，但看起来却平静自得，这个国族的猎手知道它的敏捷和力量，知道它的习性和彩虹般外表下的凶险。今天的人们从未见到过这样的野兽，也许它们已经在那个时代开始衰落以至于灭绝，但它曾经是祖先生存的劲敌，也是游戏的中心。它检验着人的耐心、意志和智慧，也检验箭头上锋利的顽石所凝聚的神性。

一头充满魅力的野兽，它的力量，它的肩膀上的斑纹，它的被阳光放大了的鲜艳和娇美，它的眼睛曾在漆黑的夜晚闪烁的绿光，给人带来恐惧的脚印，在林间泥路上用全身的重量压制出来的花瓣一样的脚印，包括它的求爱的悠长而可怕的嚎叫，就要消失了。它的一切，都是消失的理由，它所做的和它所想的，都是最后的原因。已经在弓弦上的利箭还没有射出的时候，就死灭了。时间已经给出了不祥的预言。历史是必然的，它从没有心存侥幸，也不会有过任何幻想。该出现的，就必然出现，不然事情怎么会有一个结局？

实际上简单用推理的方式，已经可以知道事实了。这个国族就是这样生存的，可是它的四周有着更为强大的敌手……唐国已经登基的新君主燮父，开始窥伺这片土地、山林和生活着的人们了。一个崇拜箭的古国族已经危在旦夕，就像他们捕获的野兽一样，陷入了灭顶之灾。在一片刀光剑影之间，命运被决定了。唐国夺去了他们的弓箭，打碎了他们的牙齿，剥去了他们的兽皮，并用他们的斑纹装饰宫殿。他们的族徽变成了别人的战利品，他们的敌人使用了这个古国族从前引以为傲的图腾，成为胜利者的国号，用这样的国号，给他们更大的耻辱。

甚至历史都不会记住他们，他们的存在是虚无的，一切仅仅为了等候新的主人。实际上，就像他们所崇拜的箭一样，它在飞翔中将一切带走了。箭头上的神，安排得如此周密，事无巨细，让他们准备了土地、山林和磨制了的锋利的箭，制作了具有非凡弹性的强弓，甚至篝火上的烧好的兽肉还冒着热气，一切都准备好了，但是赶来享受盛宴的不是他们自己，而是来自唐国的不速之客。看起来，这都是为别人准备的，一应俱全的丰盛珍馐美馔，都是为了奉送他者。一片烟尘之中，马蹄和战车掀起了一阵喧嚣，一个新的晋国出现了，一个叫作燮父的国君，将他的都城迁到了败亡者的土地上，一个古国族使用了多少年的美丽的字，刻在了新君主的玉玺上，并铭记在烟雨迷蒙的遗忘和虚空中。

古灵魂

卷三十八

使臣

我是奉了天子之命而来的，燮父新建了他的都城，也改了他的国号，一切都是顺理成章的。听说他的都城十分宏伟，城墙高过了云霄，可以触及天上高飞的鹰隼，站在上面的人可以探到了云朵。他的宫殿也太华美了，从很远的地方运来上好的石料，从深林中砍伐了几百年才能长成的巨树，还要用香料浸泡。据说，宫殿的前面有着高高的玉阶，每一个台阶都是光亮的，即使是在暗夜也能看得见。

我只知道天子的宫殿是天下最高大的，也是最华美的，因为天下需要用最高大的宫殿显示天子的威仪，也以此来反衬万众的卑微。这些雄伟的建筑还代表周族威震天下的强盛，以及永不枯竭的财富。可是，周礼是严格的，每一个人都应该安于自己的位置，对于周制的任何僭越都不能被允许。我们的设计是美好的，就像天上的星辰，每一颗星都有着自己的固有位置，彼此之间有着固定的距离，既不会引发冲突，也不会无故远离，失去彼此之间的联系。它们不是离散的每一个，而是彼此辉映，共同维护永恒的天图。在月亮上升的时候，它们会自动退去自己的光辉。但是，月亮暂时离开自己的座位，在天幕后面睡眠和休养，众星就立即从暗淡中闪现，以便让我们所居住的地上不陷入令人恐惧的、毫无希望的黑暗。

可是，任何一颗星都不会僭越，不会与它的君王争辉。月亮无论是一弯眉月，还是一轮圆月，它永远是最亮的，是天空里永恒的主宰。这是多么完美的秩序，人间如果就像天空的一切那样，岂不是实现了天神的安排？大地是被笼罩在天底下，地上的一切应该接受天给予的宿命。地上的应该与天上的一一对应，天上的一切都是人间所应效仿的，假如这样的事实可以成为真实，我们就会永享太平，每一个人都会获得本该得到的喜悦和福分。

现在，我接受天子的委派专程来到晋国，我要指斥晋国国君燮父的奢侈和荒唐，他怎能将宫殿和城邑建得那样华美？作为一个侯国，每一件事情都应符合自己的身份，要与自己所拥有的权力相匹配，绝不可超越朝廷的规制。有人将燮父的做法传到了天子的双耳，天子很不满意，甚至表现出了愤怒。他不能允许这样的行为，若是仍然不予严责，诸侯们就可能模仿燮父的做派，天下就一片混乱了。一株夹杂在禾苗中间的野草，必须在它还没有长大的时候拔掉，不然更多的野草就会落在禾谷的垄子里。我是天子的使臣，我见到燮父就如同天子召见他，我将代表天子斥责他的僭越，让他明白一个诸侯的权限和必须遵守的规矩。

经过一连多少天的疾驰，我已经十分疲惫了。一路上昏昏沉沉，不知度过了怎样的山路，也不知涉过了多少河流。沿途的风光是秀美的，我却没有心思更多地观看。我的心中装满了王者的使命，感到了我的责任的沉重。很多年前我曾见到过唐叔虞，他是那样和善，行走

古灵魂

的时候就像一座山一样镇定自若，因为他的胸中有着先王的仁厚，他的每一步，都不会逾越规矩，所以天神才会对他格外眷顾，他的地上才会长出嘉禾。他背上的弓箭，每一支都有着他自己的标志。即使是无数射手万箭齐发，但那被射中的兽身上的箭一旦被拔下来，人们就会辨认出那箭上的符号，它一定是唐叔虞的。

唐叔虞的魅力还在于他拉开强弓的一刻。他的姿势是那么优雅，他的身子向后微微仰着，两脚紧紧地扣住了地上的泥土，就像地要陷下去。我在他的身后看着他，已经感到了一种非凡的力量，集中到了他的箭头上。这样的人，什么事情不能做到呢？可是，现在唐叔虞已经到了另一个地方，他已经不在我们生活中了，他的儿子已经坐在了他的国的中央，一代又一代，天穹不会停留在一个人的头顶上。

我还没见过燮父，唐叔虞的儿子是什么样子，我不知道。听说他和他的父亲一样的英俊和健壮，也有着同样的力量。可是他所做的事情却不太像他的父亲了，他究竟是怎么想的，竟然要在富丽的宫殿中安享先君留下的一切？他还是年轻的，应该有着更大的抱负，创建更大的功业，不应沉湎于奢华，翩翩飞翔的蝴蝶不能停在一株花草上。

在路上，我不断地想着天子的嘱咐，也想着天子用于指斥燮父的言辞。这言辞是严厉的，但也仅仅是犀利的言辞而已。我想，周成王已经逝去了，康王继位之后，仍然对晋国发生的视而不见，他乃是怀着先王的仁爱，以及对燮父的恩宠，不愿意提及晋侯对规制的违背。可是，作为天下的统治者，不能永远怀着血缘中的柔情，应该顺应和接受天命，维护上天降下的旨意和已有的秩序。

于是，我看到这严厉的言辞里，仍是包含了柔情的，这指斥中暗含着对燮父的爱。若是更严厉一点儿，应该采取更为严厉的措施，甚至剥夺掉晋侯的部分权力。可是，康王并没有这么做，他对天下发生的其它事情都怀有宽厚的仁德，又怎能对自己的血脉相连的晋侯给以严酷的惩罚？

车轮碾轧道路的声音变得轻了，御夫已经为干枯的车轴涂上了油膏，车也变得更为平稳了。我似乎已经睡了一会儿，刚才，我梦到了燮父的宫殿，看上去并没有相传的那样宏伟，好像一切是那样平常，我也看到了燮父悔过的态度，他的眼神中充溢着悔恨，并流下了热泪。可又好像不是他，而是另一个人替他悔过，因为燮父的内心并不接受这样的指斥，因而有另一个人作为他的替身出现了——这是真的么？不过，一个梦有时候是实在的，又有些时候是虚幻的，它在不同的时候会有不同的含义。

可是我又不断地猜疑，这个梦要告诉我什么？那个人究竟是燮父还是另一个人？也许是一个人具有两个影子，要是一个人的内心里有着两盏灯，那他就会呈现出两个不同的影子。晋国现在已经不是原初的那个唐国了，它已经变得强大，也有了更多的财富和积蓄，所以燮父才想到盖更大的宫殿和更大的城邑，他可能想显示他的能力，并用这样的物象来增添自己的虚荣，可是一颗星怎能用它的光亮盖过皓月？很多时候，一个人的心中可能会出现两种不同的力量，但是这两种力量不是为了一个压倒另一个，而是一个和另一个在交织中获得平衡，这才会获得上天赋予我们的原本该有的德行。我不想辨别一个梦的真伪，再过一会儿，我就可以见到燮父了。

我掀开车前的蒙帘，看见了远处隐约呈现的城邑，那就是晋国的

古灵魂

都城了。它的城墙上飘着几丝白云，就像被风吹起的丝绸。我从远处很难判断这个城邑究竟有多么大，但是看上去更像浮在地面之上的幻境。我已经穿过了几道溪流，道路变得宽阔起来，也更平整了，路上有着深深的两道车辙，它将一直通往城门前。

卷三十九

旅行者

　　我很早就想到古晋国的遗址上看一看，但一直没有机会。我走过很多地方，无论是荒凉还是繁华，各有不同的美感。我喜欢一个人独行，只有在极度的孤独中，才能领略美好的事物，才会感受到深藏在景物中的内在秘密。你到了一个地方，实际上就是在孤独中寻找对话的机会，你说话的对象不是另一个人，而是你所面对的山峦、河流、森林、建筑以及各种遗迹——那是从前的人们留下的，里面有他们寄存的灵魂。

　　我已经走了很多的路，我把自己的脚印留在了行人众多的地方，以供他们反复践踏，这样我的脚印就更加的沉重了。实际上，我也是踩着别人的脚印的，把别人的脚印踩到更深的泥土里。我相信万物是有灵的，我甚至是一个泛神论者，因为在我的旅行中，能够不断感受到每一个物质形象中，都住着某一个神灵，它提着一盏灯笼，给我照着前面的路，又陪伴我说话，使我在寂寞中沉入更深的寂寞，以致感到这寂寞中乃是有着声音的，并将这声音放入了我的心里。有时，我分不清是自己和自己对话，还是与别人对话，可是我知道无论是和谁

古灵魂

在一起，我们的话语中都有着神灵的参与。

有一次，我来到了一座寺庙，大殿中供奉着巨大的佛像。那么多人前去朝拜，献上了香火，在袅袅烟雾中虔诚地跪拜和祈祷。我站在一旁，静静地观望着，我用自己专注的目光盯住佛像的脸，看到它和我们没有太多的不同，只不过在塑造者的帮助下，它变得身躯庞大，每一部分都被放大了，因而我们必须抬起头来，才能看清它的容貌。我透过升起的一丝丝蓝色烟雾，看到面前佛像的嘴角竟然露出了几丝嘲笑。它可能看出了我们的蒙昧，于是它从两千多年前的异域来到了神像里，专程来俯视那些朝拜者。

还有一次，我在一座山前停留。密林深处传来了流水声，还有风穿过树枝的声息。我静静地谛听，发现这些声音充满了变化，它们的确是一种我所听不懂的语言，它们所说的一定有着自己的含义，我甚至感到我旁边的山崖上有轻轻的回应——生命不是独存于我的身上，而是在一切地方。是的，如果一个人耐心倾听，世界就没有孤独的时候，每一个地方都有着众声喧哗，物质中的灵魂总是会显现在各种交谈中，世界是因各种交谈存在的。这是世界还活着的重要证据。

我听说最近人们发现了古晋国的墓葬，一个古国以这样的形式重新升到了地面上。这是一艘已经沉没了的船，被打捞上来了，它可能还残存着它的部分航海日志，让我们得以知道它从哪里出发，又将到哪里去。它的货物里夹杂着历史早已失去了的东西。墓葬不仅仅是埋葬死者的，而是把死者保存在更隐蔽的地方，以便等待复活的机会。他们失去了活着的肉体，留下了自己的白骨，让人们知道了生活的简单。他们在沉入地下深渊的时候，还要以生者的名义将大量珍贵的物品陪葬，以创造他们仍然活着的幻象。这些看起来无生命的物质里，也许有几代国君的呼吸声，也有他们的富有威严感的低语，在地下也有交谈，也没有绝对的孤独和寂寞。

我特意翻阅了一些关于古晋国的历史资料，一切似乎还没有真正逝去。我要到那个地方去，不是为了探秘，而是为了感受从前。他们究竟为什么要在这样一个地方建立国家，又为什么存在了六百多年？作为一个古国，它的生命是足够漫长的，它的长寿的原因也许就埋在这些墓葬中，就在那些陶器和青铜里，也在剥去了皮肉的白骨上。凡是已经腐烂了的，都是应该腐烂的，它是不需要的，多余的，以及没有记忆的。但是时间总是将有用的储存起来，把没什么用处的顺手扔掉。它要以最大的节俭原则，使用自己创造的原料。

我背起我的行囊，乘坐现代工业创造的交通工具，几经辗转来到了晋国的故土上。已经是冬天了，沿途的树木被寒风扫去了几乎所有叶片，露出了简单的骨架，这也许是一个暗喻，一个历史暗喻。平整的土地上，残留着收割之后剩余的秸秆，一些秸秆已被烧掉了，地里还有着过火的痕迹，一片片的黑，边缘部分已经成为灰色，那是灰烬的遗产。

一些村庄不断从眼前闪过，车窗里的景物都在不停地后退，很快就转向了后方。我看见了熟悉的、有点儿荒凉的村庄，它冒着炊烟，就像一个个屋顶上栽种了蓝色的树，树梢是缥缈的，拖曳着压低了的瓦片，迅速飞出了我的视野。这很像我自己的一连串回忆，一个场景消失了，另一个又出现了，既不是连贯的，也不是完全的无逻辑的间断。它们既可以被理解，又无法做出有效的解释。谁又知道，它们的

古灵魂

下面埋藏着什么？这些看上去萧条却有着内在活力的生活，究竟有着怎样的基座？

夕阳已经渐渐沉下去了，发红的光被一点点遮住，好像炉火在寒风中就要被吹灭了。我来到了古唐国的土地上，古唐城还没有找到，也许不可能找到了。按照历史学家的推测，应该位于太岳山脉西麓的高地之上，以及浍水的上游。燮父迁都也许是由于原来的都城交通不畅，地处偏远，不便于行使自己的权力。所以，新的城邑要移向地势开阔平坦的浍水下游一带。晋侯的墓葬在浍河和滏河旁边被发现，至少说明晋国的燮父之城应该在不远的地方。我看着地图，不断调整着方向，来到了滏河岸畔，平坦的旷野将河流推向低处，而对岸的高地上排列着九个晋侯以及众多夫人的葬所，他们都安静地躺在了厚厚的土层下，谛听着身边的流水声，以及来自空旷天宇的天籁。

经历了多少个四季，又穿过了多少世纪，来到了一个他们不熟悉的陌生年代。他们终于不能继续安稳睡觉了，他们从一开始就做的一个个梦要像气泡一样破裂了，因为有尖利的针刺穿了它们，发出了砰的一响。开始是伴随他们的各种珍宝引诱盗墓者的光顾，继而考古学家开始探寻几千年前的真相了。他们的两大财富——珍贵的文物和历史的秘密，将他们领到了重返人间的路上。

我并不想知道这些古国的统治者是怎样死去的，也不想知道他们的埋葬坑中藏有怎样的宝物，我只想感受这里的气氛，感受几千年前生存者的灵魂。天色越来越暗了，从前的滏河一定水流汹涌，现在已经很小了，几乎很难称得上是一条真正的河流。它带走时间的过程中，也带走了自己。就像它身边的那些诸侯，他们带走了自己的国，并将这古国沉入了深渊。或者说，他们并没有离开自己曾经统治的古国，而是将它一直放在自己的身边。

路上的行人已经回家了，即使是田间的小路，也变得开阔了。远处的村庄亮起了灯火，秋天的收割已经过去了，一年的忙碌换取了堆放在院子里的粮食，被窗户中映出的光照得微微发亮。这是来自地里的最后事实，因为这些粮食之所以能够不断滋养人的生活，乃是由于它汲取着几千年来古晋国土地上的养分。而我只能想着这里的人们是怎样生活的，我是一个外来者，一个生活的观赏者，坐在这里仅仅是为了在冥想中找到昔日的影子，试图获悉历史要和我说些什么。

但是一切都是沉默的，它所有的话已经给这片土地说过了。通过在这土地上的劳作，村庄里的人们已经把该记住的记住了。于是他们也同样保持了和他们的先祖一样的沉默。他们的唯一话语就是每一天的生活本身，这已经包含了历史的全部奥秘。

我坐在高坡上，广袤的旷野和绚烂的星空，把我的心带到了比过去还要遥远的地方，逶迤曲折的道路被暗淡的夜晚覆盖了，田野上的树木变成一个个面目不清的可疑物，像一些无家可归的灵魂。它们有时会在风中摇动，有时又突然完全静止了，你无法预料它们的每一刻会采取什么样的姿势，但有一点是肯定的，那就是它们原来在什么地方，还会继续待在什么地方，好像一次信守诺言的赴约。

古灵魂

卷四十

老人

最近有点儿冷了，天气是好的，阳光依然那么好，暖洋洋地照在地上，但是田地里的庄稼收完之后，一场细雨把空气里的热压到了地底下。我已经加上了衣裳，仍然觉出了早晨的寒意。夏天的风是暖和的，秋天的风就开始往毛孔里钻了，就像插上了针尖。到了夜晚，蚊虫还不停地飞，有时还是会叮住人的脸，尤其是它们的嗡嗡声，弄得人睡不好觉。

不过，显然它们已经开始变得稀少。耐心等待一些日子，它们自然会消失。它们的生命是短暂的，只有两个季节，冬天来了，它们也就飞到了尽头。它们不会知道冬天的样子，它们也见不到春天。在它们活着的时候，眼中没有其它事物，关心的只是能在什么地方找到血，因而总是在人的皮肤上晃来晃去，就像一个不劳而获的二流子。人世间的很多人身上，都有某种动物的形象。

还真有一些和蚊子差不多的人。前些日子，村里来了几个陌生人，看起来好像是做生意的——现在，做生意的人越来越多了，他们是最吃香的，腰里缠着大把大把的金钱，可以随便把什么买下来，不论做什么都用金钱来说话，让许多人的眼睛盯着他们，露出了抑制不住的羡慕之情。人们越来越赤裸裸地迷恋金钱了，人的贪婪从来没有像今天这样毫无遮掩。这几个人一副有钱人的样子，到处打听地里偶然挖出来的东西。有一个人拿出了地里捡到的一件古铜器，已经锈迹斑斑，那几个人立即花了好多钱买了下来。我不知道他们买这些东西有什么用，但是如果他们舍得花钱，这东西是一定能够派上用场的。

又过了一段时间，那几个人在我们的地里闲逛，好像丢了什么东西。他们究竟要找什么呢？地里的庄稼已经收割得差不多了，撒落在地里的颗粒也被鸟儿啄食干净了，还有什么可以捡拾的呢？可是，他们仍然一连几天都在地里，锃亮的皮鞋也弄脏了，裤脚上沾满了泥土，衣服也被田垄边的小树剐破了。

今天来到村边，真相终于破解了。人们都在议论纷纷，我听了听，知道这些人是一些盗墓贼，他们在夜晚挖开了一座古墓，拿走了里面值钱的东西。要知道，古代的人要将最好的东西放在墓葬里，他们认为死去之后仍然需要生前的一切，因为在地底下的世界和在地上的世界一样，生活的地方变了，但生活的样子仍然和原来一样。

唉，这些盗墓贼，他们让死去了几千年的人都不能安宁。难道他们不想一想，死去的人若是他们的亲人，他们会让别人掘开坟墓么？事实上，他们所挖掘的，就是我们的祖先，不论他们死去了多少年，我们的身上依然有着他们曾经流过的血液，我们中间的人，都有着和他们相似的面孔，也许是鼻子，也许是眼睛，也许是走步的样子，总有一样和他们相似。如果他们还活着，这一点极容易证明。

这些盗墓贼太可恨了，我竟然没有识破他们的诡计。他们进村来

古灵魂

收购古董仅仅是一个幌子，真正的意图是打探哪里有古墓。他们是一帮生活在黑夜的人，不配在白天行走。他们的钱都是从坟墓里拿出来的，为了拥有更多的钱，不惜到坟墓里剥去死人的衣裳。他们用死去的人所拥有的钱来挥霍，已经过着一种死去了的生活，从生活的内容看，这些人已经死去了，他们既卑微又不幸。他们选择的是一条通往阴间的黑夜的路。这路上既没有阳光，也没有神灵护佑。我很难想出他们是一种什么样的人，内心竟然这样黑暗。这些人既失去了人间的爱，也失去了死者的爱，也不会有神灵爱他们。

我们也仅仅是议论而已。我们根本不知道，他们从我们先祖的墓冢里取走了什么。是宝玉还是黄金？我们土地下的那些从前的、富有的祖先，在地底下的日子不好过了，阳间的人们偷走了阴间的财产，他们在另外的世界里一定十分伤心。让死者藏在白骨里的灵魂伤心，还有比这更大的罪孽么？

卷四十一

考古学家

　　我们已经来晚了，盗墓者总是先行一步。这些年来，考古发掘几乎都是跟在盗墓者的后面，让我们十分感伤。盗墓者寻找财富，我们是寻找历史的，两条路竟然交织在一起。前几天，我被告知要去古晋国的遗址上发掘一座西周时期的墓葬，因为这座墓葬刚刚被盗掘，不知墓中还剩余了什么。现在的盗墓者十分猖獗，为了牟取暴利，已经不择手段。他们的情报一般是准确的，盗墓工具也很先进，有着丰富的盗掘经验。他们只要找到机会，一般不会失手。面对这样的窘境，考古学家总是扮演迟到者的角色。

　　我和我的同事们到来的时候，工人们已经掘开了表土。我们制订了严密的发掘计划，继而进入了既定的程序。早晨的太阳从东方的蓝蓝的山廓上一跃而起，挣脱了束缚。

古灵魂

卷四十二

农夫

　　一夜之间，我们的村庄住进了众多的人，他们行装简单，说着外乡人的话。一些人戴着眼镜，好像是一些有学问的人。我曾凑近他们，却不太能听得懂他们所说的，他们温文尔雅，携带了很多我从没有见过的仪器。第二天，我大致上明白，他们是来自省城以及其它地方的考古人员，就要挖开这里的一些古墓了。前些天，盗墓者刚刚来过，现在考古队也来了。我们这样的村庄，从来没有这样热闹过。都是因为这些很久很久以前死去了的人们。

　　这就是说，死去的人并没有真正死去，因为他们仍然参与人间的事情。没有他们，就没有这么多人忙个不停。我只是好奇，这些已经死去的，究竟是一些什么人？他们的坟墓里埋着什么？一定有着十分珍贵的宝物，不然怎会有这么多人从很远的地方赶来，聚集在这里。还有一样事情，我很难理解，那些古代的死者为什么要把那么多的宝物埋入地里？死去的人已经死了，死后不会有另外一个世界，只有一片寂静、一片死灭，死者不会有生者所拥有的，却要将生者的财富放到一个无用的地底下。我想，只有一种可能，那就是在他们活着的时候，一想到死后仍然会拥有生前的一切，就会偷偷地感到高兴。为了最后一瞬间的快活，却让生活着的人们失去了他们的很大一部分资产。

这些东西都是我们这样的人起早贪黑干活儿得来的，都是汗水和劳动的结果。人世间没有什么是白白得来的。就像我们种庄稼一样，春天要耕地，把大的土块打碎，一次次把土地弄得平整，还要一铲一铲地垒起田畦的垄堰，以便以后的日子里不断浇水灌溉。还要弯下腰撒下种子，等到禾苗生长起来，又要除去田里的杂草……最后还要把庄稼收割回来。这是多么复杂的事情啊。

一想到这些事，就感到那些埋在坟墓里的人，是多么罪孽深重。即使是我的祖先，我也不能为他们鸣冤叫屈。他们死后还要不断招来一些人，除了干扰我们的生活，他们又给了我们什么？现在，我要到地里干活儿去了。我屋檐下的农具还等待着我的手，我要拿起铁锹，做我该做的事情去。

古灵魂

卷四十三

挖掘者

邻居过来了，告诉我现在需要人手。考古队要挖古墓了，需要雇用我到村边不远的地方干活儿。他们答应付给我报酬，这是一个不错的机会。我是一个不错的庄稼人，干活儿是我的拿手好戏，我最擅长的就是使用力气。几十年过去了，我的身上依然有着使不完的力。我每天在天没亮的时候就起来了，要到前一天牛群走过的路上拾粪。我用伸开五个叉儿的铁杈儿，铲起每一堆留在地上的牛粪，将它们放到我的田地里。它们会使田地增加肥力，让庄稼结出饱满的穗子。我的眼睛是发亮的，能够在微微放出的早晨的天光中，看清路上的一切。回到家里，开始放出睡醒了的鸡，大把的玉米粒撒在院子里。看着它们哄抢食物的样子，我就想到，人的一生岂不是这个样子？但是，人的食物是来自土地的，你必须自己付出辛劳从其中刨出来。想想这些鸡们吃食时的欢快吧，我也从来是欢快的。

我的门外有两条路，一条通往田野，一条通往村外的小镇。可是我很少去小镇，只有在赶集的时候去置办一些生活用品。剩下的时间，我总是待在地里，坐在田埂上抽烟，看着一天天长高了的庄稼，一种欢喜就由心底里升起，就像春天时分地气从田垄里雾一般升起。我熟悉我的地里的每一株高粱、玉米和麦子，它们哪株长得更高了，甚至哪株旁边突然冒出了一棵草，我都知道。它们休想瞒得过我的目光。我会毫不犹豫地把野草拔除，不让那些多余的、不打粮食的草，吸取土地的肥力。有时候，我也在村子不远处的河边坐上很久，呆呆地望着流动的河水，看着它的水面上泛着波光，有时还会有一个、两个甚至更多的小小漩涡，它们究竟流动了多少年？我们一代又一代就这样生活，几乎没有什么改变。

我从来没想到，这河边的高地上，竟然有着古代的大墓，里面有数不尽的财宝。我哪里知道，我的先祖们还有过完全不同的另一样生活，他们有过巨大的奢侈和挥霍，有过豪华的宫殿和喝不完的美酒，可是他们所使用的和享用的，难道不是从土地里产出的？最后，他们也要埋到土地里。现在我来到了他们的墓地，考古队的人们好像不断测量着什么，他们看着手中的图纸，好像他们对土地下面的一切都看清楚了，他们是怎么知道埋在深处的一切？我持着铁锹，已经准备好了，只等着他们指给我挖掘的位置了。我的铁锹已经被土地磨得闪闪发光，锹的尖端已经磨去了一部分，可想而知，土地是有力量的，它能将铁磨开豁口，又有什么办不到呢？

实际上，我和考古队的人们一样，也对地底下的死者怀有深深的好奇。他们是些什么人，又为什么会埋在这里？在他们的身边又埋了些什么东西？好在我的铁锹就要让他们重见天日了，他们又要出现在阳光下了。既然盗墓人来过了，考古队也来了，谜底就要被揭开了。我要亲手将他们上面压着的泥土推开，我要看看他们的白骨和别人的

古灵魂

白骨有什么不同。我还要问一问那些有学问的人，这些从前死去的人，和我们究竟有什么联系。他们是不是我们的祖先？是不是和我有着相同的姓氏？应该说，我们的平凡生活又多了一件稀奇事，因为地下的一堆白骨，地上的人们又要热闹起来了。

卷四十四

乡村老师

今天的课堂上，有一个学生问我："老师，听说我们村子边发现了很早以前的墓葬，有人说可能是晋国的王侯埋在这儿。晋国是什么时候的国家？它为什么会在我们这里？"我告诉他："在三千多年前，曾经有很多国家，晋国是其中的一个。它的疆土不大，正好在我们这儿。"他又问："那为什么你没有给我们讲过呢？你给我们说过那么多过去的历史，却从来不给我们说起身边的事情。"我沉默了，因为我对这个古国也知道得很少。

我现在开始阅读有关晋国的书籍了，我才发现，它竟然是从前的一个巨大存在，它一直影响着我们的历史、我们的生活。它就像一颗耀眼的彗星，从黑暗中划过，以长长的令人炫目的彗尾，从遥远的过去一直扫过了我们现在的日子。

我有了一个疑问：晋国的那么多君主，一些人被历史不断地刻画，而另一些人几乎没有记载，我们仅仅知道有这么一个人，却不知道他究竟做过些什么。比如始封之君唐叔虞和他的继位者燮父，他们的形象在史书上是生动的，他们做过的事情，好像就在我们的眼前，他们完全是可以被理解的人物，让我们感受到了他们在历史中是多么不可缺少。可是另外一些，就没有他们那样幸运了。他们既没有骨架，也没有血肉，即使是他们的名字，好像也仅仅是为了历史的连续性而不得不提到。这里也许在暗示历史的价值，君王在天平上的称重，在于他所做的，要么就在于他在位期间发生了某一历史大事件。

实际上，历史是嗜血的。它不喜欢平淡无奇，也不喜欢没有权力的争夺、没有黑暗中的阴谋，只有充满了血腥气的手，才能获得历史文字中更大的权重。一切喜欢安宁的君主，就会失去历史的青睐。对于一个国家来说，它的开疆拓土，意味着损害另一个国家的权益，它们从不珍惜人的生命，甚至用别人的生命做了自己的赌注。它们用他人的血喂养填不满的文字，青铜器上永无饱足的饕餮纹所暗示的形象，实际上就是历史的真实形象。

从人性的角度看，那些在历史中文字最少的是最值得缅怀的。对于一个国君来说，他的平庸并不意味着他的能力不足，而可能恰好是人性的胜利。古代君王们四处征战，在杀伐之声中建立的丰功伟绩，乃是用累累白骨堆砌自己的纪念碑，它有着看似辉煌的尖顶，却落在一个满身血污的基座上。燮父继承君位之后，一定有过对四周小国的征伐，不然他的迁都改晋就难以寻找足够的理由。胜利者的一般行事方式，就是在一片杀戮之后，开始大兴土木，建造自己的宫殿。这不仅是为了自己在无数死者的骷髅上放纵欲望，醉生梦死，还在于这是一个凯旋者的炫耀，一个象征性的物质形象——文字的辉煌仍然不够，还需要一个庞大的、能够被自己和他人随时看得见的、不可忽视的巨大宫殿，以便让更多的人显得更为渺小，身子匍匐得更低，低到泥土里。这是一种用物质建立的精神压迫，一种征服者的威权形式，也是一代君主自我膨胀的物质意象。

接下来的几个继承者大约就没那么嗜杀了。也许他们是十分平庸的，也许他们只是贪图安逸，也许他们另有所图。他们心里究竟是怎么想的，并不重要。历史只看结果，内心的活动既不能被窥视，也不具有形象价值。它的美学意义只是属于个体。我们只是知道这些晋国君侯的名字，燮父之子叫作宁族，被称为武侯，武侯之子叫作服人，被称为成侯，成侯之子是福，被称为厉侯，厉侯之子叫作宜臼，被称为靖侯。从他们的谥号可以看出来，他们有着各自的个性，也许有的喜欢习武，但显然没有施展身手的机会。有的喜欢安逸，可能在声色犬马中度过一生。有的可能狠厉凶残，令人畏惧，但一切仅仅局限于晋国宫苑，没有波及更大的范围。他们的所作所为和各不相同的性格癖好，和民间的普通人没有区别，只是他们拥有巨大的特权，这样的个性就被特权放大了，成为殃及他人的一个个事件和场景。

这些小小的对别人的损害基本上是有限的。他们的无所作为反而是有益于世界的，他们无意拯救民众，却因为自己的无用，使得世界变得平和、平静、平凡，更多人们的生活波澜不惊、安逸自在，他们的自由没有被强行干涉。生活中总是有一个黑影在眼前晃动，你总是不知道那个黑影意味着什么——它笼罩着一切，只要统治者愿意停留在原地，你的心中就会少一些恐惧。

在暗淡的灯光下，小小的房间里好像是被过去的、很远很远的过去的日子充满了。白日里教室中的提问以及有着整齐的节奏感的读书声沉淀到了底部，我被海水浮起一样，在朦胧的历史中漂荡，就像一

古灵魂

个被抛弃了的幽灵，前面既没有道路，也没有树木和一切能够指明方向的标志物。历史一直在文字里喧腾、咆哮，这些昏暗的文字并不是静止的，也不是停留在发黄的书页上，而是在一个更加巨大的、深不可测的空间中不断变换着形象，就像在空中看到的云海，它几乎没有任何固定的形状。

我费尽了自己的眼力，努力看清书页上的每一个字——汉字是这样富有形象感，它让你不断穿越它，直到更深的地方，幽深的古老的矿洞，有着一个个岔道，它可以耗尽你的智力。我的屋子里的墙壁上没有悬挂任何东西，只有灯光扫射到的边界有模糊的一些凸凹不平的斑点，这使得世界不那么均匀，一直让人感到微微的眩晕。我的影子从光源暗示的方向，向斜侧倒在了一边。我仔细地阅读，发现以前的历史是不知道纪年的，那些历史中的影子离我有多远？我知道他们就在我的身边，从来没有离我这样近，我甚至能够听到他们的呼吸，他们沉睡中的鼾声。

到了晋靖侯的时候，时间突然出现了。它冲开了一片黑暗，把历史带到可以计算的光亮中。靖侯之前没有确切的纪年。靖侯十七年，一个突发的历史事件，划破了夜晚，周厉王因暴虐无道，激起了国人变乱，天子只好奔逃到了彘这个地方。第二年，靖侯就去世了，他的儿子司徒继位，被称为釐侯。釐侯之子叫作籍，就是献侯。从晋侯宁族到献侯长达六世，这六代君主连同他的晋国，历史记载很少很少。历史是善于猎奇的，它和一个通俗作家相似，总是讲述离奇的故事，一旦生活中缺少了这样的样本，它就用沉默来抵抗沉默，又以遗忘来顺应遗忘。

乡村的夜越来越深了，它的寂静压住了历史的骚动，偶尔会有几声夜鸟的厉叫，好像从遥远的时光里传来。昏暗的灯光更加昏暗了，白炽灯的钨丝有时会突然发暗，颤抖着，又显得更亮了，远处送来的电，不会保持恒定的强度，但不会改变史书上陷入文字里的一连串车辙，那些往事已经停在那里了，无论是君王还是普通人，统治者还是被统治者，都停在那里了，时间的沼泽地，不会有任何人挣脱。

古灵魂

卷四十五

收藏家

灰黄泛黑的深绿，一些轻微的铜锈，椭圆柱形又带有微小的锥度……这是我见过的最漂亮的编钟。它的钟柄即甬端与甬基之间的外径仅仅差不到一毫米，可以看作这是一个基本同径柱体。甬是空心的，它与钟体的内腔相通。它制作得如此精美，我们很难猜度古人的青铜制作水平。我们只能说，他们采取了当时最好的工艺。看这些编钟的表面吧，在枚、篆和钲之间，有着圆圈纹饰带分隔，还有一些细阳线构成的云纹，分布于不同的地方。

据说这是晋侯墓葬中发掘出来的一组编钟中的两件。它上面这些纹饰说明什么？很多编钟以及其它青铜器皿上都刻着类似的花纹，我不知道它的原始含义，也不知道古人为什么喜欢这样的花纹，但他们一定想说出什么意义。我只是从直觉上感受到了它的美。也许，它上面的纹饰是从身边的具体的动物和植物形象演化而来。它们变得这样抽象，简单的线条里含有极其丰富的生活内容。一些纹理的形状似乎能看出它的来历，云、雷电、鱼、野兽、鸟以及花草和其它植物，最后都变成了一些弯弯曲曲的线条。古人的观察力是惊人的，他们看到的，是事物内在的骨骼，这需要非凡的想象力。

以前我曾见到不少殷商时代的青铜器，还没有见到过体量这么大的编钟。我一想到它在三千多年前发出过浑厚的声响，它的声音我们今天仍然能够听到，这是多么令人激动的事情。物质的世界在时间的消磨中已经剩下了一些残渣，古人曾经见到的一切，我们只能看到一点点，而从前的全貌只能存在于我们大脑沟回的想象之中了。他们的活动场景、生活细节以及他们的所思所想和所做的事情，也在时空中消失殆尽。可是，这些编钟却能够完全留住从前的声音，用不着我们推测，也用不着我们调动自己的思想，它提供了原本就有的、被三千年前的耳朵所倾听的音响。这让我们感到，从前也并没有失去，它仍然存在于青铜编钟里，它的甬、钲、鼓、舞、枚和篆等每一个部分，完整而巧妙地给了我们一个穿越时光的深邃通道，让一粒三千年前的种子在今天发芽开花。

历史学家对于编钟的形体之美并不在意，他们也不在乎来自远古时代的声音之美。他们只注意编钟能够提供的历史信息。那些铭刻在上面的花纹，如果不能很好地解读其中的含义，就会不那么重要。如果它能说出古代人类的信仰和习俗，或者还能说出某一个部族或者国家的独特崇拜或暗示了某一个原始图腾，就更有意义。他们已经留意到上面留存的一些文字，这是编钟让他们感到欣喜若狂的原因。历史学家一直希望寻找证据。可能他们认为，历史就是一系列证据，没有这些证据，就无法建立历史。我是一个收藏家，我曾经收藏了很多古代的青铜器，我喜欢这些来自古代的东西，不是因为它们多么古老，也不是因为它们能说明什么问题，而是它们因为时间的累积所造就的

古灵魂

价值，因为没有什么比不断消失的时间更加意味深长，也没有什么比时间更有价值。在我看来，历史仅仅能够说明一个问题，那就是我们不是从现在开始的，我们的生活比我们想象得还要长久。然而究竟我们在过去漫长的时光中是如何生活的？我想，生活的本质从来没有发生过什么变化，现在怎样生活，曾经也是怎样生活的。现在的一切，就是过去的一切。

我收藏是为了欣赏。我所迷恋的，是古物身上的每一条纹络、每一个花纹以及它的铜锈、它的经历过时间的沧桑感。经历过时间的东西是不一样的，它有着特殊的气质、特殊的面孔，它和崭新的物件有着完全不同的色泽和诗意。它的饕餮纹、云雷纹以及它的每一个斑点，都代表着已经消失了的人的踪迹。它有着令人惊艳的昔日之美。在这一点上，历史学家是一些试图把时间拉回到现在的乌托邦主义者，他们不会知道事物本身的美学价值，如果他们不能获得历史证据，就宁可对眼前的美视而不见。

可是，人从来不是具有完全视野的，很多时间的关键点，都在视野之外。他们所看到的，实际上是他们愿意看到的。他们所忽视的，也是他们习惯于忽视的。比如眼前的这个编钟吧。他们仅仅看上面的文字。而我是把这些难以识读的蝌蚪一样的文字当作美术图案来对待的，它竟然和这样的形制完全和谐地形成了某种美学配置，它是整个青铜器形体之美的不可分割的一部分，它这样抽象，又是这样恰当而富有诗意。

据说，这里的两件编钟只是这组编钟的一部分，全套编钟有十六件，另外十四件被盗卖境外，又被另一家博物馆辗转回购收藏。编钟上刻有铭文三百三十五字，它们说了些什么？我虽然不可能看懂这些字，但我仍然对其十分好奇。何况，这些文字就像图案一样优美，一定有着和它们的优美相匹配的意义。总之，这些编钟和它们的埋藏的年代一起，已经嵌入了我的内心，我感受到了和它们静静拥抱的愉悦。它们给我讲述从前的故事，我却不能完全听懂，我只是知道，这故事中包含着灾难和沉默的爱，也包含着君王的礼服上耀眼的图案、权力至高无上的象征，以及华美、繁复和神秘的祭祀仪式，还有耻辱中生活的人民、佝偻的劳作者、征伐的战车、璀璨夺目的荣华和含蓄的悲凉。

卷四十六

周宣王

很多事情都是在毫无征兆的时候发生。在我的东都王畿之中，东方的夙夷竟然反叛，我只有亲帅王师前往征讨。我的军队是英勇的，我的战车从王都开出，一路锦幡蔽日，戈矛林立，马的嘶鸣和辚辚车声，压过了寒春的微风，还没有发芽的树木在淡淡的云层下僵硬地颤动，我凝重的目光扫视着四周，卫士们一脸肃穆，我已经意识到这将是一场血的厮杀，我必将叛军清剿干净，让天下知道反叛的代价。

我已经没有自己的生活，我的命运是和周王室的命运联系在一起的。我所做的就是将这个江山留在手里，不能像我的父王那样，还没有来得及做什么，就已经因自己的荒淫、荒唐和极端幼稚的残暴被我的宗族和大臣们赶走了。父王太任性了，既听信谗言，又横征暴敛，也经不起别人口中冒犯的言语，他将那些抱怨和发牢骚的人们都杀掉，不让别人对他有任何非议。实际上，那些针对周王的怨艾之情并不是通过简单的杀戮就可以终止。它就像田地里的树种，你越是用血来浇灌，它就生长得越快，等到它长成大树的时候，它的阴影就会罩住整个田畔，使得它的树荫下的草木枯黄，失去太阳的照料。我的父王因此失掉了他手中的权杖，也失去了本该属于他的荣耀。他只有逃到了偏僻的虢国，这样的命运让我感到伤心。

我坐在他曾经坐过的王座上，绝不能成为父王的重影。我要把埋在土里的火拨亮，让光辉显露在地上。我开始修改原来的大政，效法我的先祖文王、武王、成王和康王，发扬他们的遗风，要像他们那样做事情。先祖创造的基业，决不能在我的手中丢失，否则，我又怎能对得起我的座位呢？我要握紧手中的剑，让它的寒光更加耀眼，一直投射到最远的地方。一个君临天下的天子，他的最重要的东西就是至高无上的尊严。我不仅代表我自己，还代表着统治这个世界的周王室，我的头顶上闪耀着群星点缀的光环，谁要让我的头顶上的光变得暗淡，我就让他永远沉到漆黑的深渊。

看看我的先祖们，他们从来没有让任何狂妄者获得他们所想要的，他们如果得到，就意味着我们将失去。我们的尊荣就是我的一切，一切一切，哪怕是微不足道的一点点，都不能被卑微者取走。这不是因为王者的贪婪。我已经拥有一切了，还需要更多么？这一理由不仅不是所应有的理由，而且这一理由全然不在我的视线中。真正的原因在于，哪怕我所拥有的失去微小的部分，就意味着尊严的全部丧失。

我继承王位之后，才感到自己并不是坐在松软的花絮上，而是坐在玫瑰的刺上。坐落在香气缭绕的地方，却被众多隐身于暗丛里的兽影所窥伺。我的身子看起来是挺直的，但我衣服上的花瓣和瑞兽，却令我寝食难安。我的疆域太大了，以至于我不可能骑着快马跑出它的边界。我所不知的地方太多了，我的权杖划出的土地，不仅种植稷

古灵魂

黍，也生长荆棘和包藏毒汁的果子。我必须像一个好农夫，时刻警惕自己的田地里长出了什么，辨别混在了谷子里的野草，以便随时把它们拔除。可这是多么费心劳神啊。我在梦中经常遇到各种不祥之兆，又是在夜半惊醒，发现四周充满了黑暗的空气里，有着某种可疑的、令人恐慌的声息。

不测的事情终于发生了。夙夷从东方开始侵占我的土地，践踏我的园子，贪图我树上带着花蒂的甜枣，我不得不拿起我的弓箭，对准叛乱者的鼻子。看吧，我的大军就像乘着云，从王都飘向敌人，这充满了愤怒的乌云，将压低他们的头，直到他们陷入泥土。我坐在战车上，看着望不到边际的战车和军队，刀戟和长矛就像从云中穿出的金光，我将内心的仇恨和利箭一起塞满了箭囊。

这尘世真是让人悲伤啊，每一天的日子都在牢狱里，你既没有自己所想象的自由，也没有从远处看到你的那个样子。你既不在自己的心中，也不在别人的眼里，你在哪里？我常常想到我的先祖们，他们已经远离了我所生活的世界，他们脱离了虫子和蛹壳，已经像蝴蝶一样自由自在地飞翔了。他们带着自己翅膀上的斑点和花纹，没有任何匮乏的困扰，无须任何食物和仪式的束缚，只有翱翔的灵魂，漫游于云中，俯瞰那些已经和自己毫无关联的、却曾经陷落于其中的人世间。

我曾经在一个夏天的日子里，停在了一朵花儿前面。记得那是一个雨后的晴天，天是最蓝的，蓝到了连我的呼吸都可能是湛蓝色的，那么清爽而美好。几只蝴蝶从不知什么地方突然出现了，它们的颜色各不相同，一只黑色的，却有着奇异的白边，另一只则是火焰的色彩，就像空中飞过的一朵小火，要点燃什么？一看就是一个具有炽烈性格的灵魂。还有一只则是花儿一样斑斓的，它的翅翼上有复杂的图案，好像用这样的方式讲述一个生前的故事，或者它曾经是一个公主？我的先祖们的王妃？它们绕着我眼前的花儿转了几圈，彼此在空中嬉戏，一会儿靠近了，一会儿又远离，它们心中的快乐，我无法得知，也不可能感受到，因为我在这株花儿面前仅仅是为了排遣内心的忧愁。

古灵魂

卷四十七

晋献侯

我喜欢坐在大殿上，饮着美酒，看着面前的舞女翩翩起舞，也喜欢听乐师们演奏稀奇的音乐。可这样的日子久了，就会觉得每一天都一样，难道一个人就是为了每天重复自己的生活？每一个场景都是相似的，舞女们换了一个又一个，看得太久了，她们实际上都差不多，我已经看不出她们每一个人有什么不同。我让工匠制作各种漂亮的酒具，为了拿起酒盏的时候，感到时光的差异。我的罍、尊、爵、觯、觥以及其它盛酒器和饮酒器，无论是用于祭祀还是用于寻常日用，都非常精美。上面刻满了各种植物的花果、奇异的飞鸟和从没有见到过的瑞兽。它们的面目是奇特的，它们既不属于人间，也不属于使用者，它们乃是神的灵物，是在我们之上仍然存在一个神的世界的证物，也许它们并不是工匠们想象出来的，而是在远古时代，我们的祖先确实见到过的。

是的，天神不会经常显示自己的珍贵生活，他不会经常放出这些珍禽异兽，供我们欣赏。它们只是在特定的时候，作为神的使者来说明神的谕意，以避免我们违背神意，留下不可挽回的悖逆的辙印。我把这些我从未见过的兽面和神鸟的飞羽作为酒樽的花纹，不仅仅是为了它好看，还要它提醒我时刻留意自己的言行。我还将一些盛酒器做成了神兽和佳禽的形象，让来自另一个世界的天神，作为庇佑我的灵符。我只是统治着一个小小的国家，它只是天子影子里的一个光斑，而我还需服从我的神，它是最高的、能够支配我的神，它来自我无法望到的云层之上，在天蓝的宫殿和镶满了群星的光芒里。和天上的神灵相比，我是暗淡的、软弱的、毫无力量的。然而在我的国中，我又是闪耀的、有力的。我在我的城头扫视我的土地和人民，我的权力就像撒在地里的种子，无处不在生长。

但是这些都是多么虚无，一个个日子，流水一样飞流而去，带着年华的枯枝败叶，漂向了不知之地……哪里可以汇聚如此众多的岁月？一定有一个无限的深渊，永不可填满。我不是来到世间就是享乐的，所有的享乐都有着尽头，而且在奢靡的生活里一下子就会看见最后的一刻。看来，我应该和我的先祖们一样，要做一些值得铭记的事情。可是，我是突然坐在了宝座上的，我不知自己应该做什么，也不知该从哪里做起。

平庸的生活是不值得记忆的，既不可在自己心中留下车辙，也不可能嵌入别人的车辙里。因为平庸仅仅属于自己，却不属于记忆。它又是本性所贪图的，却也不属于本性。我需要证明自己，先祖们能够做的，我也可以做到。我同样需要史书记载，需要盛大的仪式来庆贺，需要典礼来成全，我渴望有一天能够让天子慷慨地赐予，音乐和舞蹈不再是伴随平庸日子的消遣，美酒也要用来送行和迎候凯旋。

机会终于来了。东方的夙夷背叛了天子，也背叛了我的周王室。

古灵魂

他们竟然侵占我们的土地，祸害我们的天下。天子亲自率领大军前往镇压，却中了对手的奸计，在进击途中被引入了洼地，一场凶险的鏖战，天子的大军被击溃了，在奔逃中落叶一样四散而去，就像突然到来的秋风席卷了地上的沙尘。周王也差点儿遇到不测，在弯弯曲曲的路上落荒而逃。这是多么大的耻辱。如果天子接受这个事实，就意味着放弃天下，所有的反叛者都可以效仿凤夷，我们先祖们筑就的巢就倾覆了。

我将晋国登记过的民众组成强大的军队，在大河转弯的平原地带蒐兵，训练和整顿大军，整修和建造战车，收集和驯养马匹……天子的逃散了的王师也陆续汇集到了一起，天穹的云越来越浓了。每天早晨天光微亮，我就在军帐前的一棵巨树上刻上划痕，我的利剑的刃带着我的力量，割破了树身表层，记录了这个不寻常的日子。粗壮的树干，默默地记下了我的剑锋，也记下了我的日子。记忆必须通过伤痕获得，要么你将伤痕刻在自己的心上，要么你将它给与别人。一棵树应该也有疼痛，它用这样的疼痛收集自己的记忆，并扩散到了树梢，以至于输送到每一片即将长出的叶子，即使这些叶子在秋天散落，仍然会把刻骨铭心的东西留在根蒂上。就这样，一天天过去了，从月缺到月圆，又从月缺到月圆，巨树被一条条刻痕爬满了。从满树绿影到丛林枯黄，秋风扫去的，又在严冬之后归还……临战的日子到了，冬雪融化了，道路开通了，大河突破了冰层的封锁，又恢复了滔滔奔腾的原貌——南渡大河的舟楫已经云集于河畔，大军在庄严的誓词呼喊中登上了讨伐逆贼的征途。

这是我多少次在梦中见到的景象。天子登上了王车，我也登上了我的战车，大河湾的平原一掠而过。穿越大河激荡的波涛，又在春天荒凉的山岭间盘旋，骏马的嘶鸣从山间的密林中扰动，得到了山壑中绝壁的回应，沉闷的、遥远的回声，仿佛来自天上的雷霆。徒兵的脚步，在已经潮湿了的地上踩出了纷乱的脚迹，它们与车辙形成的两条长得看不见尽头的线痕，交织在了一起。

多少年前，我曾伴随天子到东国和南国巡狩，那时我也是率领大军陪伴左右。我是天子最信赖的，我的祖辈都是周王室最信赖的，每当周王遭遇到了困境，都是我晋国君侯挺身而出，从来没有失手。晋军是强大的，在每一个关键时刻，都经住了考验。我背上的箭囊，我的坚固的战车以及性格暴烈的骏马，都能在天子召唤的时候立即释放巨大的杀力，我的强弓，可以一支接一支发射，我的战车和骏马可以连续作战，长途奔袭，从来没有疲惫的感受和停下来的意愿。我们要么等待天子的命令，要么跟随天子出巡边域，要么就是在污血奔流的战场上赴汤蹈火。

我的大军行进到菌就驻扎下来，在此和天子亲帅的王师会师。休整了一段时间，天子就命令我北上击敌。天子率领的王师则从另一条路线迂回分行，剿灭叛乱之敌。天子和我分开了，各自率领大军从两个方向前往征讨之地。这里曾在周穆王的时候，建有离宫别馆，是我周王室拥有统御天下的王权喻义之象，它承载着恒定的天命。我下车向天子拜别，看到天子的脸上密布着乌云，他的双眼就像木炭一样发黑、发亮，只要有一个火星就会燃烧起来。这是一双威严的、可怕的眼睛，积蓄了深仇的眼睛，一直凝视着我。当然他的双眼也透出了对我的感激之情和急切的期待。我感到被他的双眼点燃了，我的浑身冒

古灵魂

出了泉水一样的热力，我的内心变得像磐石般坚定。

　　夜晚很快就降临了，天幕一点点垂了下来，遮住了荒凉的村落，我在军帐中孤独地坐着，身边的人们都被我驱赶走了，我希望一个人待在漆黑的夜里，把自己埋入一个看不见的世界。我盯着黑暗，似乎有很多还没有死去的幽灵就在四周。我的心有一点儿恐慌，但很快就镇定下来。一个人如果害怕死去的和即将死去的事物，他又怎能面对生与死的对决？一个人的身体可能涂满了血污，但他的灵魂是干净的，它没有形体，也没有重量，又怎会沾染不洁净的东西呢？我已经不害怕任何东西了，我的身体和心灵是沉重的，不可能附着别人的灵魂了，我有自己的灵魂已经足够了。

　　我开始和我自己的心交谈，我的心中闪现出了微弱的光线。我已经不记得我与自己说了些什么了，可那时好像自己变成了两个人，就像两条河流汇聚到了一起，它的浪花彼此敲击，我在激越的喧哗中获得了前所未有的安静。这么安静的夜啊，只有我和另一个我悄悄说话，把我的心中的渴望和烦恼、惊恐与不安以及迷惑和愚昧，都倾倒了出来。那曾经堆积在我的深处的，山壑一样纵横交错的，都在倾谈中削平了。

　　应该过了好几个时辰了，我走出了军帐，来到了旷野上。满天的星群就在我的头顶上，没有一颗星被云朵遮挡住，却也没有月光披到我的肩上。一阵阵凉意穿透了我的衣衫，我感到自己是无形的，夜风能从我的身体毫无遮挡地穿过，我的脚步绕过了一个个营帐，兵士的鼾声隐隐可闻，我是不是走进了他们被血铺满了的梦？

卷四十八

夙夷

　　现在我已经不知道结局会怎样，但一开始我就不准备停下来。我是夙夷的首领，我的长矛已经从悬挂的地方取下，并握在了手中，利箭已经搭在了弓弦上，一切都不可挽回。我身居东国，这是多么美丽的土地、肥沃的土地，差不多每一年都会有好收成。可是，我们的很多财富都要交给周王，他从遥远的地方主宰我们，就像一个残暴的驭夫，一点点收紧了缰绳，用笼头挽住了我的自由，又用鞭子不断地抽打，我的疼痛已经忍耐了很久了。

　　尤其是周厉王，他想收走我的山林，对我的盘剥越来越多。谷粒已经被剥干净了，还要去掉它的皮，最后被牙齿嚼碎，咽到他的肚子里。周厉王终于被他的国民赶走了，他会因自己的愚蠢而付出代价。我相信天道，相信天神不会对作恶多端的人不予以惩罚，所有的人都会有一个最合适的归宿。厉王的儿子继承了王位，我曾对这个新的天子抱有幻想，想象中一切都会得到改变。事实的确比从前好了一点，但改变是这样微不足道。该压榨的仍然在压榨，只是好像施与的力小了一些，我的痛楚稍稍减轻了，可是苦痛的根源并没有消除。

古灵魂

为了拒绝贪婪者的采摘，玫瑰必须长刺。他们已经碰到我的刺了，让他们的鲜血滴下来吧。前些时候，周王率领大军前来讨伐，他的战车碾起了尘土，不知有多少战车，就像飘浮在一片烟雾中。他想把我一举铲平。可是我手中的戈戟并不是泥做的，它有着锋利的刃，它是用血磨制的，不会待在墙壁上一动不动。它早已集聚了仇恨并骚动不宁了。

　　我的士卒是英勇无敌的，他们也足智多谋。周王自以为兵多将广、战车如云，以为我不堪一击，他想错了。他的骄气压倒了他的理智，他的愚蠢胜过了他的智慧，内心的仇恨和傲慢盖住了他的双眼，这必使他失去力量。我用计谋把周王的大军引入了低洼地带，我的伏兵从四面八方掩杀过去，那是多么痛快淋漓的激战啊，无数的人头悬挂在我的士卒的腰间，他的车也陷入了泥淖。我从一个山丘上看着周王的兵马丢盔弃甲，落花流水，我的心里就感到十分欣喜。我走下山丘，登上战车，亲自击响了战鼓，并在一片厮杀声中追击周王，他一边让战车阻击，一边拼尽了力气逃命。

　　也许是他不该被我捉住，也许是云中的天意使他逃出了我早已挽好了的兽套，他的马也太快了，在崎岖的路上，两道车辙伸向了不知之处。我只是攥住了从他的王车上砍下来的一块木片，这是他耻辱的证据，或者说，他的王车从此已经残缺不全了，象征着王权的脸孔上已经被刺上了刀痕，他们的脸再也不好看了。

　　我已经想好了，周王并不是奉了天命的，周武王也是用刀枪剑戟从商王手中夺来宝玺的，他们的王权不是生来就有的。为什么他们要统治我、支配我，并不断剥夺我？我为什么不能改变这一切？这是支配与被支配的生死之争，如果失去了自由和本该有的权利，活着有什么意义？我将为自己和我的国拼死一搏。周王所做的，就是他们能够一直这样，而让我们也一直这样。他们希望世界永远不变，让时间捆绑在一根柱子上，我要做的就是把这捆绑时间的绳索割断，把柱子拔起来，时光不会停留在一个时刻。我知道他们又要来了，他们不会放弃再次获得耻辱的机会，或者，他们的大军已经在山间崎岖的路上了。

古灵魂

卷四十九

晋献侯

这是夏的祭天之地，有着用于祀天享神的钧台。也许夏王觉得神应该在这个地方徘徊？神应该无处不在，为什么把钧台建在这里，是不是还有更好的理由？既然过去的人们这样做，那么一定会有神在这个地方经常出现。我们就在这个地方开始向叛军发起攻击。神灵应该就在我们的身边，它会给我们勇气和力量，使我们的长矛更加锋利，也使我们的战车所向披靡。事情正是这样——很快我的大军就攻陷了敌阵，上百敌人被我的勇士斩首，几十个人成为我的俘虏，城外的荒野上，到处丢弃着他们的染血的战车，满地都是敌人的长戟和长矛，我将这些象征着叛逆的东西堆拢在一起，周围放置了干燥的柴禾，然后将其烧毁。

火焰上的黑烟升向了天空，它就像一些黑色的灵魂，从地上开始，到空中消散。在地上的时候，它那样浓烈，看起来是一团团巨大的迷雾，然后一点点升起、不断扩散，似乎是迷茫的，很像找不到归宿的孤儿，最后在挨近白云的时候就看不见影子了。这样的烈火中，那些曾经和我们厮杀在一起的战车，一点点坍塌，剩下了一团小小的骨架。春风卷起了灰烬，把灰烬吹到了很远的地方，追赶那些逃走了的敌人。

天子带着王师与我们会合了，看着尚未清扫的战场，欣慰地笑了。他从王车上走下来的脚步是轻快的，他站在列为方阵的将士面前，面向东方，发出攻击的号令。他的衣袍被风卷起了一角，但天子就像一块黑色的岩石，一动不动。他的面容是冷峻的，午后的阳光从他的右上方照下来，使他的脸部看上去棱角分明，一侧的阴影和另一侧明亮的部分形成了对照，好像用一侧向我们投射光芒，另一侧则沉浸在死者的悲伤里。是的，在这场战斗中，我的许多将士死去了，他们带走了天上的云，留下了无限的蓝。天子的命令是坚决的，毫无犹豫之感，他的声音不大，但是声音粗重、低沉，有着摧毁一切的那种沉痛的力。

我按照天子的命令从这座坚固的城的西北角实施攻击，我的弓箭手发出了蜜蜂一样密集的箭矢，飞向了守城的敌人，它们长着眼睛，尾翼张开，有着凌厉的毒刺。我的身手敏捷、有着攀缘绝技的战士从城角上升，迅速登上了城墙，开始了血腥的搏击。凤夷的城很快就被攻破，天子不断地给我补充兵士，追斩逃跑之敌。天子三次向我发布命令，我率师击破凤夷的坚兵之阵，攻陷有着高大城墙的敌城，大获全胜，携带煊赫的战绩，还兵东都洛邑。

洛邑的宫殿被黄金一般的月光照射，我在宽广的庭中踱步，焦躁不安的情绪已经随着战事的结束平息了，内心的欣喜之情难以自抑，就像炉火不能被木柴压住。我想到了从前的许多日子，是的，不会有任何一个日子是完全虚度的，即使你在这一天什么都没做，也在为你增加着什么。一个人总是会获得机会，就像我的先祖那样，我也会获得同样的机会。我的田地和山林都是天子赋予的，终于有回报天子的时机了，这是多么不寻常的恩荣啊。现在，我得到了这个机会，辅佐天子击败了凤夷，清除了周天下的隐患，也为天子洗雪了耻辱，重新盖好了屋顶上的瓦片，顶住了塌下来的屋檐。

我要把这功绩刻在编钟上，让殿堂上的音乐中带着我的欣悦，不断让辉煌之音回荡。要让一代又一代聆听编钟的和敲击编钟的，都能够记起我的事业，以及我和众多将士驰骋疆场的影子。我要带着晋军凯旋了，我们将行进在来时的路上，重新渡过波涛汹涌的大河，不过，那时的道路和来时的道路已经不一样了。仅仅不算太长的时间，树木已经发出了新芽，它们已经扫去了严冬折磨的疲倦，一下子变得容光焕发了。在这夜晚的明月里，我看不见树上的绿叶，却已经能够呼吸到它的馨香了……隐隐的、新鲜的香气，已经充满了我的肺腑，我的心已在归去的路上。昨天，我已听到我的士兵在营帐里唱着故乡的歌曲，他们的思乡之情和我同样浓烈。我的晋国的山林，必定也是满山新绿了吧？

卷五十

周宣王

王都的夏天来临了，这是最繁荣的季节，花园里的花儿开了一遍又一遍，不同的颜色给了我不同的好心情。距离平息夙夷叛乱已经好几个月了，时间过得真快啊。这是六月的第一个日子，我让大臣占卜，又观察天象，已经断定这是一个祥瑞的日子，适宜于做大事情。我一大早就起来，前往宗庙祭祀列祖列宗，告诉他们我要做的事。他们的牌位在香烟缭绕中保持着端庄肃穆的姿态，一如他们生前的面容。我仿佛看见了他们，他们的脸上现出欣慰的笑意，我献上祭祀的供品，向他们跪拜，没有他们创立的大功业，以及一代代传承，我怎能在这里统摄天下？没有他们的庇佑，我又怎能击败叛乱者？

我还要告诉他们，在过去不久的日子，晋侯辅佐我在东国巡守，统率能征惯战的晋军一举破城，就像强劲的秋风将夙夷的残军席卷而去。天下安定了，大河里的激流变得平静了，周族平稳地在历史的河流中行进。我知道，你们永远会伴随我立于船头，并给我顺流而下的宽阔河面以及我想要的和风。晋国一直是周王室的有力护卫者，他们的始封国君唐叔虞就曾辅佐先王挥戈中原，击败残暴的商纣，建立了

古灵魂

我族的不朽基业。他们是忠实的周族的藩屏，是真正的天下嘉禾，应该得到王室的嘉奖。

时辰到了，我开始召见晋侯，我身边的膳夫詈把晋侯带入室内。他弯着腰，低垂着头，恭立于大室的中庭。他率领晋军随我巡狩，建立了煊赫的功勋，我就将四匹马驹赏赐给他。晋侯跪拜磕头，接受了褒赏。他将马匹牵了出去，我看到四匹马儿就像见到了主人，紧紧跟在他的后面，其中的一匹甚至还贴近了晋侯的身体，用它的脸蹭了蹭他的衣袍。大室顶部悬挂的鱼油灯发出滋滋的细微声响，把中庭照得通明。这样明亮的地方，我坐在南面的中间的高台上，能够看清每一个细节。我看见他的表情是谦卑的，和他拉着缰绳的马匹相似……有着忠诚的身姿和面孔。我能够看到他的心。

他很快就返回来了，又一次立在中庭，他的头垂得更低了，然后再次跪拜谢赏。一切是圆满的，天下的有功者应获得奖赏，而有罪者就应该获得惩罚，这既符合天意，也让普天下的人们知道礼法的准则。如果没有事先精心雕刻塑造的模范，国器就不可能被铸造，天下就会失去秩序。从另一方面看，我的确对晋侯心存感激，他在我最困难的时候跟随左右，不曾以任何理由违背我的意旨，并用他超人的勇气扫除了叛逆者。

我想了想，是不是这样的赏赐还不够？我的赏赐也该和晋侯的功劳匹配。过了几天，我再次召见晋侯，赏赐给他更多的礼物，既要用最精美的卣装满柜鬯香酒，配上最好的弓箭，这是最高奖赏的标志，我已经把崇高的荣誉都给他了。在他的先祖唐叔虞献来嘉禾的时候，我的先王也曾奖赏了同样的礼物……我仿效先王，再次赏给他厚礼。

让晋侯带着我的赏赐和荣誉踏上归程吧，我要告诉人们，一个没有荣誉的人，是一个缺少面目的人，也不会有尊严。人是生活在荣誉中的，而不是生活在低贱的泥土里。泥土中的灵魂只能深埋在泥土中，而生活在荣誉中的，将把自己的座位升高到神灵的云彩中。

卷五十一

工匠

　　晋国的君侯辅佐周王平息了东方的叛乱，接受了周王的赏赐。我没见过这些礼物究竟是什么，它们一定十分贵重。你想，天子的赠礼会是什么？它超出了我的想象。听说有四匹马，那必定是不寻常的神骏，它们跑得很快，是不是传说中的千里马？马是有灵性的，它知道自己的主人在想什么，也能听懂人的语言，你和它说什么，它都能领会，并按照主人的吩咐去做。据说，这四匹马刚刚两岁，它们比人还要高大，你要跨到它的身上，必须踩着高高的石头。它要是跑起来，就像飞起来一样，它的蹄子差不多完全腾空而起，从不会落到地上，也不会沾到地上的泥巴。那是天子身边的马，可能是天上的神赐给地上的宝马，它们也许根本不需要吃草，也只饮用神泉的水。

　　还有能够射向白云的弓箭，可以一箭射中双雁。可是不论怎样的好弓箭，也需要好的射手，我不知道什么人可以使用这样的弓箭。不过我相信这个世界上，什么样的人都会有的，既然上天安排了每一个人做自己的事情，他们中的许多人一定会把事情做到最好。你能想到的，他们必定能办到。你想不到的，他们也会做到。天下这么大，什么样的人不会有呢？我曾见到一个射手，即使蒙住他的双眼，他也能射中树上的鸟儿。我百思不得其解，他是怎样看见那只刚刚落在树枝上的鸟儿的？那只鸟儿刚叫了几声，就要振翅飞起的时候，利箭已经到了它的眼前，它已经没有机会躲开了。

我最希望看到的是天子赐予的酒器，其中装满了香酒秬鬯，它用黑黍和郁金草酿造，只有代代相传的酿酒师才可能酿出这样的绝世美酒。我对酒没什么兴趣，饮酒是王侯和大臣们的事情，我只对装着酒的提梁卣感兴趣，它是什么样子？我见过一些卣，一般都有椭圆的酒口，拱起来的弧形腹部、圈形的坐足和精美的双耳，以及半圆形的提梁。当然，天子的宝物一定和我所见过的不一样，它应该有着更为精彩的图案和不同凡响的造型，上面是不是刻着鸱鸮？这是凶猛的鸟，和夜间出现的猫头鹰有几分相像。或者是刻着猛虎吃人的恐怖场景？我不知道为什么在提梁卣上刻画这样的恶鸟和恶虎，是不是提醒饮酒者在欢乐的时候要时刻警惕作恶者？

从前的周公曾写过关于鸱鸮的诗，我不知他当时为什么用这样的恶鸟来写诗，可能是因为这种恶鸟曾是敌人的符号？猛虎吃人的形象就更加不好理解了。也许是因为它吃了一个人的替身，人反而得到保全生命的机会？如果是这样的话，这形象就是吉祥的。我是一个工匠，就是以雕刻铜器为业，我的工作就是将这些图形雕刻在大鼎或者酒器上。我不管所雕刻的形象究竟是什么含义，我只是形象的制造者。我要将手中的刻刀，对准铜的表面，使原本就含在其中的形象一点点显露出来。是的，我坚信，所有的物质中充满了各种形象，它是万物的宝库，我所做的，就是将其中的一样取出来。

古灵魂

我伸出我的刻刀的时候，已经把我的手探到了物质的宝囊中，我已经清楚地看见了我所需要的东西了。我的技艺也是一代代传下来的，就像晋国的君主从他父亲的手里接过王位一样。我有我的王国，我的王国不比任何一个王国更小，我只是和手中的铜打交道。我的王国是深邃的，别人看不到，只有我的眼睛能够观察到它，也只有我的心能够感受到它。在别人的眼睛中，我是卑微的，可我统治着我的世界，这个世界深藏在铜质的器物中。它比酒更有香气，却装在了更加精美的、无限的、完全黑暗的器皿里。我常常在其中沉湎，我的梦也能深入到其中，像天上所飞的，一次次在云霄盘旋。

现在晋国的国君是第八代了，而我的先祖应该可以追溯到更为久远的年代。我没有祖庙，没有祭祀的地方，但我的心中却有着他们的身影，我的十个手指都有着他们给我的灵性，我把他们的牌位放在了心灵里，在那里有着比国君的宗庙更大的庙宇，我对先祖的祭祀就是我的工作，我把他们给我的一切，和对他们无限的虔诚，都放在了我的雕刻中。

我接受了晋侯交给我的事情。他派来的大臣告诉我，晋侯为了颂扬周天子对他的恩德，要将自己的感激之情，刻在一套很大的编钟上。我已经想到了，他所颂扬的是天子，实际上要颂扬自己，天子给与的荣誉意味着晋侯所建立的功勋，这样的功勋值得纪念，所刻的编钟是为了使它在被敲击的时候，发出的每一声都带着对往事的回忆和对天子以及晋侯的颂扬，演奏者只是演奏他们心中的乐谱，却不知道这样的编钟上已经有了事先设定的乐谱——它是晋侯的乐谱、天子的乐谱，一次征战东国的记录。

这是一套多么美丽的编钟啊。我能想到它悬挂在钟架上的样子，像大树上的一个个巨果，它的乐声既清越，又深沉，会在晋侯的殿堂上发出悦耳的回响。我的指尖一旦触到了它，就能够听到它的敲击声，这声音不是从它的表面发出来的，而是藏在它的里面，等待着乐师的演奏。现在我要用我的利刃将文字刻在这些暗藏的音乐上，我的刻刀是锋利的，它接触到编钟，铜的柔和的一面就显示出来了。过去，我只是刻画图像，将各种奇异的兽或者瑞鸟刻在上面，现在却要我刻画文字了。

在我看来，文字并不是抽象的，它也是世界上形象的一部分，或者说，它是更深沉的形象。文字之所以能够让我们知道它的含义，就是因为它所说的就是它本身的形象所要说的。我不认识这些字，但我对它们有着天然的领悟力，我相信，它们有着自身的美，就和我所刻画的珍禽异兽一样。它的每一部分，都是从具体的大自然的形象中取来的，就像我所描绘的鸟兽，它可能有鹿的角，有着鹰的翅膀，有着虎的斑纹，还有……这种组合也许是烦琐的，但它给了我们一个新的世界。文字也许也是这样，它把形象变成了看似简单的笔画，一条线可能代表着某一个丰满的物体形象，它不需要鸟兽的肉，只需要万物的骨和灵。

是的，文字不喜欢肉体，它将多余的东西去掉，它让我们看到灵的美。我的刻刀在我的手指间紧紧捏住，它在铜质的表面灵巧地游动，一些刻痕留在了上面。我是以文字为画的，它的意义显得并不重要了。重要的是，每一个字安放的位置是不是恰当，一条刻画和另一条刻画之间有什么关联，它们怎样配合是最好的？这些字真是好

古灵魂

看啊。我从中看到了我从前雕刻的各种形象，田野上盛开的花瓣和花蕊，叶片的齿边，猛兽扑食的凶狠，水鸟长长的喙和展开翅翼的瞬间露出的白色线条，还有乌云下面高高盘旋的燕子……以及君王宫殿伸出来的屋檐和我不曾见到过的异兽。不知是谁发明了这样精美的文字，这些文字本身就深含着人对万物的观察和理解，无限的世界是可以全部画出来的，它的每一个细节都可以画出来，并将其藏在简单的笔画中。

我不知道我所刻画的，并不意味着我不懂它们。我不知道它们表面所说的，却深知它们真正所说的。晋侯想用这些文字把自己的荣誉传之后世，实际上这几乎是妄想。世界上没有什么是可以永远存在的，尽管青铜的寿命会长久一些。即使真的如他所想，一代代人们知道他所做的事，又有什么意义？当别人知道这乃是讲述一个死者的故事，这故事也就和死者一起埋入了尘土。生活中的故事是不断发生的，我们眼前的故事都不能说完，为什么还要关心从前的事情？我暗自感到喜悦的，是我所刻画的文字，会保持它的形象，后来的人们会从它的形象中看到一个更为深邃的世界。他们会感受到这些文字之美，发现自己的生活中还包含着一个更大的星空，它既不可预测，也不可完全理解，它充满了奥秘，却又一直伴随着自己。他们会盯着这些文字，然后疑惑地说：是谁把它们刻在了青铜上？这样，我就异常骄傲，藏在了这些文字的背后暗暗发笑。

卷五十二

文字学家

这是一件苦差事，每天都盯住这些古老的文字看了又看，绞尽脑汁思考它的来历，想着它的演化，它的读音和含义，以及它与我们今天文字的联系。汉字是世界上最古老的文字之一，也是最美丽的文字，它是想象力的结晶，也给我们提供想象力的源泉。通过这些文字，我们可以感受到古人的思维方式，获知他们是如何看待事物的，你会发现这些文字仍然是活着的，它有着自己的呼吸和剧烈的心跳。文字里埋藏着古人生活的种子，你会感受到过去的生活并没有结束，文字中有着使死去的事物复活的力量。

一位文物专家登门造访，让我去看一样东西。他十分神秘地说，这是一样罕见的东西，上面有一些古文字，一定是一段失去了的历史的记录。他说的那样肯定，他的脸上荡漾着得意和兴奋，就像水面被一块石头击破，涌起了一片皱纹。我最感兴趣的是这些文字。它们说了些什么？我见到它们的时候，才感到要识读这些古文字，绝不是一件容易的事情。它们刻在一组编钟上，是用利刃刻上去的，刻刀的刀锋在文字上留下了清晰的棱角，它代表着刻工的美学观念和古文字本

古灵魂

身的力度。

人们讲述了编钟的来历。其中的十四件编钟被文物贩子偷运到境外，在古玩肆上无人问津。从它的样式推断，可能是中国西周时期的器物，然而它的上面却有西周文物上从未见过的刻凿铭文。熟悉文物的古玩家一般的看法是，西周时期的青铜器不可能出现雕刻铭文的技术。一位从事青铜器研究的教授偶然来到了古玩肆，他看见了含于其中的价值和意义。这是一次奇妙的相遇，为了这十四件编钟，教授不惜花费巨资购买。

在另一个地方，也有两件编钟出土了，它们来自浍河岸边的晋侯墓地。经过比对，发现它们是同一组编钟，这些编钟竟然经过曲折的历程重新汇合在一起。这套编钟曾经在晋侯的身边一直沉睡，在黑暗中沉默了三千年，盗墓者第一次干扰了它们的梦境。十四件和两件，好像是两个奇异的数字，它们分为两组，在地面之下的漆黑中分手，各自开始了不同的旅程。可能是命运的安排，在人间重新相聚。是啊，世界之所以值得我们停留，是因为它总是会有奇迹，会给我们悲伤，也会给我们意外的惊喜。

看着这完整的十六件编钟，人生的许多感慨从这青铜的表面升起，一片迷雾笼罩了我。我看到的文字也沉入到了迷雾中，它们就像已经燃烧过的灰烬，表面上已经完全冷却了，实际上在它们的深处还埋着火种，它们需要用一根扒火棍仔细地拨开表层，让微风将它吹醒，伸出它们本该有的火苗。这组编钟应该分为两列，每列八件，它们由大到小，对应着它们各自代表的音阶，好像西周时代的等级秩序。要是没有这样的等级，又怎能奏出音律相谐的美妙音乐？古人对社会的设计，是不是依据音乐的原则？那么，这制作精美的编钟，自然就是宇宙秩序的某种暗喻。

上面用利刃雕刻的铭文，共计三百五十五个字，另有重文九字，合文七字。重文就是将一个独立的形体用某一个借字符号重复记录一次，省去了重复书写的手续，而合文则是将两个字或者几个字合写在一起，看上去好像是一个字，实际上代表着两个或几个字。我不知古人为什么要这样做，但他们就是这样做了。也许就是为了简便？还是为了布局的美观？或者在他们看来，这样更易于被理解？总之，他们采用了自己认为最好的办法，可能这是一种独特的表达方式，更加有利于讲述。

识读这些文字是艰难的，我需要查阅许多文献资料，还需要了解它们的大致意思，以便能够将上下文连接起来。编钟铭文明确记载它的主人是晋侯苏，他是谁？从古文字中彼此相通的意思推测，晋侯苏就是晋献侯，司马迁的《史记》中则称他的名字为籍。经过一段时间的研读，编钟上的铭文所记叙的，是一场不曾在史籍中出现过的战争——晋献侯奉周王的命令，讨伐东国的夙夷之乱，全胜而归。为了表彰晋献侯辅佐周王平乱之功，周宣王两次嘉奖赏赐晋侯。历史事件的许多细节，以及战争的全过程，都描写得十分生动，让我们仿佛置身于现场，窥见了讨伐夙夷的交战场景。铭文中几次出现计时语词，显示了西周时代的计时习惯和方法。他们已经看到了大自然的周期，天空中月亮的形象变化，以及星辰位置的改变，都成为不朽的计时器。也许在古人看来，人是宇宙的宠儿，最高的神将一切都安排完备，你只要仔细留心，你想要的都可以找到。

古灵魂

我还注意到，用利器刻出的铭文，每一个字都笔画流畅，在笔画的转折处，要分四五刀或者五六刀接连凿刻，刀痕中透出工匠的专心沉静、技艺的精巧和对字形之美的理解。据说，为了探讨青铜时代的铭刻技艺，人们配置了不同硬度的青铜利器，试图在青铜器上凿刻文字，却一次次失败了。这意味着，在遥远的西周时代，我们的先祖已经制造出钢铁一样坚硬的工具，他们究竟使用了什么材料？他们手中的利器是什么样子？一个谜不会因它的揭示而真相大白，而是引出了另一个更为深奥的谜。

　　编钟就在我们的面前，它能够发出几千年前的声音，却保持着时间赋予它的沉默感。它不回答任何问题，只是不断提出问题。它讲述过去发生的一件事情，却把更多的事情留在了青铜里。晋侯用这样的方式让我们记住他以及他所创造的煊赫业绩，历史却抵抗他的意愿，把他从浩瀚的历史文字中排除掉。当然，他也有对抗被遗忘的办法，他铸造了这套编钟，以利器刻上他所经历的，但这样的传奇近乎离奇，只有偶然的敲击才能让我们听见过去的乐声，这乐声还是过去的，时间能够停留在过去，可它仅仅是青铜的语言，既是抽象的，又是荒诞的，我所破解的，不过是文字的表象，真正的文字原本是存在于编钟敲击时的韵律中，而真实的晋献侯也藏身于那永无解答的韵律中，就像他的白骨放在坟墓中一样。

卷五十三

晋穆侯

我父晋献侯在位十一年，就溘然长逝了。我曾守在他的身边，问他还想和我说什么，我看着他的嘴唇颤动了几下，还是什么也没有说出来。他也许是有很多话要说的，但他在临终的时候已经什么也说不出来了。我们的生活真是太奇特了，能够说话的时候，不愿意多说什么，但是想把自己心里的话说出来的时候，已经没有说话的气力了。他究竟想和我说些什么，我已经不可能猜出了。我看着他平静地离去，慢慢地合上了双眼，就像睡着了一样。那么，他想和我说的，也许并不重要。对他来说，所要嘱咐的，已经在平时的言语中了——我只能在回忆中不断想着他的每一句话，浩如烟海的波涛中，哪一朵浪花是最重要的？

该做的已经都做过了，语言又有什么用？作为一个君侯，他不会有生活上的任何忧虑，他所想要的都可以得到。那么在人世间还有什么是最重要的？只有国君所应有的荣誉，以及与这荣誉相般配的功绩。荣誉不仅在生前是重要的，即使在死后也应该在史书中记载，在民间传唱，也应在宗庙中被他的后裔供奉和祭祀。死去的不过是肉

古灵魂

身，他的灵仍然在万民的心中，在更久远的时间中留存。

我已经继承了父亲的君位，可以做我想做的事情了。我应该像我的父亲一样，建立卓越的功勋，获得天子奖赏。我的父亲已经被铭刻到了编钟上，我的殿堂中每一次乐声响起，都能够听到父亲的声音，他已经把自己的嘱咐置放在钟声里。编钟表面凿刻的文字，不是供我们阅读的，而是让我们用心倾听。他曾带领晋军远征东方，平息了夙夷的叛乱，他的功劳已经随他的归去带到了他所去的地方了，而我才刚刚开始自己的国君生涯。别人的归于别人，我的归于自己，我需要自己的编钟铭文，我要听到自己的钟鸣之声，别人的荣誉笼罩着我，这样的笼罩让我失去了自己。

接受天子之命，我就要率兵跟随天子前去讨伐条戎和奔戎了，这两个部族距离我的晋国不远，我将为天子前往征战，效法我的父亲建功立业。出征前，我看望了我的夫人，她已经怀孕了，我的生命已经开始延续，晋国的子嗣是兴旺的，宗庙的香火绵延不绝。我穿着铠甲，背着箭囊，我想自己的眉宇间一定发出迷人的光，夫人看着我，手抚摸着我的脸，说，孩子已经经常踢她的肚子了，将要出生的，肯定是一个男孩，因为夫人感到他的力气很大，将来必定能够挽起强弓，把利箭射向隐藏在丛林中的巨兽。

为了这次征战，我必须放弃所有的柔情。我的脸上没有笑容，我还难以预测这次出征的结果。我知道条戎和奔戎都是强悍的，他们就像野马一样桀骜不驯，和巨兕一样凶狠。不过有一点我是相信的，那就是我的夫人腹中的儿子会给我带来好运气。

卷五十四

大臣

我在夜晚站在高台上，仔细观察星象，发现东方的吉星在一个奇怪的方位上，周围的星群是迷乱的，它们好像偏离了自己的本位，而灾星好像忽明忽暗，又被飘过来的云层遮住了。多少年来，很少有这样情形，我不知道国君这次征战条戎和奔戎会不会有利。我又回家占卜，烧裂的龟甲隐约出现了一个字，我猜不出这个字的含义。

整整一个夜晚都未能入眠，我的心里想着国家的事情。我的国君怀有盛德，有着比先君更大的雄心，这一点我已经看出来了。我看他眉宇间透出英气，双眼含着火炬一样的光，可他经常紧锁眉头，仿佛有什么烦心事。国君毕竟还太年轻，他的心里是焦躁不安的，他的火焰已经快要把自己烧焦了。

在夜深的时候，我披衣来到了屋外。快要到夏天了，夜里的寒气已经消散了，天空中的云显然已经没有了，剩下了一片深邃的夜空。现在的星象似乎是吉祥的，灾星已经黯淡了，原来星辰列阵好像已经发生了变化，一切都正常了。我仍然难以理解，在我观察天象的时候，为什么突然会有一片云？我是应该相信现在的天象，还是应该相

古灵魂

信我最初观察的天象？吉凶在几个时辰中就发生了转换，这又预示着什么？

不想这些了，也许是我心绪不定的缘故吧。夜里的飞虫开始活跃了，有时它们会扑到我的脸上，它们像暗夜里的精灵，它们所忙碌的，大约和人间的事务一样。它们有自己的世界，每一种事物都有它们自己的快乐和烦恼，只是我们仅仅知道自己。我们的视线太昏暗了，不能把更多的东西看见，夜晚发生着多少事情啊。

枣树上的叶子开始变得稠密了，枣花的香气淡淡的，让人的呼吸十分舒畅，柿子树高大的树冠盖住了头上的天空，仿佛让天空分成了几层。要是在白昼，它们会有一片摇摇晃晃的阴影，使得地上的变化多了，一片黄土上添加了颜料一样，土地因这样的一些影子，就像有着生命，世界上无处不是充满了活力。本来这样到处都是景物的、令人赏心悦目的一切，安放上我们的日子，该是多么让人心满意足。

我在很多时候不太理解天下为什么总是战事不断。国君继位之后，应该想想如何让晋国的民众安居乐业，让他们过平安的、舒心的日子。让每一个人都各自忙碌自己的事情，农夫在田地里种好谷子，泥水匠造好房屋，牧人照料好自己的牛羊……就像天上的星辰一样，各自安心于自己的位置，这样天下就遵循天神的秩序。实际上，每当我观察天象的时候，就会感叹天神的完美，它给我们一个完美的星空，实际上就是为了给我们演示，让我们照着他所演示的来做，有一天我们真的和天上的星辰获得对应，这个世界将是多么美好。

不过，一些人不喜欢这样做。如果真的按照天上所演示的，许多人就会无事可做，就会觉得人生多么无聊，也不会感到自己是真实存在的。我已经看出来了，天子是喜欢征讨的，诸侯也喜欢战斗。因为他们的生活中已经不缺少任何东西了，四处征战成为他们能够做的唯一一件事。假如他们不去征战，不去争夺别人的土地，就会失去驾驭他人的理由，就像一架车上的马匹，主人如果不制造笨重的车辆，就无需想尽办法把骏马套在大车上，并且不断地向它们挥舞鞭子。

　　明天国君就要率军出征了，结果究竟是吉是凶，我就不知道了。事实上，我说什么已经不起作用了，天子已经发出号令，晋侯也十分急迫地要踏上征程了，箭已经离开了弓，你能面对越来越远的箭羽说些什么呢？作为一个大臣，主人所愿意做的事，你不必奉劝他去做，因为他所决定的，你是不可改变的。他所不愿做的事，你也不必阻拦，因为他一旦要去做，你也不可能将他拦住。他有着主宰一切的权力，他是怎样的性格，就会做怎样的事。我的本分就是帮助他做好该做的，这已经足够了。至于他一定要去做的事，我可管不了。可是，我还是不得不谋算，天亮之后，我面见晋侯时，该跟他说些什么呢？只说一些祝福的话，让他带在路上？

卷五十五

农夫

我一大早就起来了，把我的庭院打扫干净。然后拿起立在墙角的石铲，到田里干活儿。谷子已经长出来了，我去看看田地里是不是又长上了野草。种地的事情一点儿都不能粗心，几天不到地里，田畦就有点儿荒芜的样子了。要是成了那样，我就会感到心痛。

昨天下了一场小雨，土地是湿润的，脚下的路十分松软，谷苗是不是又长高了一点？雨后的天气多么好，空气是新鲜的，田地里的禾苗味儿，让我心生欢喜。我的脚步越来越快，就要到我的田地了。太阳还没有出来，远山的淡蓝的轮廓上，散发着灰白的光亮，用不了一会儿，明亮的、耀眼的日头就跳出山顶，它的光芒会把我的影子拖在禾苗中间，它很长很长，我很难相信，这应该是巨人的影子啊，它和我有什么联系？

我精心地做着地里的活儿，我把长歪了的禾苗扶直，再给它的根部培土，我将周围的野草拔掉，又把畦堰弄得光滑整齐。我直起腰来，抬头看见国君的大军正在向东面行进。战车的车轮发出了扎扎的响声，武士们的矛头闪着光，他们的头盔下压着看不清表情的脸孔，步伐是凌乱的，不断有传令的兵士督促着，让他们走得快一点儿。

　　唉，又要到哪里去征战了。我不知道他们为什么总是要流血争斗，就不能过几天安静的日子么？天子已经拥有整个天下了，还有什么不满足的？就说晋国的君主吧，他已经有了那么多的土地，还要夺取别人的土地。你的粮食已经多得吃不完了，还要那么多土地做什么？何况，人来到世间只有一次，死了就不会回来了，就不知道珍惜自己？我看着大军从路上走过，就不断地摇头。不过我管不了那么多事儿，我管好自己地里的谷子就足够了。我还是继续弯下身子做自己的活儿吧。

古灵魂

卷五十六

晋穆侯

我的名字叫作费壬，从字形上看，叫作费王或者费生都是可以的。名字只是为了辨别每一个人，为了从茫茫人海中找到那个人，就给他的头上立上了符号。除此之外没有别的意义了。对于我来说，这个名字没有丝毫的价值，只是在很小的时候有很少的人这样称呼我，以后就没有人敢于叫我的名字了。现在我已经贵为国君，在一个国家，国君只有一个，而他的臣民却有很多很多，难道还需要给他一个独特的名字让别人来辨认？

算起来我应该是晋国的第九个国君了。我以前的先祖，已经供奉在宗庙里了，我以后也会在里面接受敬奉的香火和牺牲，也会有后来者不断跪拜，并在遇到事情的时候借助于我的无所不能的灵魂。我不知道死后的世界究竟是什么样子，也只有在天神召唤我的时候我才可能知道一切，现在，我需要知道眼前的日子怎样度过。

我不仅属于自己，还属于晋国，也属于我的先祖们，我在他们创造的历史里生活。我还属于天子，我是周王天下的一部分。我的先祖一直接受着天子的恩惠，我也在这样的恩惠中坐在国君的位置上，我和周王室是连在一起的，我是同一个根系上的果子，一棵树的根子不存在，或者朽烂了，我就会掉下来。

现在，残酷的战斗就要开始了。傍晚的远山，涂上了一层血红。它预示着又要流血了，天上的事情总是和地上的事情发生某种神秘的对应，所有的天象都有着它的寓意。战马已经吃饱了草料，静静地卧在了草地上，它们是闲散的、慵懒的，好像明天什么都不会发生。实际上，它们在静养着，积聚着身体内的热血，酝酿着横扫敌人的激情。武士们擦洗着刀枪，将利刃不断打磨，一切将在明天天亮之后见分晓。

我所面对的是一群野人，他们还远没有开化，以前我从没有见过他们，只是从别人的口里听到了片言只语。他们不值得我谈论。总之，他们躲在深山里，和山里的猴子们一样，浑浑噩噩，既不知道时光的流逝，也不知道季节的变换，他们也许只知道世间有白天和黑夜。他们是什么样子？他们的面孔也一定是丑陋的，甚至发怒的时候会令人恐惧。可是，我发怒的时候别人不会感到恐惧么？我所担忧的，是眼前的山峦，是茂密的树林，是一道道沟坎，我的战车不能在这样不平的地上奔跑，我的战马不习惯在密林里出入，我的箭囊会被树枝挂住，我所射出的箭，会不会被对手一次次躲开？

不过我不在意最终的结果，关键是你能不能决心做一件事。条戎这个国族已经不能顺从天子的号令了，他们试图让我们感到危险，就像身边卧了一头猛兽一样，我们的每一次睡眠，都不能酣畅，因为别人的鼾声搅扰了我们的梦。我和周王所率的王师一起形成了围剿之势，这些不自量力的敌人，已经是放在葫芦里的蚱蜢了。

我趁着黄昏最好的时光，坐在草地上，听着我的兵士敲打着自己手中的长剑，唱着我熟悉的乡谣，节奏是这么明快，它悠长、饱满、粗犷，也带着一点悲伤。兵士的喉咙里好像含满了沙粒，沙哑的、不断喷发的沙流，是从一个高高的山头上倾泻下来的。我似乎在一瞬间被埋住了，有点儿透不过气来。我知道，他们在为明天的激战而歌唱，当夜晚降临，皓月从天庭铺开它的光芒，明天就已经不远了……人们一旦醒来，真正的日子就来了。

一个人应该是有用的，必须让人生发出光亮，也必须按自己的想法行事，也要将所做的事情完成。一个农夫不能仅仅播撒种子，还要照看田地以及其中的禾稼，直到收割并将所收的食粮放在屋子里。我最不能忍受的，是平凡地活着，既不曾改变别人，也不曾改变自己。平凡就是让自己失去意义。你既然不能改变你想要改变的，你又怎样知道自己仍然在生活？既然别人不能感受到你的存在，你又怎能感受到自己的存在？你对世界改变了多少，你的意义就有多少。所以，一个国君在自己的国中，已经是拥有一个国所赋予的全部力量了，你不是一个人的力量，而是一个国的力量，那么，先让我的敌人领受我的力量吧。

落日已经西沉了，世界很快就会暗淡，我陷入了冥想之中，并随着这冥想穿过了时间。出征之前，我的夫人曾问我：孩子不久就会出生，也许就在你出征途中，也许会等到你得胜归来。是啊，我就要成为一个父亲了，我的后面将出现另一个人，就像我一样，就像我的影子一样。我的生命是不会中断的，我将借用另一个肉体活下去，将我的灵放在我的孩子那里，就像我的父王将他的灵寄放在我的身体里。

这是快乐的，也是烦恼的，因为我还不知道他是什么样子，他的身体能不能放置我足够强大的灵。我还要给他一个不同寻常的名字，让他知道自己的身上有着父亲的印记。可是，我给他起一个什么名字呢？就拿我来说，我的名字本身是什么意思？简直是莫名其妙。没有人给我解释过它的本义，我的父王也没有说过什么，我想，我的名字一定含有父王的某种隐秘的心思，不然他为什么不告诉我呢？或者，这或许是某个值得纪念的事情的晦涩的比喻？重要的是，我也将遇到同样的问题——我的孩子就要出生了。临行前的晚上，夫人就问我：孩子出生后，你给他起个什么名字？我想了很久，什么也没想出来。

远处的山脊线消失了，我的视野变得更加开阔，也更加渺茫了。月亮从薄薄的云层后面显出了它的真实性，一圈圆圆的亮光，既不刺眼也不暗淡，在这黑暗中，预示着人世间朦胧的希望，空洞而又真实，它的边界是不均匀的、变化的，它表面上的污斑在移动，这些污斑不是从来就有的，显然是云的杰作，代表着不断飞去的时间。因为这一点点高高在上的亮光，我的心变得能够看得见了，我要用激战中溅起来的血，将心中的影子洗得更干净一些，更清澈一些，直到我完全看得见。

卷五十七

大臣

晋国的军队回来了，晋侯也回来了，从他们疲惫不堪的样子看，好像并没有获胜，或者这次出征受到了挫败。其实，战败的消息早已经传遍了晋都，开始是臣民们窃窃私语，一些人面露悲切之情，一些人则显得与己无关，十分平静，但对这一败绩带着局外人的好奇，甚至一些人一谈到这件事就感到某种莫名其妙的惊喜。每一个人的反应都是不同的，世界上有一百种鸟儿，就会有一百种叫声。

我一开始就已感到担忧，但一个大臣的权力是微弱的，你所说的话实际上并没有什么重量，就像羽毛一样随风飘去了。如果你所说的，恰好是国君所想，你所说的话才获得力量，这意味着你的话不过是替国君说的，而不是自己说的。你的话仅仅是借助了国君的权杖才有了力量，你只是张开了口发出了别人的声音。君主的威严是为了使这威严更多一些，更多一些，应该说，威严是没有边界的，它已经是无限。它是一种绝对的肃穆，需要别人无限地遵从，不能附有任何条件。可是这只有无所不能的神才能做到啊。

我的国君是一个急于求成的人，他不愿意多加等待，也不愿意把个人的意愿放在漫长的时间里，他厌恶等待。一个农夫不愿意积聚粮食，就缺少对歉收的预见。但是，事实是多么无情啊，你没想到的，它偏偏就会到来，你所想的又不会与你相遇。天子从来都是喜欢征伐的，国君也同样喜欢，如果地上不流满了血，也没有无辜的尸骨，最高的权力者就不会满意。因为他们坐在了最高的地方，世俗的所有欲望都获得了满足，还有什么事情可以让人心满意足呢？没有什么事情比战场上的厮杀更让人感到刺激的，也没有比在生与死之间很快做出抉择更令人激动人心的。拥有多少疆土和附着在土地上的臣民，就意味着天子和国君面前的鼎有多重，他在宗庙里的牌位有多么耀眼，他的灵魂会吸饱了血，变得异常沉重。

我作为晋国的大臣，和晋国的君主一样，同样愿意这个国家变得强盛，可我更喜欢安宁的日子——天亮就起来呼吸着雨后的空气，然后接受太阳的洗浴，从晋国都城的街道上来到宏伟的国君宫殿，倾听来自各个地方的好消息。天下是太平的，每一处的平民都过着自己的光景，即使是牧场上的牛羊也各自吃着自己前面的草，悠闲自在地度过每一天。可是我所想的，都是一个又一个梦，这些梦一样的时光只是一个个暴雨中水洼里的水花，当你仔细看它的时候已经消失不见。我多么向往一个平静的世界，每一天既不快也不慢，好像树叶的生长一样，发生的一切都察觉不到，然而一切又不断发生。平静的日子多么好啊，为什么人们不能安于平静呢？

显然，国君的心胸是狭窄的，虽然他拥有一个国家，仅仅是华丽的宫殿赋予他威严的面容，他所依仗的不是自己的智慧，而是先祖遗留的庇荫。他的血脉是一代又一代英明君主的传续，可他为什么不

古灵魂

能像那些已经死去的智者一样？他的性格是如此暴躁，就像孩子一样任性和专横。在他的眼中，世界不应是别人的，因为连别人的也应是他所有的。他想要的就也该属于他。可以猜测，所有的君主都是任性的，不是由于他的本性，而是加之于他身上的权力。权力是傲慢的，它自有任性的理由。这样，人的本性就会被压得弯曲，任性和专横就沉到了一个人的本性里。

所以，我对国君的所做，只有保持尴尬的沉默，面对国君的威严必须弯下身子，用顺从的姿态接受一切。我知道，只有小鸟在起飞的时候是轻盈的，体形巨大的飞禽则必须费力地奔跑，迟缓地飞向天空。遍地的麻雀只能飞到屋檐的高度，而大雁却能在接近云层的地方持续飞到千里之外。这样，我就似乎理解了我的君主所做的一切。他的每一次行动都是轻率的，看起来足够敏捷，实际上乃是他缺少一个君主所应具备的体型和力量。

归来的兵士们的脸上没有一点儿笑容，他们的面孔上涂满了悲伤和沮丧，眼角上甚至残留着没有擦洗掉的泪痕。我想，我的国君一定是愤怒的，他难以经受这样的耻辱，而耻辱的柴火在他的心里加倍地集聚，就要将他烧毁了。好在他的孩子出生了，我不知道一个婴儿的啼哭能否压住他的火焰？

卷五十八

晋穆侯

没想到条戎的兵士是这样凶猛，他们就像丛林里突然狂奔的野兽，将我的兵阵一下子冲垮了。我的车兵已经不能发挥作用，我的骏马在惊恐中失去了往日的节奏，我的徒兵和迎面奔来的敌人绞杀在一起，我站在高处不断敲打着战鼓，我的眼中已经一片迷蒙，仿佛置身于烟雨之中。

我只是不断地听到喊杀声，夹杂着一声声凄厉的惨叫。多么可怕的场景，令人心惊胆战。晴朗的天空是那么蓝，几乎一丝云影都没有，然而我的身上却感到了从未有过的寒冷。一片山间的狭隘的平地，铺满了鲜血，刀戟在半空中划出了一道道弧光，人头像落下的果子不断跌到了地上。已经过去了一个时辰，或者更久了，我的勇士们终于从混乱的云团中冲了出来，他们不顾一切地开始逃命，四散而去。

我的兵士已经不多了，他们好像是从捕兽匣中逃出来的，有的失去了手脚，有的浑身流血，面部一片血红，瞳孔里闪烁着熄灭了的灰烬。更多的人已经永远留在了群山之间的草木中……结束了，都结束

古灵魂

了，一场令人感到惊恐的、耻辱的噩梦。我知道这不是幻觉，而是真实发生的。也不是真实的梦，因为梦境可以随着醒来消散。因而，它重重地压在了我的胸上，比石头更沉重，它使我在梦魇中沉陷，沉陷，沉陷……下面是看不见底的黑暗。我因着黑暗而绝望，我不知道如何能够解脱。

我是一个国君，是一个国家的主宰，享有非凡的尊严。在我的国中，没有什么人敢于冒犯我，也没有什么人用愤怒的眼睛看我。但是，我率领着我的兵士与条戎人作战，我分明看到了冒犯，他们用刀戟折断了我的刀戟，又用怒火焚毁了我的自尊。我从未受过这样的侮辱，也从未遭到这样的侵犯。我却还带着自己的残兵败将回到了自己的家园，在沿途，我不想说一句话，也不敢抬头仔细端详我的兵士们的面容。我从来没有这样失去傲气，差不多是低着头走到了我的宫殿。

我的夫人刚刚生下了孩子，我的孩子，那么小，比我的手掌大一点，没有睁开眼睛，也许他不想看我——一个遭受耻辱的父亲。也许他在深沉的睡梦中——他已经会做梦了么？他什么都没有经历过，还不知道他所要面对的世界的样子，那么，他的梦里会有什么出现？一个空空的、什么也没有的梦也比噩梦要好。好吧，孩子，愿你在一片空白中生活，最好的生活就是什么都不存在。我没有直面我的夫人，第一次在一个女人面前失去了勇气，我只是感到，极其冰凉的东西落在了我的手背上，我知道，我的夫人落泪了。此时此刻，也许她同样难受，她的悲伤已经凝聚成了比冬天还要冷的泪滴。

我突然想到，我答应她回来之后会给孩子起一个名字，这件事情我一直没有忘记。现在都已经成熟了，这个名字已经从心头涌到了嘴边：就叫仇吧！这是一个带着血的名字，没有哪一个字比这个"仇"更适合我的儿子了。这是一个刚刚出生的孩子与一件事情的相遇，是他的父亲带着仇恨来和他相见的最好的礼物。我的孩子会一点点长大，我的仇恨也会一点点长大，一个名字会伴随一个人成长。我所遭遇的一切挫败、耻辱以及奸诈的算计、我的兵士的死亡，和我内心的不断扩大的阴影，都在一个名字里了。每当我看到自己的孩子，看到他的哭和笑，看到他在台阶上玩耍，或者看到他在夫人的怀抱中，我都会想到条戎人给我的头上放置的乌云，我会呼唤孩子的名字，并将这一个字一次次渗透到我的血液中。

天已经渐渐冷下来了，夏天就要过去了。虫子们发出的声音里充满了哀伤，它们的叫声虽然仍然十分稠密，表面听起来还是停在了繁荣的过去。但是，我已经发现，树上的叶子的齿边已经开始发黄了，曾经的那种近似于黑的绿，色彩明显变浅了，时间不会一直在昔日的恩典里，也不会一直在今天的繁盛之中。它在万物的身体中悄悄穿行，就像我曾经满怀喜悦之情行进在征伐条戎的路途上。那时，我是多么激动，我每每想到横扫敌军的情景，就会偷偷地发笑，甚至在一觉醒来的时候，都会披衣坐起，在户外的野地里不断地踱步，感到一切已经踩到自己的脚底了。

过不了多长时间，秋风将扫去眼前的树叶，它们将把曾经繁盛的事物刮到地上。我会看到满天的叶子像惊恐的飞虫一样盲目飞舞，但是一切对地面的抗拒都是无用的，没有什么能够最后抵御土地的诱惑。它们不会找到、也不可能找到原来悬挂自己的树枝，它们会有另

古灵魂

一个安身之处，一直到腐烂于泥土。是的，可是在那些曾经的生者心中，不是一直有着惊惧的最后一刻的印象么？可能它们不知道为什么会这样，但会将这惊惧放到自己的归宿中。我却不可能是一片被扫落了的叶子，我还有更多的时间，我会将我的记忆带入另一场激战，我要用一百倍的暴力，将我的敌人扫入泥土……孩子，我已经给了你一个印记，你快快长大吧。你一定能够见到你的父亲在明年、后年或者还要长一点的时间里，把你的名字放在长矛的锋芒上，并染上条戎人的血。

卷五十九

齐姜

　　我的夫君晋侯终于回来了，我不知自己等待了多久。也许是几个月，也许更长一点，因为季节已经发生了变化。他出征的时候，地里的庄稼还没有长出来，而现在已经快要到收获的季节了。整整一个夏天是多么炎热啊，蚊虫在我的四周徘徊，我腹中的孩子一直躁动不安，他好像感觉到了什么，是黑暗中的孤独？还是等待出生的煎熬？要么就是渴望看见我和他的父王？我还不知道他是男孩还是女孩，从他不安分的迹象看来，应该是一个男孩吧。晋侯也希望如此，他需要一个能够继承君位的人，需要一个像他一样能够四处征战的继承者。

　　我也在耐心地等待，我要看看我的孩子究竟是什么样子。平凡的日子里，有着太多的寂寞和忧愁，然而这寂寞和忧愁中却盛满了光芒。我的心中是发亮的，即使在夜晚也能感到那种柔和的、温暖的亮。哦，就像圆月的那种亮，似乎很远，又似乎很近，它就在那儿悬挂着，没有一片云能够遮住。一个女人，一个母亲，最愿意做的，就是等待自己的孩子。

　　我来自遥远的齐国，是齐国的公主，在父王的庇护下，我度过了

古灵魂

非常快乐的童年，那时不知道烦恼，也不知道忧愁，好像花园里的荷塘，水面上铺满了荷叶，并被一尘不染的花儿所点缀，即使是在风雨中也有着令人愉悦的涟漪，也有沉在水底的秘密。可是一个女人必须嫁给一个男人，作为创造者的神就是这样设计的……我来到了晋国，我的夫君已经是一个国家的主人了，我尽管享尽了尊荣，却变得越来越烦闷了。每一个日子都是一样的，事情不断重复，明天的一切都可以预料，你一眼就看到了时间的尽头。我的夫君整天在宫殿里饮酒欢歌，很少能够陪伴我。我身边的人们都说同样的话，从来没有违逆我的言行。在我看来，世界是僵硬的、毫无生机的，看上去有很多人，实际上只是面孔不同，至于他们内心在想什么，从来不会浮到脸上。

从前，我总是等待着夜晚。白日是烦躁的，宫廷中的景色已经厌倦了，但我又不能到更广大的世界上。看着树上的飞鸟抓紧了枝桠，我就想问它们是从哪里来的？它们从不知处所来，又可以随时到不知之处。它们有着自由的翅膀，可以到很高的地方，也可以到很远的地方，它们所见的远比我更多。可是我生在了侯王之家，又怎能越过这无处不在的高墙？一个人生下来就已经决定了他的命运，我的孩子也是这样。

国君的事情都是重大的，他们所想的都关乎江山社稷，他们的每一个决定都会影响到一个国家的存亡，甚至天下的兴衰。我不懂他们的事情，我只知道我自己想要什么。可是，后来我甚至不知道自己究竟想要什么，我已经丢失了我曾经有的，又要丢失我现在所有的。我的夫君出征的时候，我甚至觉得连他也要丢失了。战场的事情是无情的，一切都不可预料，一支箭一旦从别人的弓上射出，谁知道会不会有一点儿偏差？他虽然是一国之君，但他的生命并不比别人更耐久。

我是多么担心啊，就在他踏上征程的前一天，房前的老树上有一只乌鸦叫了很久，那声音里分明有着一种不祥之感。乌鸦的叫声是沙哑的，几乎是在呼喊。我走出屋子，用石头驱赶它，它扇动着黑得闪亮的翅翼，向另一棵树飞去。不一会儿，那只乌鸦又飞了回来，它的小小的头不停地转动，它的眼睛是发红的，就像刚刚用颜料浸泡过，这样的眼睛盯着我，让我的心一阵阵战栗。它尽管保持了沉默，可我仍然感到它在不断地啼叫。于是，我在翌日天亮的时候，劝我的夫君，能不能去远处征讨？他摇了摇头。他早已做出了决定，我知道，凭一个妇人的力量根本不可能改变什么。我的力量是这样微弱，以至于不能让他的身体有一点儿动摇。一个国君要做的，是他一定要做的。他只是在暗淡的黎明用迷惘的眼睛看着我，我忽然发现，他的眼睛也是发红的，我想到了白日啼叫的乌鸦。

他还是出发了，率领着他的大军，走向了远山的深蓝色，在我的视野里一点点变小了，最后变为一些小小的黑点。人在近处看起来是那么高大，远去了的时候，你才会发现，他们实际上比蚂蚁还小，从某种意义上说，他们竟然是如此弱小，如果刮起来的风稍微大一些，就会被吹到另一个陌生的地方。就是这些渺小的蚂蚁，仍然要跑到很远的地方互相厮杀，他们还嫌自己不够渺小么？我的一丝怀疑，或者说只是一个闪念，就像乌云里的一道闪电，让我觉到了惊吓。

去吧，这是男人们最大的事情了，他们的事情都是带血的，一个国君要听从天子的召唤，就必须面对残酷的真实。孩子的脚又在踢我的肚子了，我不敢想他出生后的命运，也不敢想一个人最后的结局。

古灵魂

也许我肚子里的孩子以后也是这样，可是你一旦出生，就已经失去了更多的抉择。唯一能做的，就是让我们求助于天神吧，天神是公正的，它自有不同寻常的设计，它的想法是深奥的，又岂能让地上的凡人所理解？

他远征的日子是漫长的，我看着地上的草丛露出两片小小的绿尖儿，到一点点长高，一天又一天，小草是安宁的，可我的内心却总是有着惊涛骇浪，它一次次击痛我的灵魂。我思念着那个消失在远方的背影，也为他的生死担忧。一连好几个夜晚，我都被噩梦惊醒。甚至我梦到他的头从远处的山顶飘来了，并和我说话。我已经记不起那些类似于咒语的话了，可他的表情我却一直没有忘记，那是多么令人惊骇的景象，我只要一想起来就感到害怕。现在，他总算平安归来，尽管没有获胜，许多人死掉了，可我的夫君还是回来了。即使夜晚的漆黑中不断有夜枭惊叫，我也不会恐慌了。

他和我相见时的样子，我永远也忘不了。他半天没说一句话，也没有给我讲述他远征条戎的故事，从他悲伤的脸上，我已经看到了故事的结局，至于那些过程和细节，已经不重要了。他沉默了很久，突然对我说，孩子的名字想好了，就叫作"仇"吧。他抚摸着孩子的小脸，然后轻轻地抱了起来，他的动作是温柔的，小心翼翼的样子，和他平日的样子完全不同。我看到他的目光也柔和起来，和荷叶上的露珠一样有一点儿湿润，是的，没错儿，他的眼中的确闪着泪光。我说，你回来就好了，只要是你给的名字，一定是好的，尽管听起来好像有点儿奇怪。

我相信，孩子的父亲既然起了这样的一个名字，一定有自己的道理。他的内心一定藏着比这个道理更深的苦痛，他将更多的感情放在了一个字的后面，好像既想让别人知道，又想让自己忘记，可是这种忘记反而是一种不断的提醒。一个字，一旦加在了他的孩子身上，就成为永恒的图像了。不过，名字对于那个被命名的人来说，也许是不重要的，仅仅是一个人的记号。只是这个记号将伴随他终生，只要这个名字不要和别人的名字混淆就行。这个字是奇特的，不过对于一个未来的国君而言，他的名字就应该与众不同。孩子，你有名字了，你的父亲不仅赋予你一个血肉的形体，也赋予你一个抽象的、独特的记号，他已经把一个完整的灵魂注入了你的生活里，对于你来说，一切刚刚开始，从你的名字开始。

卷六十

大臣

　　转眼几年过去了，太子仇已经三岁了，经常在外面玩耍，还有几个孩子陪着他。孩子们是无忧无虑的，每一个人都要从小的时候开始，然后堕入了成年之后的烦闷之中。我曾坐在一旁观察孩子们的游戏，他们像穷人的孩子一样玩泥巴，做成一个个房子，可他们的身旁就是高大的宫殿，他们不需要这些简陋的穷人的泥房子，然而他们还是对这些毫无实际意义的房子感到兴味十足。他们也玩关于王的游戏，太子坐在一块高高的石头上，对着其余的孩子发号施令，并用竹竿轻轻抽打那些不接受命令的，孩子们立即顺从地跪拜高高在上的王。他们也模仿射箭和打仗，用一根长长的竹竿作为坐骑，不断演绎两军混战的景象，太子总是扮演胜利者。

　　这意味着，暴力从童年就开始了。对暴力的沉迷很可能出自人的本性，看着他们兴高采烈的样子，就会知道暴力的刺激是强烈的，它给人的喜悦也是强烈的。孩子们专注于游戏，是他们已经对成人的生活开始模拟和预演，迷恋未来可能出现的或者必然出现的。他们迟早要面对自己的游戏，真正的游戏，那将是生活中必然到来的景观。

王、房子、战争，这是人的全部么？它说明了权力、归宿和死亡，排练的时间远远早于实际面对的时间，这两个时间点之间，还预留了很长一段空白。这些空白需要填满，可这空白中所填满的才是真正的生活，才是一个个需要珍惜的日子。

可是人们总是嫌这样的光景不够精彩。尤其是天子和国君，他们不是为了生活本身，而是为了生活之外的东西，对于真正的生活，他们早已厌倦了，他们已经没有任何耐心对一些琐事感兴趣。他们的目光是空阔的，已经远远越出了此时此刻的光阴。他们需要丰功伟绩，需要史书记载和舞蹈庆贺，也需要慷慨的赐予和豪华典礼的成全，需要比生活更为夸张的虚荣，就像河流必须有激浪和与之相伴的泡沫。溪水静静流淌并且能够照出人的面容的日子，早已被抛弃了……

国君又要和周王共同讨伐戎狄了，几年前的伤痛已经养好了，似乎已被遗忘。四处征讨的暴力是不会终止的，表面看起来好像有着各种各样的原因，冲突的深层埋藏着不可改变的人性。战争结束了，力量耗尽了，人们都需要休息和疗治创伤，然后重新积蓄力量，平静的日子实际上已经在酝酿另一次也许更为剧烈的争夺。所以不要将希望寄予一劳永逸的流血，群山不可能削平，万千沟壑也不可能填满，就像白天和夜晚，一切眼前的和曾经的，都是不断交替运行的结果。

国君与天子的军队已经向戎狄发起攻击了。我听到的消息是，天子率军已经渡过大河，赶赴戎狄的领地千亩一带，晋国的军队和天子一起对戎狄形成合围之势，还不知道最后的胜负如何。一切取决于天意了。国君出征前曾进行了占卜，据说，上天的意愿已经倾向于我方了。我照例每天过着一样的生活，只是在这些时间中，晋国的事情更

古灵魂

多了，前方不断需要运送粮草，国库中的粮食已经越来越少了。

激战的地方距离我是遥远的，我既听不到刀戟的碰撞，也听不到受伤兵士的惨叫，只是听到了野地里的鸟鸣，它们不知道人间发生的事情，却围在几棵大树上不断地说着自己的话，它们说些什么？也许它们打量着我们的一切，为某一个细节不断争论，或者，仅仅谈论它们的日子。可是，它们的叫声是这样婉转，不同的鸟儿发出不同的声音，远胜于宫殿里乐师的演奏。远处的水面上，水鸟的翅膀沾着水花，长长的喙夹起了小鱼。天地之间是这样辽阔，一切都在一个巨大的包容中各自显露，偶尔也有几声粗重的兽叫，它们隐藏在山间，只把自己存在的信号，传递到我的双耳。

我的国君现在正敲响了战鼓？兵士们在杀戮中狂奔？天子站在更高的地方观战，还是欣赏着天边千变万化的云形？也许，我所想的，并不是我所看到的，而能够看到的事物，却是另一番样子。我置身于两个不同的空间，眼前的更似梦幻，远处那不曾看得见的，也许更为真实。世界不是由看见的事情所决定，那些不是我亲眼所见的，却不断改变我的生活。国君的爱妃又要生了，国君又一次外出征战去了，不知是福还是祸？历史中的很多事情是相似的，一幕又一幕，好像是同一个乐师的重复演出。每当我想起太子的名字，就暗暗发笑，国君竟然给他起了一个如此古怪的名字。现在，远征的兵士又要归来，不论胜负如何，国君都必须面对自己一个即将出生的孩子。他又会给孩子起一个什么名字？这是一个有趣的悬念，在我看来，这比征伐的结果更值得期待。

卷六十一

晋穆侯

　　征伐戎狄的血战结束了，战场上摆满了尸身，我的兵士的和戎狄的兵士的，他们在鼙鼓的节律中尽到了自己的责任。天神将他们召唤到了更高的地方，收取了多余的灵魂。这是天神的恩赐，他的眼睛一直看着地面，知道哪些人应该留下来，哪些人应该飞升到云彩里。他有自己精心准备好的筛子，将颗粒大的留住，又将那些小的漏到下面。戎狄人试图按他们的想法去做事，可是天子的威权不能容忍挑衅。我们都生活在天子的光照里，不能让地上落上阴影。就像农夫的庭院，必须随时清扫，不然尘土和树叶就会堵住了家门。

　　天下不是一下子就变得开阔的，而是依靠兵刃和弓箭扫开的。从我的先祖周武王征伐商纣开始，周王室用自己的力量压平了天下的洪波，仁义不是怀于内心的，而是闪耀于长矛的尖锋上。晋国从封国以来，从来都和周王站在一起，一个国家的形象乃是用我们一代代的血画出来的。我的宫殿的基础，不是柔软的泥土，也不是山崖上开采的石头，而是我们男儿的白骨，不然，上面树立的柱子就会倾倒，屋檐也会塌陷下来。

古灵魂

三年前对条戎和奔戎的征讨失利了，我尝到了败绩带来的屈辱。我轻视了我的敌人，实际上是轻视了自己。敌人和我自己在某种意义上是一回事，我不能认真地看待自己，又怎能面对敌人？现在，天神为我解开了蒙在眼睛上的黑布，让我的眼前一下子变得明亮。我平静地敲响了战鼓，它的声音是沉闷的，却能够传得很远，让我的兵士都能听到。我的怒气已经上升得很慢，我用自己的全力压低了它，我的智慧却飘浮到了高处。

凯旋的脚步是轻快的，几百里路程，几乎一夜之间就消失了。我所率领的兵士一路高歌，在进入都城的时候，臣民们列队迎候，我的车在骏马的蹄声中碾开了浮土，辙印如此清晰，可以看到它从我的车轮下向后伸到了过去的日子里。这几年是多么难熬啊，耻辱的影子一直跟着我，怎么也摆脱不了。我的脸上没有了笑容，额头上的皱纹就像伤疤一样深。舞女们的舞姿还是老样子，我已经再也不想看她们了。只有当太子仇跑到我的面前的时候，我的心中才出现一点温馨。我把他举到了头顶，他是快乐的，可是又怎能知道我的痛苦？我试图从他的笑容里找到我自己的笑容，是的，也只有孩子的笑容中有着我从前的影子，可是这影子被一次失败的征讨蒙住了，我的血肉好像已经被敌人的刀剥掉了。

我的熟悉的都城，我的高大的宫殿，以及在宫殿四周的高树……一切都是熟悉的。我听到了满树的鸟儿叫个不停，这样的庆典是多么隆重，我已经置身于一个只有梦中才可以见到的幻境。我已经不是一个失败者，我在征讨的战斗中取得全胜，取回了自己失去的东西，并用手牢牢攥住了。我进入宫殿的时候，太子仇跑过来了，他竟然跑得那么快，这么长的时间，我几乎要忘掉他的样子了。他的眼睛是纯净的，比溪水还要透亮，我在这样的眼睛中看到了自己的笑容。我是多么快乐啊，孩子好像理解了我。

我的夫人又生下了一个男孩，嗨，这可真巧啊，每一次我出征回来，都会看到我的新的孩子，这一次，我要给他起一个与我的胜利相配的名字：成师。意思是我的得胜乃是因为和这个孩子的相逢而成，或者说，我击败了戎狄，我的事情已成，孩子的降临恰好是这件事的见证。我的功绩先放在我的孩子的名字里，然后再刻在铜簋上。

古灵魂

卷六十二

师 服

　　我看到一些人在窃窃私语，他们所说的语言碎片落在了我的耳朵里，我知道他们在议论太子和公子的名字。我装作什么都没有听见。可并不等于我对他们的名字没有想法。是啊，国君给儿子命名，一个叫作仇，另一个叫作成师，真是太奇怪了。哪个人会起这样的名字呢？尤其对一个国君来说，太子和次子的名字岂能是一个任性的玩笑。他率兵出征条戎和奔戎，大败而归，就将太子的名字叫作仇；而又率兵前往戎狄征战，获胜归来了，又将少子的名字命名为成师，简直太随意了。他完全是因自己的感情而作，失去了一个国君所应有的理智。一个事件不能随便让一个名字承担，另一个事件也不应该加载于一个名字上，而且这两个名字的含义是如此相悖，两个人同是自己的儿子，却让他们的名字冲突，这又怎能显现兄弟之间的融合与情义？

　　这真是太稀奇了，我还没有见到世间竟有这样的事情。命名是为了制定义法，并用这义法来孕生礼节，又要用礼节来形成秩序，而这秩序是用来治理国家的。一个国家如果失去了义法，就如一个人失去了灵魂，就不可能完成有效的统治，人民的行为就难以得到规范和匡正，国君的施政就不能真正实行，也不会获取良效。人民看不到确实的效果，又怎能对国君的号令服从？那么，祸乱就不可避免了……这将导致多么可怕的后果。太子与少子的命名，让我看到了晋侯的思维，看到了他内心的混乱，而他的内心的混乱就会导致外界的混乱。我们仔细观察历史，事情总是从小的开始，然后一件又一件，就像一块石头投入了湖水，它的波纹就会渐渐扩散，以至于整个大湖都被扰乱了。

我是晋国的大夫，知道自古以来，礼节和义法都不可改变，这是天下稳定的原由。一个农夫要灌溉他的田地，就要用长长的渠把河里的水引来，又要把田地划分为一个个田畦，以便让水一点点流入，也让水均匀地布满了每一块良田。若没有一道道渠堰，也没有一条条田垄，水就不会有任何规则，就会一起流向低洼，他的种子就不会播撒，他的庄稼也就不好种植，一切都会变得很糟，田地也就荒芜了。

命名是十分重要的，当古人命名天的时候，我们的手指就会指向上方，我们的眼睛就会看到一片蔚蓝，我们又要在那蔚蓝中寻找白的或者深黑的形象，不断变化的形象，将它们命名为云。夜晚的天上会有明月和繁星，我们的命名已经给了它们灯一样的光明。我们要说出自己脚踩的、给了我们生活的东西，就必须对土地命名。它长出来的草和树，树上的各种鸟儿和虫子，以及山岩和湖泊，都已经被包含了——万物是从命名开始的。没有命名，我们就会什么都不知道，也不会对他人言说一切。没有命名我们就会无所依凭，就会一无所知，也就不会知道自己。

古灵魂

古人命名的时候，已经说出了语词的含义。相爱的配偶被称为妃子，相怨的配偶就叫作仇。这是词的对抗，是实质的相悖，当说出一个，另一个就自然会出现。现在，国君把自己的太子命名为"仇"，又把自己的少子命名为"成师"，这也是两个词的对抗，是实质的相悖。天下万物的存在都有着矛盾，却不可将最亲近的，推向对抗和相悖，也不可将最好的分为彼此的反诘，否则，良好的事物就会互相消蚀。月亮要是遮住了太阳，地上的事情就沦陷到黑暗里了。

我从这命名中，已经看到了未来的绝望。太子被废黜的命运已经不可挽回了，以后发生的，都会证明出自原初。我不知道晋国会变成什么样子，但是祸乱似乎已经开始了。农夫自从撒下了种子，就可以对将来做出结论。你还看不见地上的禾苗的时候，实际上谷种已经在土壤里悄悄发芽了，你又怎能看得见地底下发生了的事情？

我从国君的宫殿里走了出来，我的心是沉痛的。我看见了还在无知中玩耍的太子仇，也想到了在母亲怀中安睡的少子成师，他们互相都不知道对方的意义，但悲剧已经从国君的命名开始了。我走在晋都的街道上，一些树木已经很绿了，一些树木仍然是光秃秃的。它们有着各自不同的开花时节，但它们在同一片地上，彼此相安无事，却有着各自的等待。又一年的繁荣来临，柳絮在空中飞翔，让我不能张大嘴巴用力呼吸，在一个看上去一切苏醒了的世界，秋风肃杀的时刻已经等在了前面。我们需要感受，也需要谈论，但不需要验证。所有的验证实际上已经在天神的推理中，我们只需要有一点儿耐心，时光中出现的一个小小的斑点，会越来越近，越来越大，直到我们完全看清它的真容。

卷六十三

殇叔

　　我是晋穆侯的弟弟，多少年来一直遵从兄长的安排，辅佐他料理国家的大小事务。我不愿永远做一个管家的角色，我有我的意志，我的想法也应得以实现。我是勤奋的，每天很早就整理衣冠准备上朝，天亮之后就开始处理晋国的各种事情，每一个官吏奏报来自各方的消息，我就将我的命令发布下去。可是，我的兄长高坐在国君的位置，却每天饮酒作乐。当我在暮色降临的时候，已经感到十分疲倦。三十多年了，我的人生最美好的时光已经过去了，可我很少享受时光本应给我的。

　　前些日子，我的兄长已经身染沉疴，我曾到他的床前看望他，只见他的面容是枯黄的，已经是即将飘落的黄叶，就要从高高的枝头掉下来了。人生是多么短暂啊，几十年的日子，转眼就过去了。想起他曾率兵远征的时候，他的双眼冒着火光，额头上的光晕即使在大树的影子里，也不曾被遮住。他背着箭囊，踏上了战车，战马在前面跃起了前蹄，马的鬃毛和他的头发都在风中高高扬起，那是多么青春勃发的景象！可时间把衰老推到面前的时候，我简直不敢相信自己的眼睛。是我看错了？还是从前的一切仅仅是一个梦？

我被他黯淡无光的眼神惊醒了。他的手是那样枯瘦，双臂强健的肌肉都消失了。他握着我的手，几乎没有什么力气，想要和我说什么，颤抖的嘴唇间没有发出任何声音。他的话已经没有什么意义了，说什么或者不说什么，都无关紧要，因为他失去生命的时候，就失去了一切，包括他曾拥有的尊严、权力和宝座，只能让后来的人们施舍他一点可怜的荣誉，可是这又和他有什么关系？而且，他的荣誉也不会真正归于他，而是归于将要利用他的荣誉的人，人们将用他的影子来扩大自己的影子，并称为自己庞大影子的一部分。

我既怜悯我的兄长也怜悯我自己，因为，他的命运不属于他一个人，也将最终属于我，每一个人都有一个悲哀的终点。让他去吧，让他到那个所来的地方去，还给他一个原本的真相。我还要活下去，要享受不曾有过的生活，将他的宝座放到我的下面，就像他生前一样发号施令，在痛饮中看这迷离恍惚的世界。

我是他的弟弟，却不能继承君位。我感到太委屈了，为什么他仅仅因为比我早出生一点，就要成为君侯？我们有着同样的血脉，出自同一个母亲，有着同一个父亲，他却要享有比我更大的尊荣，我怎能不感到委屈？何况他并不比我更聪明，也不比我更有德行，他所凭藉的就是比我早一点来到世界上，难道这就是他独享一切的理由？作为一国之君，他握着巨大的权力，并理所当然地迫使我服从。这样的服从不是由于我的信从，而是我必须面对祖先曾经定下的规则，必须从时间里取来绳索，以便缚住自己。

他活着，我就向他俯首听命，他死去之后，我又要向他的儿子俯首听命，这样的日子是没有尽头的。我不再违背自己的心了，我要将他的座位夺过来，将这个国家攥在我的手心里，他曾经所做的，我也能够做，他不曾做到的，我也要做到。我要改变从前的规矩，祖宗的礼法是不公平的，我已经积聚了足够的力量，可以扔掉黑暗中的绳索了，世界是供我们改变的，不是让我们遵循那些毫无理由的东西。

冬天来到了，寒冷已经开始笼罩了晋国。昨天夜晚，一场大雪突然从天而降，覆盖了大地。已经枯干的树上镶嵌了闪亮的银子，屋顶上也包裹了同样的光泽，人们的脚印变得清晰，你一眼就可以看出你的脚步有多大，你的脚印踏过了什么地方。我的兄长死去了，这既是我惋惜的，也是我所期待的，我的内心充满悲痛也充满了惊喜，这是一种怎样的心情？太复杂了，太不可思议了，两种完全不同的鸟儿居然可以放在同一个笼子里，一个捕兽匣竟然同时捕捉了两头野兽，这是怎样的情景，连我自己都不敢相信——但这的确是真的。我的心中的两种相反的情感正在交织、对抗、融合、交锋、剧烈翻腾，它们竟然是一体的，像铜鼎中的沸水，有着巨大的热，它的水花在飞溅。

卷六十四

樵夫

　　我刚刚来到了山林，从很小的时候起就以打柴为生。山下和城里的人家都喜欢我的柴禾，我知道这山间的哪一种树木更适合做烧火的木柴，也知道什么样的木柴适合做什么样的饭菜。比如说吧，桃木特别适合于煮肉，我所砍伐的桃木燃烧起来会将釜中的肉煮得又嫩又香，它的香气远远就能闻到。还有山间的一种香木，特别适合于烤肉，烤出的肉会有一种特别的香味儿，住在宫廷里的国君以及那些高贵的大夫，都喜欢将这样的烤肉端上欢宴，也要放在祖宗的祀庙里，让死去的人们也来品尝。还有在冬天到来的时候，人们就喜欢买我从深山里砍来的廖木，它的木质是坚硬的，用来取暖是再好不过了。它不仅耐烧，又有着源源不绝地释放热气的好火焰，把它放在地上的火盆里，一旦点燃，整个屋子里都会暖烘烘的，即使是在夜里，人们已经入睡，它仍然能一直烧到第二天早上。

　　现在已经是冬天了，我在薄薄的雪中寻找着最好的木柴，我手中的刀是锋利的，刀刃在一棵棵树木之间散发着寒光，我每走一步都会踩出一个轮廓清晰的脚迹，我只要顺着来路上的脚迹，就可以原路返回。当然，我对这山里的每一条路都是熟悉的，甚至对每一块石头、每一棵树木，都能够辨认出来，可是当大雪覆盖了路面的时候，再寻找这些路径就会感到费力。除了我的脚印，还有一些野兽的踪迹，我知道哪一个是野猪留下的，哪一个是虎豹留下的，还有野儿的足迹，踏得又深又大，一看就知道它的体型庞大，有着别的野兽几倍的重量。看到这些印记就要小心了，你要绕开它们，最好不要招惹它们，它们的脾气可不是很好的，它们的牙齿也不好应付。对于它们来说，冬天是缺乏食物的时候，要是你不小心和它们相遇了，它们可不会有一点儿仁慈的，也不会因惧怕你而有丝毫的犹豫。

砍柴的事情看起来简单，实际上也有很多诀窍，一棵树的某根树枝，要看准它的走向，还要分析它的纹理，我几刀就可以将它砍掉。可是对于另一个人来说，也许要浪费很大的力气和很多时间。我可以每一刀都砍在前面的刀痕里，我的力气很大，也懂得怎样将这些柴弄到山底。比如说现在有一层雪，我就可以做成一个滑车，能够捆绑很多木柴，并把它拉到我的家门口。曾经有一个人想跟着我打柴，仅仅一天光景，就觉得这是一件太耗费力气的活儿，再也不干了。

好吧，时间还早，我静静地坐在一根枯死的树木上，欣赏山里的好景色。空气是清新的，我大口大口地呼吸，寒冷将我吐出的呵气变成了一团团白雾，就像我的鼻孔中冒烟一样。林间的一棵棵树都挂满了白雪，如果从枝杈间向上看，天空的蓝被划开了一个个不规则的形状，树枝是发黑的，而它的上面又有着一层银白，和天上的蓝形成了一个个三色图案，它有着夏天所不能及的寂静和幸福感。更远的地方被密林遮住了，放眼望去，只能看到一个个树立起来的栅栏，好像我

古灵魂

乃是被关到了栅栏中的，而这栅栏不是密闭的，而是完全开放的，它由无穷的树干组成，你觉得自己不是因为失去了自由，而是因自由的缘故失去了选择，陷入了永恒的迷惘。你甚至觉得永远不可能走出山林，一片山林过去了，仍然还有山林挡在了前边，这样的栅栏是由无穷阻止了你的脚步，而不是用有限的绳索或者形象可怖的囚笼。我看得越远，就越是感到绝望。世界是没有尽头的，人来到世界上唯一的目的就是活着，可是为什么活着呢？谁也不能给我一个令人信服的答案。

昨天我到晋国的都城卖柴，听到人们议论纷纷。听说晋侯已经死了，他的弟弟殇叔已经篡位，坐上了晋侯的宝座。这个人在朝中是很有权势的，在晋侯活着的时候，已经将自己的权力交给了自己的弟弟，没想到他能够做出这样的事情。太子仇已经趁夜色远走他乡，不知到了什么地方。自古以来都是嫡长子继承侯位，现在古人的法度已被打破了，天下就要乱了，宫廷里发生的事，必定会蔓延到晋国其它地方，我不知道下一步会发生什么。唉，事情已经很明显了，弟弟夺去了君位，这是以前从没有见过的。他难道不顾忌天下人的指责么？也不考虑兄长曾经对他的信任么？人的亲情是这样脆弱，它似乎还不如权力更重要，这个消息让人听起来会感到伤心。

殇叔是一个什么样的人？我既没有见过他，也没有听说过他。我不关心宫廷里的事情，他们做什么，和我没有什么关系。我只是知道怎样打柴，用力气从山里砍来柴木，又背到都城里换一些自己吃用的东西。生活对我来说是简单的，既不用为有没有权力操心，也不用谋划国家大事，更多的时候，我走在山林里，只要躲开野兽的袭击就可以了。可我还是不明白，国君周围的人们，为什么总是想着怎样算计别人？自己的生活已经足够享用，却还要夺取别人的。要么就是到很远的地方，征伐另一个国家，他们有着那么好的日子，却总是图谋别人的日子。

　　我猜测他们是另一种人，和我们这样的人不一样，他们所想的，已经远远超出了我的理解。如果他们像我一样坐在林子里，也许就会改变想法。这里的柴木满山都是，没有人和我争夺，这么大的树林，能够容得下所有的樵夫。可是这么大的国家，国君只有一个，这就是他们互相倾轧的原因？出于同情，我总是在想，太子仇会跑到哪里去呢？他离开自己的国家，已经没有太子的身份了，谁还能够认出他？一旦到了一个完全陌生的地方，他一定会感到十分忧郁，他也不会甘心如此。我想，他一定也在谋划，暗暗积蓄力量，以便夺回本该属于自己的君位……一场杀戮是免不了的。

　　高贵的人们都是嗜血的，在他们的心中，良善的东西不容易存在，冷酷就会趁势而起。如若世界上仅仅剩下了残酷无情，人和山间的野兽又有什么区别？何况，野兽对于自己的孩子，以及自己的同类，也有着温情脉脉的一面。这样说来，高贵的人们是最可怕的，因为他们为了自己的获取，放弃了高贵的情感，毁掉了良善的人性。不论怎样，现在殇叔已经是新的晋侯了，他将主宰这个国家，也许他会为自己无理的夺取悔罪，这样就会为晋国做一些好事情。他也许会想，我本是不合理的，我破坏了祖先的法度，失去了道义，那么我也该用行动来弥补自己的过错，用自己的善行来求得别人的谅解。或者，他根本就不会这样想，他会说，这一切不是别人给的，都是我

古灵魂

自己夺取的，也就是说，这一切本应该就属于我，我想做什么就做什么。如果这样，事情就坏了，天下也不会安宁了。

我还听说晋国的大夫师服在太子取名为仇的时候，已经预断晋国会出现大乱，看来他的话应验了。不过，我还是不太相信，一个国家的祸福会取决于国君为自己的孩子命名？或许命名只是表面的，一个名字的后面有着天意，每一个乱象的出现，都会在前面有一个异兆，太子的名字就是一个异兆？嗐，不说这些了，面对这么好的雪林，为什么总是想一些肮脏的事情。我的砍柴刀就放在身旁的石头上，它静静地躺在那里，等待着我拿起它。坐在这里感到了寒冷，尤其想到的都是一些寒冷的话题，我的身上就更冷了。该去干活儿了，我的一天才刚刚开始，太阳已经升起来了，借着它的暖意，我将砍伐更多的柴木，城里的人们，乡间的人们，都需要木柴的火焰，都需要加倍的温暖。无论谁做了国君，他们都要度过严冬。他们在他们的宫殿里，我在自己的山林里。他们何曾想起一个山林里的砍柴人？所以，我又为什么想他们的事情？

这是什么鸟儿？叫得可真好听！它们说着什么？我听到林间传来了一阵阵鸟鸣，这一定是从远处飞来的，以前我从未听到过这样的声音。它们的叫声取走了我内心的不安，使我的心重新归于平静。冬天的树林是寂静的，野鸟比夏天的时候少多了，它们都躲到了自己的巢窠里，等待着天气转暖的时候。它们从来都是快乐的，从它们的啼叫声中，很少能够听出忧愁。因为它们长着能够飞行的翅膀，可以飞到任何想去的地方。它们是自由的精灵，它们的生活才是真正值得羡慕的生活。

卷六十五

太子仇

　　我的父王去世了，我是多么悲伤。作为一国之君，他做了自己该做的一切，但有一样事情没有来得及安排，那就是他的儿子……前些天，我已经有一种不祥的预感，觉得晋国就要乱了。我的叔叔已经控制了晋国的大权，就在我的父王即将离世的时候，很多大臣已经开始沉默，而且尽可能远离我。我已经感到，他们的背后就像有一根绳子牵着，支配着他们的言行，他们已经失去了自由。整个晋国被控制了，我隐隐觉得，那背后隐藏着的支配者就是我的叔叔。

　　这简直太可怕了。他看上去是那么谦和，从来都是满脸微笑，对我也特别关心。可是我总是觉得他的微笑是假的，他对我的关心也是假的，我和他之间仿佛隔着一层乌云，让我不能看见他的真面孔。就在先君疾病缠身的时候，他也常到床前探望，一副虔诚恭敬的样子，但是一旦转身，就像变了一个人。他的表情是冷漠的，好像他所做的不过是一件不得不做的事情，他和先君根本没有真实的情感，假的，一切都是假的，一个人竟然能够一直用一个假的面孔显现于世间，这需要多么不同寻常的耐心。

我从他的身上看到，克制是一种力量，掩盖自己真实心性并不是容易的，从来不泄露自己的真正意图更不容易。可是，我很难做到，我也不想这样做。我希望自己按照自己的真实想法去生活，把自己摆放在看得见的地方，固然易于成为别人的箭靶，但你放在那里了，就意味着你必须更加强大。掩盖自己的人可能会一时得逞，但他的怯懦已经因自己的掩盖暴露了。我从我的叔叔的行为中，已经发现了他致命的弱点。

以前，我是尊敬他的，现在我的视角转化了，我的瞳孔中映照出了他的原形，就开始鄙视他了。我所鄙视他的，是他利用了我的父王对他的倚重和信任，以及对他的亲情。他还利用了我的年轻和轻信，并背叛了祖先的规制。我是这个国君大位的真正继承者，然而他采用了卑劣的手段从我的手中窃取了。

我曾听说，在很远的山林中有一种皮毛贵重的仁兽，叫作蒙。它中等体型，既不是残酷的掠食者，也不是行动迟缓的、被动等待猎杀的软弱者，而是拥有敏捷的天性和很快的奔跑能力的食草者。它总是能够找到水草丰美的地方，又能敏感到敌手的存在和威胁。当捕食者靠近它的时候，它就会用神给予它的奔跑力迅速甩掉追捕的野兽。这样，它们多少年来生生不息，没有什么食肉动物对它有所奈何。但是有一天，人们发现了它的弱点，那就是它的仁善。因为只要有一个蒙受困，这个蒙就会发出一种奇怪的声音求救，众多的蒙就会从四面八方赶来，汇聚在一起，试图用各种方法解救受困者。如果它掉入了猎人的陷阱，其它的蒙会轮流找来食物喂养它，直到它用各种方法摆脱困境。卑劣的猎人为了得到蒙的毛皮，就学会并模仿蒙求救的声音，引诱它掉入其中。只要捕获了其中的一只，其它的蒙就会赶来救助，这样，猎人就会连续发射利箭。即使那么多蒙都中箭了，其它的蒙仍然不会擅自跑掉，它们不会随便丢弃同伴。很快，这种仁义的动物就在猎人的滥捕中绝迹了，仅仅剩下了一个关于仁义的传说。

在我们人间，这样的事情也经常发生，利用人性中的仁善和信用来实现自己的愿望是卑劣的，也是残忍的，这样，我们的仁善也将在因不遵守规则而获利者的滥捕中绝迹。我的叔叔就是这样的人，他不仅夺走了我的座位，也夺走了人性中的仁义，违逆了神圣的天道，背叛了神的法度，必然遭到无所不在的神的报复。我将铭记自己的使命，必要履行我与生俱来的权力。我的叔叔虽然获得了君侯的尊荣，但他必定是短命的，让他在煎熬中等待天谴，等待那个悲惨的结局吧。

一个仆人已经将他夺位的消息告诉了我，我知道大事不妙。我已经感到了剑锋的寒气，我的四面都布满了杀机。我在深夜时分，带了我的几个武士和谋士，悄悄地逃往城外。四周一片漆黑，没有月亮的照耀，只有天上的群星笼罩着，可是它们的光太过暗淡，地上的路仅仅露出了一点点勉强可以分辨的灰色。冬天是这样寒冷，在我的宫殿里从来不会感到的寒冷，将我围绕起来，我几乎用兽皮蒙住头，只露出两只眼睛，仔细搜寻着道路。第一场雪后，地上的一些部分好像消融了，地热依然存在，但冬寒以更加狂烈的姿态一点点围拢了，看来一切都是不可避免的。

这样的残雪加上了强烈的朔风，地上的雪花不时被卷起，有时会打在我的眼睛里，让我紧紧闭上眼皮，等到那雪花融化了很久，才能重新睁开。武士们在前面探路，我差不多是跌跌撞撞地逃命。远处连一点儿灯火都没有，一些树影看起来就像是一个个更深的空中洞穴，比它的周围更为漆黑，这样的黑洞还在风的呼啸中不断摇动。这是茫茫的大地，充满了各种不确定的、可疑的怪影，我不知道走到了哪里，也不知道将到哪里去。我就像回到了婴儿时代，既没有行动能力，也没有自己的判断，只有跟着前面的探路者一点点向前走，甚至不知道我所在的天地之间会不会出现亮光……一个似乎已经失去了前途的人，一个被严冬怀抱的婴儿，被迫走在了也许早已注定了的道路上，属于我的座位已被别人夺去，而我的真正的座位又在哪里？又一阵寒风袭来了，夜更深了，寒冷也更深了，仿佛没有止境，我只有裹紧了兽皮做成的冬衣，用力向前走去。

卷六十六

武士

　　我是一个武士，我从小就练就了一身好武艺，能够骑着快马在飞奔中伸手抓住飞翔中的鸟雀，也能用我的强弓搭上有着我的特殊记号的羽箭，随手一纵就可射中湖中的游鱼。我的箭就像长着眼睛，即使一箭射向天空，总会有鸟儿被射落，从没有一次失手。我的剑术也是精湛的，对手根本不可能想象我的出剑的速度，当旁边的人还没有看清的时候，我的对手已经倒下了。这样的事情已经不是一次了，我的箭总是在我的箭囊里，从不会离开我的身体，好像已经和我的身体长在了一起。我的宝剑来自我的父亲，据说，这把宝剑是从遥远的尧舜传下来的，它已经沾染了不同的、众多的血，它的凌厉，它的魂灵，有着可以摧毁一切的魔力，它的锋刃上摄取了无数有罪的或者无辜的魂魄，只要我将它拿出剑匣，它的光芒就会让四周的人们一阵胆寒。

　　刀剑从来都是摄人魂魄的，它从深山中取出，又经过了烈火的焚烧和冶炼，在铁匠的重锤下不断地打击，将它塑造成嗜血的形象。它还需要在油水中淬火，在炽热中突然被冷却，变成了冷酷无情的样子。一个武士持有这样的刀剑，实际上已经被刀剑所主宰，他不能成为自己的心灵的使者，而是刀剑驱使的力量所有者，他必须放弃自己，才能作为一个真正的武士，在人世间残酷的荆棘丛中驰骋。他在每时每刻都要伴随着刀剑舞蹈，并随着这样的酷烈的舞蹈在狂风暴雨中一点点飘零。

我的生命以及所附带的命运，已经交给了刀剑，我的血早已成为刀剑淬火的原料，我已经是刀剑的一部分，我不属于自己。表面上看，是我的手中持有刀剑，实际上它的背后，还有更加有力的持有者。我只是那个真正持有者的一个幻影。那个人，就是太子仇。我从很小的时候就来到了太子的门下，差不多伴随着太子一起成长。从一开始，我就明白了自己的使命，我的刀剑属于太子，我所扮演的，仅仅是太子延伸了的手。我没有自己的思想，我不需要思想，所有的事情由太子来思考吧。我每日的事情就是练好自己的技艺，等待着太子的号令，我很少说话，对于一个武士来说，一切语言都是废话，是无用的，我只需要在恰当的时候，用我的刀剑来说话。

这是最富有艺术的语言，也是冷酷的语言，终极的语言……它用青铜发声，用血来修饰，可以用这样的语言驳倒任何花言巧语。所以，在我的日子里，更多的时候是沉默，深邃的沉默。没有什么比沉默更具有威慑力，因为所有的沉默中都蕴含着可怕的力量，你可以看见，暴雨到来之前的乌云是沉默的，可你难道不知道其中已经酝酿着雷霆和电闪了么？大河里的水也是沉默的，看起来它静静的，一些小小的波澜不过是为了提醒别人，不要把一条大河当作一潭死水，它是活着的，然而你能预见滔滔洪水排山倒海的时候么？我用沉默告诉我的四周的所有人，我的存在不需要用人们惯用的语言来证明，我的沉

— 243 —

卷一一卷一百零七

默就是我的语言，它已经凝聚到我的刀剑里。

世界是残暴的，没有残暴就没有国家，也不会有天下。温柔只是在人性深处，它不显示于大范围的人间秩序中。周王的天下乃是周武王从商纣王手中用剑取来的，周公又用剑来平息了叛乱。晋国的地盘是从旧唐国取得的，它同样是在刀光剑影中易手的。祖宗的礼法看起来是无形的，是让我们自愿遵守的，却同样是用刀剑划定，人们之所以不能越过这些过去年代制定的礼法，乃是慑于刀剑的魔力。谁要是试图违背祖先的定制，就有可能被剑光推入无边的黑暗。你可以看看，这世界上的所有秩序，所有的荣华富贵是不是浸泡在剑和血中？所有的悲哀是不是由于剑锋所威逼？哪一个高高的座位四周没有令人胆寒的利剑？哪一片疆土的背后没有隐藏着利剑？没有暴力的对决，就不会有权力，就不会有国君，也不会有天子，更不会有人与人之间泾渭分明的等级。为什么一个人可以对另一个人颐指气使、发号施令，而另一些人必须听从？

这些问题是不言自明的，它没有答案，也没有理由。唯一的答案和理由，是一些人拥有剑，而另一些人必须屈服。除非你不愿意继续活下去，放弃自己的生存。这意味着，杀戮是上天对少数人的允诺，答应给他们统治别人的权力，而把另一些人恩赐给那些统治者，成为可怜的奴仆。你不要从其中寻找公平和公正，在利剑的锋芒上，一切不是滑到一边，就是滑到另一边，它不会停在剑刃上。

现在，我已经跟随太子仇逃到了另一个国家，因为殇叔手中的剑更重，更有力量。但是，我已经看到，太子仇不是任人欺凌的软弱者，他的心中藏着更为精准的剑法，他知道自己怎样会获得比对手更

古灵魂

大的力量，以及怎样能够磨利自己的剑刃，以便找到复仇的时机。太子作为嫡长子应该继承君位，然而殇叔却窃取了本该属于太子的宝座。面对这样的贪婪者，太子又怎能甘于在逃亡中度过余生？何况，他还十分年轻，他有着足够的时间和精力，也有着无数机会。我的剑将和我的主人一起等待，我将剑抽出剑匣的时候，殇叔的生命就该结束了，一切结束了。我想，殇叔也在恐慌中等待，在噩梦中煎熬。

卷六十七

太子仇

　　来到了异国他乡，开始了另一种生活。这是寄人篱下的生活，尽管这里的国君以礼相待，但我仍然感到他的眼睛中流露出的轻蔑。他似乎在说：你的国有你的一切，却被别人拿走了，现在我收留了你，你应该心里知道。是的，我是知道的，我知道这是迫不得已的，我除了逃跑，还有什么办法？而且，逃跑对我来说已经是最好的选择了，如果我不这样做，我的仅有的本钱也没有了。

　　可是，人们从来不看一个人的未来，仅仅以现在的样子来估量他。他们的目光是短浅的，不可能判断我的胸怀和志向。他们只能看到地上的家禽，不懂得抬头仰望天上飞翔的鹰隼，一旦你飞得很高，就会超出别人的目力。那些紧紧跟随我的人，深知我的心，也知道我的力量和智慧。已经过去几年了，我不敢对自己的抱负稍有遗忘。我在梦中经常见到趾高气扬的殇叔，掐住了我的脖子，我感到窒息，只好使出了浑身的力气，将他的枯瘦而有力的手掰开，醒来才发现，原来是自己的一只手死死地攥紧了另一只手的指头，我的双手都感到了一阵疼痛。我用的力气太大了，这是因为我的仇恨在积累，就像石头

古灵魂

下面压着的秸秆，一点点被压扁了，快要被压断了。

　　我能够随时感到这压力，以至于经常整夜整夜睡不着觉，有时似乎睡着了，但是屋子外面一点响动，哪怕是风穿过树枝的声息，树叶落地的声息，以及夜鸟的一声尖叫，都会将我唤醒。那是多么静谧的夜晚，天地间发生的一切，我都听得见。或者说，这既是对我的磨炼，也是对我的惩罚，却也是让我随时倾听神的天谕。这些折磨也许是注定的，是我的宿命中本应有的。我的名字里已经包含了仇恨，这仇恨一开始就是饱满的，经过这几年的雨水浸泡，已经蓄满了力量，就要发芽开花了。

　　屋子里是黑暗的，我的高榻旁摆放着一柄父王赐给我的利剑，我能在黑夜看到它放射出来的微光。每当我突然惊醒，就会拿起身边的宝剑来到户外，看这庭院里的摇动的树影，以及我的头顶的繁星。我会在这样的时刻翩然起舞，手中的剑一次次切割夜气，仿佛我在这里遇到了自己的仇敌。剑刃上青光在空中旋转、起伏、劈刺……掀起一阵阵风，我听到了树叶被扫落的声音，还能感到冰凉的树叶和带起的尘土扑到我的脸面上。

　　一次，也是在这样的夜晚，也是这样的时刻，天上的乌云在一瞬间淹没了明月，地上的一切都看不见了，我的眼前一片漆黑，就连树影和房屋的轮廓都消失了，世界忽然之间变得什么都没有了，或者说，什么都出现了，我所想的所有事物都深藏在无边的黑暗中，它仿佛是完全虚空，又是完全的实在，以至于我已经失去了自己的位置，不知道自己究竟置身何处。这是多么奇妙的境遇，我开始怀疑自己究竟是否活着，是否存在，是在自己的晋国，还是在波涛汹涌的沧海？

我所面临的真正敌人可能就是这样的虚空，就是这样的实在，就是这样既存在又不存在的渺茫的沧海。我仍然与这样无比强大的力量搏斗，我的剑刃上的微光也消失在了黑暗中，我所能感到的仅仅是自己不断腾挪的脚步，它有时是轻盈的，有时又是那样难以形容的沉重，好像被某种绳索绊住，就要跌倒在地。这时我的心中就会有父王的声音：你的舞蹈是漂亮的，你的剑法是精妙的，你要放弃此刻的凌空起舞，就是放弃了晋国，也放弃了自己！

雨点从不知什么地方落下来了。开始是稀疏的，它毫无章法地落在了我的头上，也落在了我的衣服上，我感到了它的冰冷、它的柔软的力度，以及它从很高很高的天顶降下时携带的信号，它赋予我活着的感受和存在的理由。是啊，这完全的漆黑中，有着暗中的精灵，有着神的关照，也有着即将到来的无法预测的事情。天地之间的完全黑暗，以及空中飞扬的雨滴，是一种令人惊惧的启迪，它将你看到的所有实像遮盖了，揭示了一个失去一切的、只有孤独者的灵魂的人界，并且这样的人界和天界甚至冥界都不可分了，都混合在了一起。紧接着，一场暴雨开始洗刷，几乎是瀑布式的暴雨，从一个看不见的天穹倾泻而下，我被这暴雨浇得睁不开眼睛，或者说，我已经沉没在了一个无边的深渊里。

这是多么令人恐惧的夜晚，暴雨对万物敲击的声响是多么悲壮，而我作为一个人是多么微不足道！我是完全可以被忽略的，一个人是完全可以忽略不计的，几年的时间也同样被这突然到来的暴雨洗得干干净净，我所经历的时光原本是不存在的，时光的尽头就是世界的尽头，而尽头和起点立即融合了。我陷入了一片迷茫、一片漆黑，个人

古灵魂

的仇恨被洗掉了，它就像大树上的落叶，就像小草叶子上面的灰尘，只要短短的一瞬间就可以掉落，我发现那些掉落的，原是多余的。与其说，我乃是因为个人的仇恨，不如说我的晋国应该从我的手中开始——我要回去！我不能在异邦等待了！无限期的等待，实际上就是对自我的绝望的安慰，它失去了等待的意义，如若我一直在等待，就会是暴雨激起的泡沫，它的出现就意味着迅速消失于无形。

　　一个暴雨之夜，我被横扫而来的冷雨冲刷了多长时间？不记得了，不记得了，遗忘是从暴雨中汲取的灵感之一。黎明到来之后，我浑身发烫，我的身体好像已经燃烧起来了，我的头脑昏昏沉沉，在半睡半醒之间做着一个个噩梦，一连串断断续续的梦将我引领着回到了现实中，我的宝剑仍然在我的身边，我无力地用手挨住了包裹着兽皮的剑柄，它颤动了一下，往事又一次被碰住了，就像乐师用乐锤击到了铜镈，我听到了"嘭"的一声！

卷六十八

殇叔

　　我已经是晋侯了，这已经不用怀疑了。谁也别想用怀疑的目光打量我的宝座，我的兄长的位置上，我已经入座。曾经为从前的国君敲击编钟的乐师，现在为我来敲击，他所奏出的乐声更为悠扬、更为余韵绵长，我的双耳细心地听着人世间如此美妙的音乐，感到了陶醉。从前为国君舞蹈的美女们，又为我翩翩起舞，她们的舞姿更加曼妙、更加轻盈，就像在花间不断飞舞的蝴蝶，它们的翅膀带着迷人的花纹，随着音乐的节律不断变化自己的姿态。是的，从前的一切都归我了，我不仅拥有现在，还拥有了从前，以及从前的从前。

　　鱼油灯照亮了大殿，我的脸也被映亮，我能够感到自己的脸颊上布满了光泽，面前的几案上，放着酒爵以及残酒，人生的快活每一刻都能寻到，现在我将仆人们和大臣们都屏退了，整个大殿只有我一个人，我的周边显得这样空阔，物体的影子是暗淡的，在我的眼中变得模糊不清。这时候我开始问自己，我究竟是谁？我只能对自己不断进行想象。是的，我已经是晋国的国君，整个晋国都在我的掌握之中。每天都有那么多人围绕在我的身边，听从我的命令，这就是我作为一

古灵魂

国之君的证明。可是我的国家在哪里？除了这个大殿，我的宫殿的四周，我的都城，其它地方都是陌生的。我只知道我的国家大致有多大，但它究竟有多大呢？很多地方，我根本没有亲临，我只见到过这个国家的一鳞片爪，我都很难知道它的全部样子。从某种意义上说，这个国家对我来说，也仅仅是一个想象。它只有在想象中才变得充分，才变得完整，才真正属于我。

那么，我究竟怎样拥有了这个国家？我只要坐在这里就可以了。关键是这个座位，而不是我是否应该拥有。我的兄长坐在这里的时候，他就是国君，我坐在这里之后，我就是国君。看起来事情就是这样的简单，但这个座位也是一个不同凡响的想象，它需要调动你的全部精力和智慧，因为你一旦坐在这里，就已经成为别人的箭靶，多少弓箭已经对准了你。这是一个多么需要勇气和意志力的座位！我仅仅需要破解的就是祖先的礼法，我是一个背叛者，我将背叛那些不合时宜的东西。那些阻碍我登基的宗法就像我的华车上套着烈马的绳套和挽具，我要将它们卸下来，扔到荒野里去。我的后面不需要一个驭夫，我能够看得清眼前的道路，我知道自己应该用怎样的节奏奔跑，我也知道向前和转弯，知道所有的坎坷和曲折，并有足够的智慧和敏捷，绕开路上的大石头。

我登上了国君的座位，意味着我已经创造了一个先驱者，我将过去的日子一刀割断，让我自己就成为这日子的开头。我改变了关于过去的陈腐观念，也必将改变未来。然而我将因此失去一个真实的我，因为我已将自己的心灵捆绑在了一个虚幻的想象中，我也将成为一个想象。这一想象既在别人的心中，也在我的心中，重要的是它将被历史刻在时间里。我并不追求真实，我的一切将在想象中获得更大的真实。我并非不存在，我存在，是因为世界本来就是一个想象，我为什么不能成为一个想象的中心？我的座位有着那么多的别人的围绕，我的存在是因为别人的存在，我的存在即在别人的存在中，包括已经逃出了我的视线的太子仇，也包括一直跟随在他的身边的人们。

已经过去了几个春秋，我开始还感到内心的不安，感到自己随时都面临威胁，我的宫殿里安排了众多的武士，以便让可能到来的刺客手中的剑，像秋天的枯叶那样跌落在地上，成为腐烂的粪土。现在这样的可能越来越小了，时光可以将一切打扫干净，我前面的石头也会被搬开，只有天空中明亮的月光将在暗夜尽情挥洒，星空中的复杂图案预示着世界的永恒，那闪耀的将永远闪耀，地上的青草会在每一年的春天重新生长。

大殿里的光线是暗淡的，也是明亮的。它因为巨大的空廓而暗淡，又因我的独自存在而明亮，只有我一个人，一个人的大殿是多么空廓，就像置身于更大的宇宙，却有着更为辉耀的群星的陪伴。一个人不会是完全孤独的，我的大殿的外面就有许多人，只要我一声呼叫，他们就会立即出现。可是，我现在不需要他们，我只需要从想象中找到自己。

卷六十九

史官

我的职位是崇高的，从来不为国君的一点恩赐所动摇。我的笔乃是放在天地之间的，不属于任何一个君侯。我所记的一切，都是公正的、公平的和真实的，如若我在记事簿上作假，就会受到神的惩处，我就是一个渎职者，一个没有节操的史官，一个历史的罪人。我虽然常在君侯的身边，但我不是君侯的仆人，我只是神的仆人。我所做的，就是向天神交代真实发生的，我的记录不能让任何人翻阅，即使他贵为一国之君，也不能阅读我所写的一切——但是后来的人们就可以看到一个国君的所作所为，看到他所做的好事和坏事，然后给予历史的评判，当然，天神也会根据他的所做，决定他的灵魂该受到褒奖还是应受到惩罚。他面对我的笔是惧怕的、敬畏的，我是一个君侯的监视者，他的一切都在我的笔底呈现，他的面孔就画在了木简上，并存放在天神的判决里。

这样，一个国君所做的一切，都将作为他对神和历史的呈堂证供，他所面对的不仅是我的笔，而是我的笔背后隐藏的神和他身后的漫长时间，以及他所不能经历的时光中存在的所有人们。实际上，他已经在一个无遮盖的阳光地里，他的一个眼神都会被照得发亮，并在这亮光中无处逃避和躲藏，就是他的影子也是清晰的，我会给他的影子画出一道清楚的刻痕，让他在静止的水中看见自己。

现在我正在记录着发生的一切，晋国已经乱了。尽管看起来风平浪静，好像什么都没有发生，但是就像泉水刚刚露出地面，还没有形成河流一样，一条新的河就要从这里发端了，我不知道这条河会流向哪里，但知道它已经难以遏制了。原来的河道就要干涸了，青草要在另一个地方生长。我亲眼所见，晋侯之弟强行继承了君位，太子被叔叔夺去了本该属于自己的君位，太子仇只好远逃他乡。这件事情看起来简单明了，好像仅仅是一次继位的错乱，一次偶然的违逆礼法，嫡长子继承的规制已经因之而破碎，以后，其他人也可以觊觎他所不该获得的东西了。这就会演化为一场场丛林间的猎取，只要你有足够的力量，你就可以合法地获得你看准的猎物。这样，人间的秩序岂不是陷入了万劫不复的境地？

世事变得愈加不可预测了。今天一个人就要走向君位的时候，另一个人就可以抢先一步坐到不该坐的位置上，这将使得晋国沦为流血的伤口，让它在不断的疼痛中倒在地上。我要将这发生的记录下来，让以后的人们警醒。我从国君的宫殿出来了，篡位的晋侯留在了宫殿里，我想他一定想着自己的结局，他将为自己的背叛付出痛苦，他的内心遭受着折磨，他接受天神的谴责，已经在一片自己营造的黑暗中沉沦，他所做的就是将光明推向深渊，他将不得不接受自己创造的黑暗，他的日子就要落在长夜里了。

我带着自己的笔——一把锋利的刻刀，来到了野外的草地上，看

古灵魂

着辉煌的落日正在渐渐西沉，西山的峰巅被映照得一片红光，就像群山头顶所戴的高高的帽子着了火一样，多么令人着迷。我能够感到自己的脚下踩住了野草的声息，它和来自大泽边的水鹳的叫声汇合在了一起，使野鸟的声音变得沙哑起来，仿佛它们呼喊得太久了。或者它们正在呼唤自己的同伴，一起回到树上的巢？还是有什么新鲜的食物需要分享？我们使用的器皿上尽管刻满了鸟儿们的形象，却从来没有想过它们的生活。天地之间有着各种规制，使得万物各自获得自己的位置，无论在天空中飞翔，还是在地上奔跑，它们都知道自己每天所做的事情，并由此获得满意的日子。我的笔下所记载的也是如此，君王、大臣和民众各有自己的事情，人事的运转和天地之间的一切是相似的，可是现在好像已经陷入了混乱，既有的秩序和规则被抛弃了，那么我们的双手还能寻到什么？

我拒绝解释个人的行为，我只是从大的秩序中看问题。人的性格不是来自万古不易的人性，而是来自一个个不同的人的偶然冲动。所以不能把一个混乱中出现的特殊效果，捆绑在某个想象中的悬念上。悬念来自等待，而晋国的结局要从整个事情的开始来推演，也就是说，一切从事情开场的时候已经被说明了。我所想的是："下面会发生什么？"太子仇仍然杳无音讯，但他还在世间，可能藏身于某一个国度。也许在很远的地方，也许就在离我们不远的近邻之所。总之，他仍在遥远的沉默中向我射来了一束光亮，他的沉默就是他的希望。这世界会黑下来，但不会是现在，因为远处的山顶仍然在落日中闪耀，只是世界更大了，更为难以捉摸了，我的视野仅仅能够收集其中的一部分，我也仅仅能把眼睛看到的记录下来。我所记的并非全部，也不可能是全部，这意味着，我对自己的所记的一切，发生了怀疑，不论我的眼前多么清楚，我的心灵却充满了迷惘。

卷七十

诗人

我阅读历史，不是因为我多么热爱从前发生的一切，它已经过去了，为什么还紧紧抓住它不放？实际上我写诗的姿态始终是面向未来，因为只有未来的生活值得期待。可是从前的日子就无缘无故地消失不见？

光阴真的如此残酷，从来不会有一点儿对昔日的眷恋？往日总会掉落一些残渣供我们回味，历史是一个巨大的存在，它既是沉默的，也是喧哗的，它的沉默是由于它已经埋藏在时间的丛林里，它的喧哗则因其曾经是那样真实，以至与我们的生活一样，在充满活力的骚动中沉陷。然而，我们仍然能够从它遗留的车痕中找到从前的见证。从更高的角度看，已经消失的和现在是平行的，它们存在，是因为和我们正在发生的生活场景，都是摆放在时间里的，如果天帝真的存在，那么他一定能既看到我们，也看到它们。

既然我的视线是短浅的，我不能扮演上帝的角色，就只能站在我的位置上向沉默的也是喧哗的历史不断眺望。就说晋国的历史吧，它记载于史书中的，仅仅是极少的一部分，甚至可能是微不足道的一部分。就像一个失踪了的妇人，我们只能从她遗留的一只银质耳环上寻找她的光泽，并推测她的生活习惯和可能的去向。可是，我们所想的是否可靠？那只耳环上究竟具有多少有价值的证据？实际上，剩下来的只有残酷的审美，只有从有限的事物上映照我们自己的直觉。

历史是从心灵里发生的，而不是一系列表象的事件。如果仅仅从文献资料上寻找真相的蛛丝马迹，很可能会进入众多纷繁事件的迷宫，然后迷失了我们自己。我们想想自己所做的，往往就会多一些对历史的了解，发生于人生的事件中，哪一样是来自我们的理性？也许来自一个错误的判断，也许来自感情的冲动，也许来自别人的影响，还有一些好像是迫不得已的选择。这就是命运。个体的叙事和历史的巨大叙事从本质上是相通的，历史也是具有生命的，也是有心灵的。它乃是众多生命掀起的一场恢弘演奏，它的每一个旋律都来自演奏者的每一个活的细节，它是生命的结晶体，是人性的化合物，它的心灵乃是我们的心灵。

古晋国的殇叔夺去了君位，打破了嫡长子继承制，唤醒了人性中蕴含的贪婪，开启了以后血腥的夺位史。然而这是人性的必然，既然君位是可以夺取的，为什么必须遵守古制？周代的宗法礼制，不过是一种无形的虚设，是一种神化了的人间规则，它从来没有触及深邃的人性，也没有制约贪欲的其它措施保障，一个小小的细节上的突破，就会全面崩溃。殇叔是第一个背叛者，他用自己抑制不住的欲望，击破了虚假的设防，宗法的信仰从晋穆侯之死开始破碎了，就像一个脆质的瓷器掉在了坚硬的地面上。

不是历史值得玩味，而是历史的细节值得玩味，因为其中含有浓

古灵魂

烈的诗性。无论是文字中的诗性还是人间万事万物的诗性，不是在那些一望可知的事实中，而是在不可知之中。我手中所有的，只有一个又一个语词，因而诗歌是虚无的、抽象的，不要指望它与我们的现实生活形成对应关系，它只与我的心灵有关。所以我愿意阅读历史，它的心灵和我的心灵之间，能够发生彼此的感应，我阅读，并不是为了寻找理解，而是为了获得某种神秘的相通。在某种意义上，我是一个现实的逃避者，诗歌和历史是我的风景绝美的躲藏地。

历史上的事情是多么有趣。越是古老的历史，越是喜欢那些最有趣味的事实，它不是为了罗列资料，不是为了梳理线索，而是那些趣味性的事实，给了记录者将之写入史册的驱动力。早期的史官不是为了一部僵死的历史而生活，而是把历史看作有趣的生活集锦，唯有这样的历史才能说明生活是有价值的，我们也值得在这样一个世界上生活下去。在他看来，生活本身是迷人的，如果不将它迷人的一面记录下来，将是多么可惜。历史不是凭藉自己的庞大感而存在，而是因为它的趣味性获得了合理性。

这趣味中也包含了足够的幽默。太子仇既是一个失去君位的倒运者，也是一个最终的复仇者。事情正好和他的名字相符。这是偶然的巧合，还是神的故意安排？一个随意的命名，竟然引发历史的突变？东方的神秘主义和历史的幽默感巧妙地结合在了一起，这简直是一个故意放置在历史宏大叙事中的小小奇遇。历史从来拒绝解释它的真正原因，这一点很像诗歌的创作。不是它得不到解释，而是任何解释对于生活来说都是一个出自心灵的幻觉，它仅仅可能给我们一个事实的理由，但不可能是那个事实的真正理由。真正的理由一般都隐身于我们的视线之外，它藏在黑暗中。

太子仇的"仇"看起来是由殇叔的夺位造就，这使得他的"仇"得以孕育，并伴随他的逃亡生涯不断成长，最后以袭杀殇叔得以获得圆满的复仇。没有这样的逃亡，太子仇就不可能获得与他的名字相配的"仇"，这一"仇"字凝聚了一个人的全部命运。殇叔通过不合法的手段获得权力，然而这权力一旦成为事实，就会获得它的起点上所不具有的合法性，因为一切事实本就具备天然的合法性。人们实际上是在遗忘中、不断的遗忘中找到生活的理由，遗忘的本质就是把过去抛弃，只留下现在和未来。世界上的一切实在就是这样显现的，人的这一特点，不过是宇宙的特点塑造的。殇叔深知这一点，这是他敢于背叛宗法规制的逻辑起点，事实上他也这样做了，并且登上了晋国的君主高位。

殇叔的真实面目已经模糊了，我们不知道他是什么样子，有着怎样的性格特征，也不知道他的许多生活细节，甚至不知道他的真实名字。很显然，历史的记录者对这些不感兴趣，可以认为他并没有什么特别之处，和更多的人没有多少区别。他只是一个敢于满足自己的欲望者，是一个关于欲望的寓言。他曾经存在，这就已经足够了。为了满足人们对于历史公正的渴望，他必须是短命的。事实上他也正好符合这一正义的要求——几年后的一天，流亡者回来了，带着他的利剑，割下了他的头。他被赋予一个独特的谥号：殇。因为他是晋穆侯的弟弟，因而就称之为殇叔。殇叔就成为他最后的、也是最确切的名字。

谥号是周代的一个极富趣味的发明，如果司马迁的《史记》记载

古灵魂

有着充分根据，那么它应该发端于西周中期。周公旦、太公望开嗣王业，经过牧野之战开创了周天下，他们死后要被埋葬的时候才开始制定谥法，它的意义是给予死者以恰当的评价，它是死者行为的踪迹和功绩、过失的表述。殇叔的谥号既没有对他有所赞美，也没予以刻意贬抑，而是用如此简洁、富有深意的一个字，指出了他在执政四年后被杀掉的事实。其中既有对他结局的惋惜，也有对他短命的叙述。他既是一个成功者，也是一个失败者。一个中途夭折的晋侯，一个被复仇者袭杀的晋侯，他已经在短暂而曲折的命运中完成了使命，于是他的命运就成为历史命运的一部分。

　　这是一首多么富有韵味的诗，它简短、有力，富有煽动性的激情，却只包含两个意味深长的字：仇和殇。历史已经将它的意愿写到了其中，既有冒险的背叛，也有复仇的理由，还有公平的结局。这是一首很好的诗，它有着我们在现实生活中捡拾不起来的碎片，上面还有不完整的花纹，以唤起我们有限的想象。

卷七十一

谋士

　　我已经跟随太子四年了。在这四个春秋中，饱尝了流亡的艰辛，感受了不曾感受的生活滋味，对一个陌生的国度开始熟悉了，看到了不同的习俗风情。不过每一个国家都差不多一样，相似的生活场景，相似的田野和树木，以及碧波荡漾的湖泊大泽，还有倒映在其中的山林。陌生感渐渐消失了，世界上生活在哪里不一样呢？可是，内心里仍然有着一丝隐隐的疼痛，流亡的生涯中最艰苦的日子已经过去了，我的晋国，太子的晋国，似乎越来越远了，正是这越来越远的模糊的背影，不断在梦中袭扰，以至于一次次睡不着觉，或者在半夜醒来，面对着深邃的黑夜。

　　一次，当我半夜醒来，在户外散步的时候，发现太子和我一样，也在暗夜中徘徊。他充满了警觉，突然向我喝问：谁？我回答的时候，他似乎释然了。我们在那个夜晚小声交谈，原来他的故乡梦同样强烈，就像白昼的日光，让人不敢直视。我们轻轻哼着晋国的歌谣，向着东面的黑黝黝的山廓瞭望，那一座座山的后面，就是晋国了。要翻过这些高山还需要多少个日子？

古灵魂

几年来，我们一直隐姓埋名，秘密训练武士，并以重金收买天下敢于赴死的勇士。一切都处于秘密状态，没有人知道我们在哪里。殇叔派出了很多探子打听太子的下落，也派出了刺客，试图将太子杀掉，以断绝可能的后患，但是他的打算是徒劳的，他所做的从未获得预想的效果。时间一天天过去了，殇叔渐渐放弃了寻找的努力，他在国君的春梦中忘掉了暗藏的危机，他已经忘掉了远处猛兽的双眼仍然放射着绿光，<u>丛林中的叶片背后</u>，有着斑斓的花纹和绝望中的饥渴之美。

　　复仇的行动也该有一个合适的时机。万事都要把握大势，要顺势而为才能收到意想不到的功效。如果逆势而行，就会把自己和功业一起葬送到荒草<u>丛里</u>。身体庞大的大鸟要借助风势才能起飞，大树上的种子必须在大风的吹拂下才能飞翔到更远的地方，将它们的儿女们带到更适宜生活的沃土上。现在，殇叔已经觉得自己坐稳了国君之位，以为太子已经放弃了本该属于自己的宝座，却不知风暴正在酝酿，乌云就要临近头顶了，从宫殿的窗户投射的光斑，也要被遮挡住了。

　　晋国的军队是强大的，如果凭藉另一个国家的军队前往攻击，必然会失败。因而复仇的计划必须是巧妙的，我已经安排好了一切，太子只要率领很少的强悍而精干的武士，悄悄地潜入晋都，就可以击杀殇叔。我已经探听清楚，晋国的臣民都希望太子回到自己的国家，他们的心中都怀有怨愤，却不能从口中说出。篡位者的座位毕竟是篡夺而来，而太子仇才是臣民们心中真正的晋国的主人。重要的是，据说殇叔整日沉醉于酒色，在欢歌美宴中消磨掉了最初的警惕之心。

　　殇叔是自己的埋葬者，他用自己的手将自己一点点推向坟墓。可是他仍然不知道自己的结果早已显现，在他产生夺位之心的时候，已经变成了行尸走肉。现在朝堂之上端坐着的，不是他自己，而是一个失去了灵魂的躯壳，一个死者的替身，他所延缓的时间，仅仅是为了让自己再一次看到自己的结局——他要比别人多一次死亡。一些事件看起来是柔弱的、温和的、微小的，甚至让人感受不到它的存在，然而这微不足道的事情，恰好是具有力度的、惊心动魄的大事件——就像一粒种子的发芽。以后发生的一切，不论如何强烈和巨大，无论怎样令人震撼、吃惊，好像一切都无法预料，实际上，它也仅仅是那个未曾察觉的小事情爆发之后剩下的余晖。也就是说，当殇叔从试图谋取君位的时候，他的死已经被宣判了，以后的几年只是他为此等待，他的欢歌乃是提前预备好了的葬歌。

古灵魂

卷七十二

太子仇

　　我的叔叔根本没有想到，我会突然出现在他的面前。他好像刚刚苏醒，或者说是在梦中看见了我。我率领我的强悍的武士们，在前一个日子就潜入了晋都。这是多么令人激动的夜晚，我们经过了长途跋涉，翻越了几重高山，从无人行走的小路上向我的国家不断逼近，好像一只早已发现了野兔的鹰隼，在高空盘旋着，这盘旋看起来是漫不经心的，实际上那地上奔跑的猎物，已经在它的利爪上了，它的盘旋不是虚空的，而是将死神的礼物，送给即将被猎杀的目标。

　　几百里的山路，穿越丛林和荆棘，惨淡的月光从林间的上方撒播下来，前面的每一个物体形象都是可怕的，好像布满了鬼魅的影子——这是它们活动的时候，这个时刻本属于它们。人是属于白天的，夜晚是另一个世界。我们的脚步惊动了夜行的野兽，它们用两盏发出莹莹绿光的灯，注视着这些陌生人的入侵。它们对惊扰自己领地的不速之客，充满了警觉，并收敛了自己的叫声——它们的叫声变得低沉、有力，其中含有野性的恫吓和暗藏着獠牙的警告，这些我们能够听得懂。

它们不知道我们仅仅是一些过客，只是不小心踩住了它们的脚印。树叶在微风中沙沙作响，丛林中仿佛藏了无数的事物，它们各有自己细微的声息，我们既来不及倾听这些声音的意义，也没有这样的愿望。我们的想法在重山之后的晋国，在那里，人们已经在酣睡中说着自己都不懂的呓语。我们尚且听不懂自己的话语，又怎能听得懂万物的声音？

我的叔叔想必也在睡梦中，他会梦到我们在黑暗的林中行走么？我们的脚步正在一点点接近他，让他在沉睡中灭亡吧，他的罪已经不会被赦免了。我们走到一座山的顶部，大风开始吼叫起来了，那是一种来自遥远的远古的声音，带着祖先的气息，从我的身上掠过。大风是有力的，从我的脸庞上、身体上扫着，我甚至有点儿站立不稳，就要跌倒了。我扶着身旁的巨石，紧紧抓住从那里伸出的树枝，就像从树上倒吊着的虫子，摇晃个不停。我对身边的人呐喊，可是谁也听不到别人的声音。是的，那个时候，我觉得自己就要飞起来了。

那是多么大的风啊，它从天边刮来，卷走了天上的云，整个星空都露出来了，那些复杂的星象，打开了我未来的舆图，我从中看到了我的晋国的山河，看到了天下的苍凉，也看到了天上的悲伤。那一刻，所有的星都那么大而明亮，就像一些我不曾读懂的文字，镶嵌在天宇上，它所说的，必定是我所想的，还有一些，我可能永远不可能想到，也不可能理解。但是，我知道自己所理解的，这对我来说已经足够了。不远处就是我的都城所依傍的晋水了，我似乎已经看见了月光暗淡中的粼粼波光了，我能够从这波光中照见自己的影子了，我的影子乘着倒映的繁星渡过冰冷的河水，与我的都城会面。

古灵魂

我们身穿黑衣，又将脸面用炭灰涂过，在黑夜我们仅仅是一些黑影，我们的脚步是轻轻的，几乎不发出什么声音，好像不是在地上走，而是贴着地面向前飘过。是的，我们从山顶一路飘下……被我的佩剑所引导，接近了晋都的高大城墙。接应我们的人们早已打开了城门，就在我的宫殿的附近，栖息于一个小小的房子里。久别了的我的都城，我的宫殿，我的一条条街道，以及我的一草一木……我来不及认真审视它们的样子，也不能感受多年来失去了的温馨。它们在西斜月亮的辉映中，接受暗夜的沐浴。

一切都沉浸于睡梦。我差不多能够听到大臣们的鼾声，工匠们疲惫的鼾声，以及殇叔在觥筹交错的欢宴之后的粗重呼吸。实际上，外面仅仅有从高山带来的风，我乃是风中之风，在风的呼啸中保持着风的沉静，我与拍打着窗户的风相互穿行，我们既是逆向的行进，也是相守相伴的同行者。近处的宫墙投下了巨大的阴影，宫殿的一角从黑暗的树影中伸出，它们好像在这风中摇动，和树枝一起摇动，和我的心一起摇动。

终于到了天亮的时候，先是从东边透出一片发亮的灰色，这样的色彩的含义是晦涩的、不明朗的，如果站在高处，就会感到都城的房屋和宫殿，以及其它所有的景物，它们的轮廓变得模糊了，不清晰了，在这一片混沌中，天突然变亮了。就在殇叔出现在大殿的时候，我和我的武士出现在他的面前。我们的眼睛开始了对视，他先是露出了惊恐，继而平静下来，试图用温和亲切的目光感染我，使我放下我的利剑。但我的剑锋已经指向他的咽喉，它毫无抖动，也没有被任何温暖沾染，从而失去它冷酷的天性。

殇叔的眼中毫无悔罪之意，不论是他的惊恐还是偶然露出的温情，我都看出了他从前的样子，他没有变，但他的冠冕却是国君的冠冕，他的服饰花纹也是国君该享用的，可是其中所包裹的，却仍然是从前的那个人。我终于看清了他的平静，他知道再也躲不过我的剑了，剑锋上闪烁的光芒，已经告诉他一切了，他不可能另有期待。一种复仇的快感就像蒸气从沸腾的鼎中升起，笼罩了我的视线。我在朦胧之中，看见他的眼睛里燃烧的火光在渐渐熄灭，归于一片暗淡。

他为什么会突然平静下来？我想，这几年来，他也许并不是心安的，这个君主之位上有着炽烈的炭火，他的怀中所抱的，乃是一株长满了刺的玫瑰。只有在面对死亡的时候，他才会如释重负。我很想对他说些什么，可是说些什么呢？让我的剑对他说出一切吧，我早已磨利的剑在一道弧光中，划过了几年的光阴，也划过了我的心，乌云中久久酝酿的闪电带来了巨大的雷霆，我听到了一阵轰隆隆的巨响，它盖过了我们对视中的沉默，比沉默更大的沉默中，他的头掉在了地上。

古灵魂

卷七十三

历史学家

　　历史既不空洞也不抽象，它是具体的、实在的、可触摸和可感知的。它与它的接触者有着非凡的交流和沟通能力。它有神秘的感应场，你会感到自己每时每刻都站在它的身边，它的体温、它的气息以及它的冷峻和烦躁不安，都是那样真实可信。它是有思想的，甚至它的思想中有着神秘的、不可知的、极其深奥的部分，也有着简明、单纯的另一部分，它充满了矛盾，又似乎有着内在的、统一的逻辑。那些具体的内容、情节和细节，不过是历史的肉身，它行动，并且按照自己的趣味行动，构成它自己。它有着其它领域不可比拟的创造力，但这所有的创造仅仅是为了创造它自己。

　　就晋国史来说，就像人的孩童时代，其行为直接、简单、任性，既可以让我们直观地予以理解，也复杂、神秘甚至神奇，让我们感到历史不论如何简单明快，都是从深邃人性中延伸出来的，一旦沉入其根部的须发，就会陷入不可知。晋穆侯薨后，按照周代的礼法制度，本该由嫡长子继承君位，也就是太子仇理所当然地成为晋国的下一代君侯，他的叔叔，也就是殇叔——历史并没有记住他的真实名字，也许人们觉得不需要记住，但是需要一个符号，或者，他就是一个反叛者的符号，就采用他的谥号"殇"，叫他殇叔吧——他利用自己在晋穆侯在位时积累的权力资本，篡夺了君位，开辟了弟继兄位的先路，这是打破宗法继承规制的一次成功的试探。尽管这一历史事件对晋国的影响很小，其仅仅限于晋国宫廷的内部变化，而且时间极短，殇叔的执政也不过历时四年，但让更多的人看到了权力变换的种种可能，唤醒了沉睡的权力欲望，血腥的争夺、变化不定的一场场戏剧和更多的历史悬念，拉开了充满刀光剑影的序幕。

实际上，这是周代宗法制度的崩溃的开始。一种制度所依托的人们对它的敬畏和信仰坍塌了，代之以欲望的任性。一条道路只要被开辟，就会有人接着走下去。从这个意义上说，殇叔还是一位具有非凡勇力的人，他第一次窥破了历史的玄机，承担了巨大的风险，改变了从前的既定规则，获得了自我的权力实现，将压抑的自我最终显露于表面。这是一次制度与个体意志的对决，是人性深含的权力欲的爆发，一次具有历史意义的转折性突破。它还是被突然伸到了眼前的剑压下去了，最终的解决仍然是老套的、传统的和野性的。四年之后，逃亡的太子仇突然归来，袭杀了殇叔。

太子仇夺回了君位，一切好像又回到原来的轨道上了，似乎什么都没有发生过，但是历史的逻辑总是认同发生过的，只要发生过就会深深地成为一道刺眼的伤疤，它的疼痛总是会将别人惊醒。它既是噩梦也是新梦，既是朔夜也是新月露出了的光亮，既有着悲痛和绝望，也有着欣喜和希望。太子仇就是新一代的晋国君主——晋文侯。他登上了早已为他预备的舞台，从一个可怜的流亡者变为历史的主角，就

古灵魂

像蛹的蜕变，一只新的蝴蝶展开了它的漂亮双翼，开始飞翔了。

然而，这种看起来合理的杀戮，并通过杀戮来夺回自己的东西的复仇，增加了暴力的强度，也会形成更为浓郁的被血污沾染的氛围，权力的残酷争夺就会成为常态。这样，暴力就成为解决一切的合法手段。这是多么冷酷的循环和升级，又是多么令人痛苦的重复和增殖。任何被认为合理的暴力都会将人性中温柔的部分冲刷掉一点，它让人们变得更加自私、冷漠和麻木，生命也更不被珍惜。历史就是这样，它在哪里有了血污，这血污就会渐渐洇开、扩大、蔓延，直到将整部历史浸透。这就需要我们在历史中一点点寻找我们业已丢失的人性，也需要仔细考察它究竟是在哪里丢失的。

太子仇成为晋文侯，这种由暴力演化的登顶，甚至决定了一个君主的气质和个性。他以后的行事法则，可能都会回到暴力的起点上。事实的结论是可悲的，从哪里开始就从哪里结束，在命运问题上是否存在选择，可能永远是人们疑虑重重的痛苦阴影。

一个几千年前的古国，被漫长的光阴带走了太多的东西，它的叙事也是不完整的，它的大树上只有少数叶片夹在了我们的书页里，在我们偶然翻阅的时候看到它的一些简单经脉。树叶是大树的缩影，一个小小的历史片段，有着极其丰富的信息，它有时既是寓言，又是童话，还是具体的事实——它还有着某种神奇的预言性质，我们不断通过历史，可以看到更远的地方。也就是说，我们要想拥有更为深邃远大的目光，必须先学会向后瞭望，从黑暗中搜寻未来的反光。

晋文侯带着他的剑登场了。一个国家的君侯的个性就是他的国家的个性——它将沿着剑锋指向的地方走，它的光也将是剑锋所闪烁的光，它的面容也将由自己的剑来刻画。从历史的角度看，这是一个有作为的君侯，他从复仇开始，以殇叔的血和仇恨的泥巴捏制了自己的彩陶，这斑斓的陶器中将会插放什么样的花？

古灵魂

卷七十四

晋文侯

　　我夺回了自己的宝座，也拿回了属于我自己的权杖，我用黄金的斧钺发出自己的誓言：我将会用我的智慧把晋国变为一个强大的国，我将像我的先祖们一样，作为周王室忠实的捍卫者，用我的战车清扫一切背叛者。殇叔已经死去了，我对他的仇恨已经遗忘。我不再纠缠从前的恩怨，也不会在意从前的屈辱。我已经是一国之君，我的荣耀已经足以洗掉一切阴影，让我的四周变得一片明亮，我的心中有着足够照亮夜晚的灯。

　　我杀死殇叔之后，内心积郁的悲愤之情得到了释放，好像从一块大石头底下爬了出来，身上的重压取消了，我重新看见了熟悉的天空和土地，看见了树木和野草，也看见了我的宫殿。是的，我看见了从前的一切，但我并不是简单回到了从前，而是搬走了横在从前和现在的屏障，并站在了现在的位置上看见了从前。四年啊，多么漫长的光阴，长长的走道既幽暗，又深邃，每一步好像都在悬崖边上。我总是停住脚步，观望了又观望，谨慎地注意着自己前面究竟有什么。我从愤怒转向悲伤，又从悲伤转向怀疑——我要走向哪里？前面究竟是福还是祸？我前面的每一步，是不是有着猎手设下的捕兽匣？是不是我的德行美仪还追寻得不够，因而必须接受一个个惩罚？

我的疑问越来越多，以至于我的仇恨在一个个梦中被干扰，被击打为一个个碎片，它们就像春天的柳絮在半空飞舞，却不能落在地上。现在，一切似乎结束了，我的剑匣里的剑已经抽到了外面，它已经沾上了擦不去的血。殇叔的灵魂已经飞到了天上，和我的先祖们相聚，他们会谈论些什么？我到殇叔的陵墓前看了，也和别人那样进行了拜祭。我们之间的所有恩怨已经随着葬礼上的葬歌消散于远方，成为飘荡的云和一阵阵扫过了陵墓顶端的微风，它带走了一些尘土，也卷起了我的记忆。

不要在过去日子里过多地停留了，过去已经停留得太久了。我绕着自己的宫殿转了一圈又一圈，它似乎太小了，它更像一个兽笼，我来到了自己的地方，却陷入了一个个宫殿组成的牢笼，这难道是我一直追求的么？单纯的复仇是不够的，在我被放逐的时候，我的视线仅仅盯住了仇人，我不能容忍一个属于我的桃子里爬入了一只虫子，我甚至设想要在杀死这虫子的时候也要将那桃子扔掉。但是，我发现自己是深爱自己的桃子的，它已经有了被侮辱的污痕，有了永远难以平复的痛苦，我看到自己的宫殿曾被另一个人占据过，被他的手弄上了一道道乌黑肮脏的印记，我就会感到十分难受。尽管那个人的血已经流尽了，可一切似乎并没有完结。

这时候我才突然发现，我的内心真正渴望的不是复仇，也不是夺回我的宫殿和宝座，我所需要的乃是获得自由。事实上，我从来没有过真正的自由。童年时代，我被一个个人以各种理由管束着，我只能活动在一个狭隘的国都的一小片地方。我甚至没见过农田和旷野，也没有见过山林和猛兽——我只是从进贡者的手上看到过猛兽的毛皮，那些夜色斑斓的花纹真是好看啊，究竟是怎样的野兽拥有如此美丽的衣裳？天神给它配上了锋利的牙齿和可以撕开一切的、深藏在脚垫里的利爪，它却仍然不能保护自己身上所穿的，那么，它的快乐和恐惧又是怎样奇异地放到了同一个心灵里？

我长大一点了，却又被仇恨所囚禁，我在遥远的异乡漂泊，过着寄人篱下的屈辱生活，我的内心一直在仇恨的驱使下骚动，我的力量在磨炼中积聚，却不知道自己最终的命运。我一次次祈求天神给我一条又宽又直的路，可是眼前总是有着一块块绊脚石，使我的脚步不能随意行走，好像让一条看不见的绳索紧紧缚住。现在，似乎一切如愿以偿，我的誓约从天神那里兑现了，我才知道了天神曾给过我关于现在的事实的承诺。这样的承诺既是实在的，又是如此虚幻，仿佛它曾经存在，现在它又消失在了宫殿的瓦垄和木柱里，消失在厚厚的墙壁里，也消失了秋天的某一片飘落的花瓣里。是的，这样的完美的承诺应该是有花纹的、有颜色的，就像猛兽身上的斑纹，可是，这斑纹似乎已经被某种更为有力的东西剥了下来，放到了高高的供桌上。

我不能再被我所不愿的他物所囚了，我需要完全的自由，需要用杀死仇敌的利刃割断自己身上的绳缚，我要听见我所渴望的金镈的敲击声了！我应该成为自己的乐师，我只倾听自己，让别人的归于别人，而我要到云朵的顶端看看雷电是怎样开始的，又怎样结束。我需要一双飞鸟的翅膀，需要自由自在地在天上飞，而不是被束缚在狭小的地面上。现在，我已经拥有了很多人没有的东西，在我的国家，我有着至高无上的权威，有着众多的仆人和服侍者，还有诸多大臣为我设计和管理各种事务，我完全可以每一天都沉浸于歌舞之中，美酒和美人，技艺高超的乐师演奏无穷无尽的高雅曲调，可是我的一生就是为了这些？如果仅仅是为了这一切，我的复仇将变得毫无意义。

我在宫廷的御阶前停住，天光将我的影子投射到了斜侧的树影里，凌乱的枝条搅乱了我的头脑，我不知道自己身处何处。起风了，一阵阵强风把树上的黄叶扫到了地上，秋天的落叶就像一群群飞舞的蝴蝶，从高处很快坠落，试图将我的影子以及地上的一切迅速埋住……我一动不动，依然站立在台阶上，凝视着令人惊恐的景象。

卷七十五

大臣

一场大雪之后，大地都被覆盖了，白茫茫的一片，道路没有了，村庄没有了，一切没有了。这就是世界的最后颜色？我很早就起来了，天光还是暗淡的，但因为雪光的映照，天地之间隐隐有了一些界限。我来到了都城之外，在野地里踏出了第一串脚印，前面什么也没有，回头看去，我的歪歪扭扭的脚迹，就像童年时代在土墙根底的浮土里所看到的虫子爬过的印记。这样白茫茫的地上，一个人，伴随着自己的脚印，甚至连自己的影子都没有，那是多么孤单啊。寒风穿过了看不见的、没有任何遮挡的空旷，也穿过了我的身体，我也是这空旷的一部分，我不存在。

殇叔已经死了，晋国换了新的国君，似乎一切又归于平静。国家的命运和个人的命运一样，是不可预测的，我只是一个臣僚，我不能随意选择自己的主人，也不能选择自己的命运，唯一的选择就是接受你面前的、接受给你的和不给你的、接受所有的。你没有愿意不愿意，你没有任何属于自己的机会。几年前，太子仇被迫远走他乡，我们接受了。殇叔坐上了君位，我们接受了，现在他死掉了，我们也接受了。重要的是，晋国还是原来的样子，它什么也没有变。农夫在耕田，樵夫在山林里砍柴，工匠们做着他们手中的活儿。晋国所发生的，似乎和人们无关，与晋国的山河也没有什么关联，高山上的积雪在严冬加厚，又在盛夏变少，河流不断流淌，在秋天泛滥，又在严寒中结冰，就像光滑的镜面，让我们的眼睛发亮，并裹紧了身上兽皮缝制的冬衣。

　　然而，毕竟有什么发生了。最重要的事情就是晋国的国君不一样了，殇叔作为国君的时候，我们在歌舞中寻找着自己，也许他知道，不论怎样做，事情总还是原来的样子，一个人不可能改变事情的原因，甚至也不能改变结果。可是他忘记了自己是怎样成为晋侯的，他实际上已经改变了部分结果，不过，盛夏的一场暴雨不会改变更多晴朗的日子、炎热的日子，也不会让我们立即进入秋天。从另一个方向看，事物的颜色就会发生变化，好比变色龙栖息在不同的物体上，它会将自己的色彩藏在他物的色彩里。

　　一个国家的君主，就意味着他的国，他的性格和行事的特点会注入他的国，并在一个国的血液里流淌。山峦看起来是静止的，但可能正被它的统御者移动着。河流永不停息地奔流，它的水势不断变化，是为了告诉人们，它从来不是同一副面孔。不论结局如何，这结局乃是来自事情最早的原因，这就是说，一个国的结局来自它的君主，它的君主的个性，它的君主的每一个决定，以及它的君主的每一个偏好。我只知道殇叔从他用自己的手段获得君位之后，他的手段里已经埋伏了他的结果。

　　我曾经在很早以前的一天，在旷野里见到一个农夫。我问他，你是不是关心国家所发生的一切？他说，我只关心种好自己的庄稼。如果国君不让你耕田，你还会关心自己的庄稼么？他说，国君也要吃饭，没有人种田，还会有国家么？那么国君又会在哪里？农夫知道自己是重要的，一个国君的存在必须依赖自己的土地，以及土地上的臣民。然而，国君却在深宫里能够决定国家的命运，也会改变这国家的土地上生活着的人们。可是，国君自己又是被什么力量决定？农夫顺手在草丛中捕捉到了一只跳跃的蚱蜢，它的长长的弯曲的细腿不断挣扎，它的眼睛那么大，几乎占据了半个脸。它拥有这么大的一双眼睛一定是为了看清眼前的一切，以便用善于跳跃的双腿飞奔到自己想去的另一个地方。

农夫把这只可怜的蚱蜢用力抛向空中，并用眼睛紧紧盯着它从高处落下的弧线，仿佛在欣赏着刚刚从泥土里长出的新苗。他看着我，带着十足的疑问：它知道发生了什么？然后，农夫再一次将那只蚱蜢捕获，在两个手指间捏着，并将它举起来，放到与目光平齐的位置上。他说：它一定感到惊愕，世界上究竟发生了什么事情？实际上，一只蚱蜢不知道的，我们也不会知道。一个国和一个人一样，一个人与一只蚱蜢一样，你的身边存在着农夫的手，存在着你所不知道的力量。那么，一只蚱蜢所不知道的，你又怎能知道？

卷七十六

农夫

　　听说，周王攻伐褒国，获得了名叫褒姒的美人，还要将她立为妃子。相传褒人先祖的神灵曾化为两条龙，在久远的夏朝，在夏王的大殿上交媾。夏王感到十分恐惧，立即让占卜者询问神灵：是将这两条龙杀掉呢？还是把它们赶走？神灵通过占卜的结果告诉夏王，怎么做都不会是吉祥的。夏王就再次卜问神灵：能否将龙漦收藏起来？神灵的答复是简洁的，认为这是一个好主意。于是夏王命人拿来上好的玉帛，将自己的所想写在了上面，呈给了天上并不显现自己面目的神灵——这两条龙立即就消失了，留下了地上黏稠的黏液。夏王赶快把这叫作龙漦的宝物放入匣椟，并用它作为郊礼的祭祀物。

　　转眼经过了很多年——这很多年是怎样过去的？已经沧海桑田，不能记述了。宝匣里的龙漦，静静地躺在其中，经历着一代代黑暗和波涛汹涌的时光。它也许听得见人们的谈话，也知道世间所发生的一切，然而它从来都是无动于衷的。一天，时间已经到了周厉王时代，这一天的某一刻，周厉王莫名其妙地对宝匣中的龙漦产生了难以抑制的好奇，竟然打开了匣盖。一切为时已晚，龙漦流在了王庭上，怎么

古灵魂

也难以清除。周厉王决定用巫术来驱除，让宫女裸体舞蹈，大声歌唱，就像无数的鸟儿不停地喧噪——龙漦竟然奇迹般地化为了一只黑色的龟鳖，爬出了宫廷。它在一个王府与一个女童相遇，使得这个女童在及笄之年诞下一个女婴，这一怪诞的事件令人惊恐不安，于是这个女婴被抛弃于荒野，又被一对以制作箭箙为生的夫妇收养。

最后的结果是，褒国为了让王师收兵，停止攻伐，将这个叫作褒姒的绝世美人献给了周王。显然，这个故事曲折而怪诞，它一定来自民间的杜撰。但是这一故事本身却预示了某种不祥，它是如此离奇，以至于暗示了褒国的先人已经预见到了今天，便将一个美女放在了特定的时代，以便让她承担某种隐秘的使命。是残酷的报复？还是委婉的逆转？或者还有更深的奥秘？事情的起源必定为了一个结局，种子播下了，它将生长什么，这要等到将来的某一天才会得以揭示。

未来不是已知的，也不是完全的未知。现在好像是已知的，也不是完全的已知。未来不是现在的持续演进，很多事情完全是在不被预知的情形中突然发生。这一切，既有着某种秘密的关联，又好像是一个个孤立的、突然涌起的惊涛，但这惊涛之下早已经被埋藏了看不见的大石头。

都城郊外的雪一片洁白，似乎是一匹白练，尚未染上颜色。这是多么令人惊恐的洁白啊，让人既看不见道路，也看不见自己。平时是那么湛蓝的远山，竟然也被覆盖了，这样的大雪一定是为了掩藏一个惊人的秘密，不然天神为什么要耗费如此巨大的白？不过，我仅仅是一个农夫，不论谁是天子，谁是国君，我仍然种我的谷子。可以看见的是，这场雪是不错的，春天播种的时候，土地就会更加湿润，我的谷种播下去就会生长得更好，我从这厚厚的雪中走过，身后是长长的一连串脚印……然而我仍然向前走，在远离我住处的地方，就能看到我即将耕种的土地了。

卷七十七

殇叔

我已经死了，已经被埋葬在荒郊。我的血洒在了宫殿的玉阶上，我的脚印已经永远留在了石头上，以便将我的灵魂贴在离土地最近的地方。不，我的身体已经在土地里，让蝼蚁啃啮着我的肉，它们伸出了带着锯齿的螯子，将我的肉体变成了细小的颗粒，放到了自己的肚子里，以供它们完成不断重复的动作，直到它们再也没什么可以吃。我的一切给它们吧，我是被土地上的粮食喂养的，我也用最后的身体喂养土地上的它物。土地是活着的，它所显现的，就是那些寄居在它里面的，我们平时是多么轻视它们啊。我死在了我的亲人手里，我的血，也在他的血中，王位从来都是用血染过的，没有血的王位是没有意义的。

我可能已经预计到了将要发生的，但没想到来得太快了。我背叛祖先的规矩，就是为了证明我也是王位的合法继承者，这来自远处的、经历了多少代的王位……来自过去的源头，也在我的生命里躁动。实际上，我是一个人，我不能忍受一个人不能忍受的屈辱，这比一个君主的位置更为重要。原因是，天神创造了君主，却先必须创造人，现实的我成为一个人，然后我才可能成为一个君主。君主有着无比强大的力量，一个人只有无比微弱的力量，然而从更长的时光看，无比微弱的却是无比强大的。以后你们看吧，以后的以后，你们的生活中不能没有我的影子。

我的四周是黑暗，无边无际的黑暗。我的灵已经从肉体上飞到了一切之上，不仅能够看到我的肉体在一点点消失，也看到世界并没有什么改变。因为重新获得了灵魂，我就可以俯瞰我曾经的生活了。我从自己的血迹中站起来，缓慢地行走在曾经一次次走过的路上，包括我的宫殿、我的每一级台阶，以及树木下的阴凉。我还借助这只雪白的鸟儿的翅膀，到屋脊上降落，挺立在最危险的边缘，然而我的灵魂是这样轻，这样轻，比微风还要轻……

现在，我的宝座上，坐上了新的主人。他将会怎样？我已经从他的身形中穿过，关上了他前面的门。我看见了那扇门，已经再也推不开了，被一道结实的、铜的门闩紧紧地锁住了。那么，我所看到的，他还不可能看见，就像我生前所能看见的一样，一片光亮中腾起了的迷茫，你不知道眼睛在什么时候突然闭上，太亮的光和太暗的夜是一样的，它们只是让你感到似乎完全不同。

现在看来，这宫殿和宫殿里的宝座，已经十分渺小，变得无足轻重。只要坐在里面，拿着看起来无所不能的权力，就不知道轻视自己。一切让他变重了，变得像山一样重，地面正在这重量的压迫下一点点下陷了。只有看轻自己的人，在天神那里才会变重，不顺从自己，就会顺从了天神。自己渺小的时候，实际上就接近天神了，因为天神将把最渺小的变大，这最渺小的就变为最大的了。

尽管我被埋葬了，我的肉体已经什么也看不见了，青铜、玉石、坚硬的石头和松软的沙土。我知道自己已经被固定在一个时刻。众多的物体形象……它们曾被工匠们的巧手雕刻、打造、铸造。它们曾摆放在地面上，在我的宫殿里，无论是在白天和夜晚，无论是被阳光或月光照耀，都闪着寒冷的光，没有一丝的温暖。

然而，我需要这寒冷，需要有它们存在的白天和夜晚。现在，它们被放到了地下，在我的身边，被沉重的沙土压住了。它们被黑暗所包裹，就像我被黑暗所包裹一样，我们还在一起，但所露出的真相，说出了一切的本性：它们的声音消失了，缩回到了自己原本在的地方，缩回了自己的身体里，不再显露那原本就有的东西。我和它们在一起，仿佛是一场重新的聚会，一群垂死前的老者，充满了善意，既十分谦卑，又十分了解天命的本意。

它们围绕着我，成为我的伙伴，我的新的臣民和乐手。我曾被宫殿和权力所囚禁，现今又被厚厚的棺木所囚禁，人总是要被囚禁的，无论生前还是死后，只有自己的灵魂在白云之上，却又必须在脱离肉体的时候才可能飞升。就像音乐被囚禁在青铜、石头和木头里，它的自由乃是在一切声音消失之后。我只有用白骨来倾听这消失了的事物，这些臣民和乐手是不朽的，它们一直在泥土中保持原来的样子，它们的声息变得低沉了，以至于震耳欲聋，盖过了头顶上人间生活的喧嚣。

卷七十八

晋文侯

时间过得真快啊！一个季节又一个季节，春天花开到冬天的白雪茫茫——万物的变化历历在目，好像并没有出现任何奇迹，仅仅是天地之间不断循环往复而已。人间却一直演绎着自己的故事……周幽王废掉了太子宜臼，把庶子伯服立为太子。伯服是褒姒的儿子，幽王因为对褒姒宠爱有加，违背了先王之道，从大道走向了窄路。被废的太子一路奔逃去了申国……粮仓里的粟谷从里面发霉了，老树的中心开始朽烂了，周王室的天下会怎样变化？

周王已经忘掉了自己，他把自己放在了自己的影子里，他无论站在哪里，都看不见自己的面孔，也看不见他所覆盖的天下了。他的眼前，只有一个女人，他已被一个女人填满了，剩下的只有虚幻。天子是不知道天下的，他生活在一个充满了物质的世界上，他要有尽有，他不知道天下的饥饿、灾荒和匮乏，也不知道万千的民众有着各自的内心，在许多暗淡的影子里藏着什么，那些影子意味着什么，是树木的影子？还是野兽的影子？他不知道。他的一切，来自先祖的馈赠，来自生而有之，来自无形的天意，他既看不见，也感受不到。他只愿

古灵魂

意看他所愿看的，听他所愿听的，没有什么人敢于违逆他，他已经既看不见，也听不见了。他只能感受到自己，而女人是他所需的，于是那个女人也就成了他的一部分。他已经扩大了自己，扩大了一点点，由一个人变为了两个人。这个世界上，只有两个人了，也就是说，世界将回到原来的地方了。

他已经没有了未来。如果沉溺于女色，又忘掉了天下，他已经是一个不可挽救的天子了，一个看起来仍然是天子的凡人，一个看起来还活着实际上已经死去的凡人。他有名无实，天子仅仅是他脸上的面具，而面具的背后却有着一张不存在的脸。

这个愚蠢的、失去了灵魂的周幽王，荒淫无道，不知道自己是谁，又在哪里。他听从了妇人之言，废黜了太子宜臼，又要把与褒姒所生的庶子伯服扶持到太子的位置上。就在这个时候，土地已经不平静了，底下的被冬天压制了的虫子们已经蠢蠢欲动了。

我先在河边的空地上静静坐着，观察天下的动静，倾听对岸的声音。你看着这身边的流水，河底的石头让水面掀起了波澜，树木的倒影被搅乱了，我只能从一片片阴影中寻找水底的形貌，勘探风中的山廓，以及观赏天上的正在酝酿的乌云。我已经看见了，云彩在集聚，它们一点点变得厚重了，沉重了，天光黯淡了。地上的草木已经开始了骚动，新开的花将要萎缩，将要死于自己，源泉死于源泉，火焰死于火焰，波澜熄灭于干涸，世界并不希望有新的东西。

卷七十九

巫师

　　神灵的舞蹈开始了。暗夜的火焰特别明亮，人们开始一年中节日的祈福。我戴好了面具，把一张模糊的脸放在了背后。我准备了新的咒语，它配备了新的节奏和韵律，还有众多的人，各自就位。他们的装束是奇特的，头上插满了羽毛，披上了斑斓的兽皮，还有的戴上了凶猛的兽角，弯弯的，尖利而散发着血腥。我们的背后，拖着长长的尾巴——它是用粗麻编织的，尾梢散乱，扫起了地上的尘土。

　　我们扮演众兽的形象，是因为我们的内心充满了诡计，失去了原始的质朴。我们的智力和机巧，粉饰和虚夸，骄奢淫逸和贪婪，让天神失望，并开始抛弃了对人的关爱。我们必须重新取得天神的信任，必须以生活于旷野和林间的野兽的名义，重新反视我们自己。这样，我们要向在上天居住的神，表达我们的想法，让它看见我们原来的样子，看见我们想回归过去的内心模样。我们用兽皮包裹，又在头上绑上了兽角，插上了好看的羽毛。这样，天神就会看见我们的灵魂，也会告诉一些我们所不知道、也不可能知道的事情。我们会听到天神的告诫，它的声音在哔剥作响的火的燃烧中，在细微的风中，也在众多

古灵魂

的树叶颤抖的瑟瑟之中。

我踏着吹奏的乐声，以及轰隆隆的鼓点，在阔野上起舞。人们饮下了浸泡了异草的浓酒，发出了野兽的咆哮、野鹤的欢叫，发出各种不同的吼叫，步伐有力，地面发出了回响，好像土地的下面有着巨大的空洞。这是一个秋天的夜晚。秋风已经开始横扫地上的一切了。黄叶和折断的树枝，不断从我的脸前飞过。

我的浑身充满了神灵赐予我的力量，面对熊熊篝火，我的影子就像天上的归雁翱翔。我感到我长着双翼，拍打着，一会儿把自己高高举起，一会儿又将自己托在了云端，盘旋于天际，看到了一个以前不曾看见的辽阔世界。我的目光穿透了厚厚的、沉重的面具，穿透了狰狞的面孔上附着的恐惧，也穿透了黑夜——我的灵魂和神的灵魂汇合在了一起，在火焰上跳动。人们所看见的，我都看见了。人们没有看见的，我也看见了。我看见跳舞的人们都是另一个面孔，他们不是自己原本的样子，而是一些不同样子的野兽，他们在密林里驰骋，扬起了惊恐的头。他们的灵魂飘到了身体之外，在篝火上烘烤。他们既感到了疼痛，也感到了快乐，极度的快乐。

这是神给予他们的双重感受。我的面具是沉重的，不是那种物质的沉重，而是来自灵魂的沉重。面具本身的木质，已经消散在它的形象里。面具具有不可思议的神力，它是用灵魂灌注的，它不是被火光照亮，而是它赋予了火光以更大的亮度，火焰已经接受了面具的反光，跳跃的灵魂已经覆盖了火焰的一个个不断变化的尖顶，使我看到了一个不曾看到的更亮的世界。此时此刻，面具已经紧紧贴在我的脸上，它不是我所戴的面具，而是我的真正的脸，为看不见的天神所赐。

我又看见，天下被一团乌云遮挡，满天的星光暗下来了。也许这是不祥之兆，周王的天下要乱了。西面的阴云被一阵大风吹动，长庚星看不到了，那里一定发生了什么事情。据说，周王和一个妖艳的女人在一起，已经对天下的事情不理睬了。朝臣们已经议论纷纷，被废黜的太子宜臼已经奔逃到了申国，申侯正在和鄫国联合，犬戎已经开始攻打镐京了。

也许这都是神灵的指令，天神已经用一只手准备掀翻周王的宝座了。这只手已经借用了申侯和犬戎，借用了有形的力，伸向了西面的都城。天空愈加黑暗了，风愈来愈烈，传送着火焰般猛烈的消息，并在火焰不断跃动的顶端摩擦，发出了丝丝的呻吟。我仍然跳着我的舞蹈，我的舞蹈是神对将来的预演，我的舞蹈里有着不同寻常的意义，我能够感受到，别人也能够看到，但是它的真实的含义却不是在现在显现，我知道的，别人并不知道。我所说的，也不是别人可以听见的。人们在火焰的照射下，感受着热力和光芒，不断变化的影子交织起来，形成了一个个不同的幻觉图像。还有点潮湿的树枝一旦放到了篝火里，就会快速失掉水分，水汽与烟雾一起缠绕，陪伴着哔哔剥剥的沉闷的声响，就像人世间的低语和倾诉。人们不停把木柴加入篝火里，火焰一次次跳跃得更高，冒出了更锐利的尖顶，放出了更为耀眼的光亮。我们已经住在了火焰里，不是火焰发亮，而是我们的灵魂发出了不可抵御的光芒。也许不是我们自己在发亮，而是天神住在了我们的灵魂里，他将光芒放在了最黑暗的夜晚里。

古灵魂

卷八十

晋文侯

　　我刚从宗庙祭祀归来，在宫苑徘徊。我问了自己的列祖，对我所有的提问，他们保持了更深的沉默。我知道，这沉默中已经出现了答案，一切最好的答案都以沉默现身。沉默并不会指示一座大山上的所有路径，但它所指出的是一座大山的存在，它就在那儿，所有的路都在其中。你要想翻越它，你就必定会选择其中的一条路——只有那条路属于你，它通往你所去的地方，也暗含了你的归途。

　　匍匐在龟背上的纹路，在烈火中显出了卦象，天神的旨意用这种奇特的方式指出了方向。这是先祖留下的可靠的办法。乌龟经常潜伏在湖底，它的背部最先浮出水面。它有时会爬上水岸，缓慢地向野草丛移动，直到从我们的视线里消失。它是带着神灵的旨意的，否则它的形象为什么会这样神奇？它见到我们，就会将头缩回到龟甲里，变为一个布满了花纹的椭圆。如果我们仔细查看，就会发现，它们的花纹并不一样，每一个格状的花纹里都深藏着神的文字。只是我们没有足够的能力阅读和领会。

　　我们必须在这暗藏奥秘的龟甲上寻找，必须在表面的花纹背后寻找。也必须在烈火里寻找。活跃的火，静止的龟甲，在动与静的互相角力中，神的密函获得显现，密写的文字从裂缝中展露，让我们用神在先前藏在我们心里的智慧解读。那么，周王的都城已经被犬戎攻陷，周幽王和伯服已经被杀掉了，被废的太子宜臼回到了都城，成为新王。但周幽王的另一个儿子，被虢石父拥立为王，天下再也不平静了。镐京已经残破不堪，战火焚烧了旧梦，周王室的巨鼎被砸碎了，需要在炉火里冶炼。

现在，我该乘船到对岸去，收拾支离破碎的山河。在占卜的花纹里有着山河的形象，也藏有我该去的道路。我的先祖已经用沉默作答，我洗净了手，也洗净了我的眼睛，这样既能看得清路，也能用我的手指示正确的目的地，我的兵车和箭矢将驰向那个地方。我要将天下的两个王分开，让一个留下，另一个到他该去的地方。在我看来，在两个王之中，只有周平王是真正的周王，他是周王室正当的、合法的继承者。那个被虢石父扶持的携王，一定要废掉。天上不能有两个太阳，只能有一个来司掌天下的光阴。夜晚可以有无数烛光，但人工的光亮终究无法替代高天的皓月。我有着王室的血脉，我的每一滴血都通往源泉。我有着生而有之的使命，天下的一切事务都和我相关。现在，王室已经出现了混乱，我不能视而不见。

我要亲率大军前往王都，我已经听见了先祖的召唤。他们从天上对我说：你要记住你是谁，你来自哪里。你要知道在什么时候积蓄力量，又在什么时候把这力量放在何处。你还要知道，我们的先祖为什么来到这里。我们不是永远等待，而是在等待中寻找自己。现在，事情已经到了关键时刻，你要把自己的剑从剑匣里取出，并擦拭干净，携带着它，去做你应该做的事情吧。

古灵魂

卷八十一

将军

　　我们从河岸开始登船，兵车、骏马、剑戟和军旗，在波澜中闪耀。河里的大浪在船头击打成水沫，在凛冽河风中飞扬，不断飞溅到兵卒的脸上。一切就像预想的一样，我们弃船之后，兵锋直指镐京。沿途没有受到任何抵抗，我们的大军在几天之后抵达。此时的王都已经残破不堪，街道一片凌乱。周平王刚刚即位，周幽王的幽灵还在地上徘徊，他的宠臣们已经四散奔逃。重要的是，另一个地方还存在着另一个周王，他在携地盘踞，他的影子长长地投在了周平王的宫殿前，你能感到这影子掀起的一阵阵寒意。暗黑的威胁布满了周遭，周王室已经难以在这里继续待下去了。

　　我们的国君将亲自护送周平王迁都——到一个远离战祸的地方去。有了晋国国君的辅佐，又联合了秦襄公和郑武公，三国的合力，让周平王信心大增。他已经不再是一个孤立无助的天子了。高处的草木更易于干枯，山顶的石头更易于坠落，周王的宝座总是被别人的眼光所觊觎，在他的身边，布满了险厄，就像大军的车轮必定掀起尘土。周王的宫殿是建立在沙子上的，只要有一点摇晃，就会倾塌，并将沉重的砖瓦压在无数死者的身上。

新的日子又要开始了。一切好像并没有发生。原有的王都废弃了，新的宫殿又要建立，好像我们所做的一切就是为了推倒、抛弃，然后再建立。从前散落的瓦片重新放置到屋顶上，从前的人们再次聚拢到周王的大殿四周，一切围绕着一个似乎拥有一切、又似乎什么都没有的王的身边，你甚至从没有见到这个决定你命运的王的面孔——这个面孔既是模糊的，又是清晰的；既是具体的，也是抽象的。他似乎不存在，但又无处不在。他好像并不是住在他的宫殿，而是住在了我们的命运里。

为了他，我们厮杀，我们历尽艰辛、昼夜兼程。我们餐风露宿，将随时准备杀戮的兵刃荷在肩上，身上包满了铠甲。我们随时准备死去，明天仅仅是一个摇晃的影子，它是否出现，永远是一个谜。我们的命运的尽头在哪里？我们每天都在发问，每天都得不到回答。

古灵魂

卷八十二

饲马人

马的样子是可爱的，它有一副长长的脸，它的眼睛分列在两侧，它的眼睛很大，总是那样神情专注。我相信马是有灵魂的，它能够获悉我们不知道的事情。它能够预知前面将发生什么。我喂它们草料，它们懂得感恩。它们的眼睛里会射出一束光，足以打动人心，让我觉得为它们所做的一切没有白费。它们很多时候是安静的，内心一定在思考着，或者在倾听上天神灵的安顿。这是它有时候比我们知道得更多的原由。

我深信，它们是我们最好的朋友，有着最善良的心。我经常和它们交谈，会轻声说我心里所想的事，它们都能够听懂。有时会点点头，表示赞同。有时会为我感到伤心。大多数时候，它们是忧伤的，它们的脸上总有着忧郁的气质——这是它们与生俱来的，它们从来不会假装，不会掩饰自己的内心所想。

诚实的、质朴的马！它的容貌也是漂亮的，身上没有多余的肉，每一条曲线都是为奔跑设计的，修长的四条腿，瘦而有力，在奔跑中充满了协调、交替飞扬的魅力，它的蹄声就像乐师敲击编钟的声音，随着崎岖路面的变化，有着不同的击打地面的独特音响——这时，只有我听懂了它的含义，既有着快乐，也有着忧伤和痛苦。它看起来是被御者所驾驭，实际上它并不是被动地接受来自驾驭者的指令，而是自己对每一步都有着深邃的理解。如果看起来和御者的想法一致，则完全是因为御者和马匹之间实现了完全的沟通，达成了基于感情和对于世界共同理解的协调。

我对我的马匹有着深深的爱恋，我知道它需要什么，需要在什么时候吃草，需要在什么时候睡觉。它很少卧在那儿，懒洋洋地打盹。即便是睡觉也是站立着，用细长的四条腿，支撑着一连串的美梦和噩梦。睡眠是最好的时辰，不仅因为睡眠是最安静的，还因为这是最富于变化、最开阔、最神奇的时刻。谁知道它的梦里有什么呢？也许一切都有，虚幻中包含了实在，静止中囊括了旅程。

我也常常怜悯它们。它们的命运是被决定了的，就是为奔跑、劳累和战斗而生，它们随时都可能死去，要被战场上的鲜血染红，不论是红色的马、白色的马、杂色的马、黑色的马，它们都是红色的。表面的颜色只是为了便于我们区分，只有红色才是它们真正的颜色。它们的血不是在体内奔流，不是在身体的一根根血管里奔流，而是奔流在它的表面，奔流在它的皮毛上、长长的马鬃上，并随着它仿佛拥有翅翼一样的奔跑，将自己的血挥洒到空中，直到高高的云彩用不同形状来接住它，放在自己的颜色里。马的形象转化为云的形象，马成为自由奔放的、在天空纵横驰骋的灵魂。

我断定，马的躯体里住着一个属于自己的神。我常常看见，在暗夜里，尤其是在漆黑的、没有月亮的夜晚，马的身体里会放出微光。

古灵魂

就像一个停在地上的灯笼。如果它的身体里没有居住者，那么里面的灯是谁点亮的?

我每天都要照料几十匹战马，每一匹马都有自己的名字。它们都是独特的，就像每一个人之间那种明显的差异一样，一匹马和另一匹马完全是两回事。它们各自有着不同的性格、不同的习惯以及不同的外表。当然它们还有不同的气质。它们都是从遥远的养马场上挑选出来的，是骏马中的骏马，它们没有一点儿庸俗的气息。当然，它们也有脆弱的一面，会为一点小小的事情不高兴，这从它们的神情上就可以看出来。它们也有痛苦的时候，尤其当它们被伤害或者它们的主人受到伤害，很多时候它们也会为预知的不幸默默流下眼泪。我在给它们添加草料的时候，手背经常被这样含有痛苦盐分的泪水打湿。那时，我的内心也涌起了波澜，摸着它们的脸，摩挲着它们光滑的皮毛，那每一根细细的毛发都变得不再柔软。它们低着头，只有几根草在牙齿之间反复咀嚼，很显然，它们没什么胃口，只是用这样的方式来不断研磨悲伤。

它们已经知道第二天就要出征了，战场上的血腥气，它们已经嗅到了。每一次都是凶多吉少，每一次冲杀，都可能倒在血地上。它们可能永远想不通，它们的主人为什么总是这样。马从来都不喜欢征伐，出于主人的需求，它只好追随血腥的战场，就像从前在干旱的草原上寻找水源一样。它做自己不愿意做的事，只是因为永不背叛的天性。

作为饲马人，我已经放弃了自己。更多的时候，我只是众多马匹中的一匹。遇见黑马的时候，我会变黑，会觉得自己也有着黑的肤色，就像炭那样发亮的黑、不安的黑。我见了白马也会变得雪白，就像霜雪那样冰冷，心里就会刮起冬天的风暴。它们是我的铜镜，我从这些马匹的形象中照见了自己。它们饥饿的时候，我也会感到饥饿。它们的眼睛里透出惊恐的时候，我也感到前程中埋伏着凶险。它们的嘶鸣更像是怒吼，我的心中也奔涌着不可遏制的愤怒。

我最喜欢那个额头有一个玉斑的红马，它的鬃毛近似于山梁上一排密集的树，整齐、旺盛、茂密，在狂风中飘动。我经常抱住它的头，亲昵地和它说话。它会竖起双耳，身体一动不动。它总是专注地倾听，我知道它听进了我的每一句话，并把每一句话默默记在了心里。它也不是总是一个样子，一次，我说了一个笑话，它张大了嘴，嘴角向上扯起，我知道它会心地笑了，只是它不会发出笑声。这种沉默的笑，或者沉默的哭，或者沉默的倾诉，让我感到伤心——它的一切，都用寂静来表达。

它们的雄姿显现于被套在战车上的时候。沉重的战车，对于它们来说，也许并不是负担。它们所拖动的是游戏中的空洞的几块木头，看起来一切都是轻的，一切都没什么……但是，它们并不是生活在大自然的家园，而是生活在残酷的人间，充满了悲痛的人间。它们并不是自由的，而是被人所利用、所驾驭、所奴役。它们本来是被神所差遣和人一起生活的、相伴的，却不得不奔赴死亡。它们知道，一切都是无用的，所做的不过是必须做的，是它所信任的主人给予它无可奈何的悲痛。它仍然拉着代表着恶的人性的战车，拉着杀戮和嗜血的长矛，在旷野上、在丛林间、在沼泽地、在无穷无尽的虚空中疾驰……

事实上，前一天的夜晚，已经感到了凶兆。我在夜半给它们添加

古灵魂

草料的时候，听到它们内心的煎熬，听到阔大的嘴里发出的咀嚼声，那是一些模糊的、有着节奏感的咒语：嚓嚓嚓，嚓嚓嚓，嚓嚓。

我是一个饲马人，可我难道不是我所饲养的马匹么？我所饲养的，就是我自己的影子。这是我热爱饲马的原因。我所热爱的，原是我自己。我不能用自己的眼睛看到自己的面庞，却能通过马匹看见我自己。它们的每一个动作里，有着我的动作，它们的每一个梦里，包含了我的梦。以至于它们的被奴役和被鞭挞，我都会感到疼痛。它们安静的时候，我也是安静的。我会静静地欣赏他们，因为我也需要欣赏我自己。我来到人间，既不知道我要做什么，也不知道自己应该怎样做。我的一切，都是被迫的，却也有我自己的爱。我就像我所饲养的马匹一样，所做的就是活着，不论你是理解还是不理解，你就是要活着。活着并不需要理解。所以，那些嚓嚓嚓的咒语，就是说给我听的。无论是马匹，还是我自己，都要耐心地倾听。

卷八十三

大臣

　　唉，无尽的欲望是一切事情的起点。人总是听凭自己欲望的安排，这是多么可悲。周幽王就是这样，把我们先祖的智慧葬入了深渊。他的死是应该的，如果他不被犬戎杀掉，也会被别人杀掉。从一开始，这一切就发生了。只不过就像禾稼的缓慢生长一样，从种子里是看不出来的。只有一点点长大，事情的面目就清晰了。它先长出几片叶子，然后慢慢长高，最后秋风把禾穗吹得摇摇晃晃，农夫的镰刀已经放在它的脖子上。事情的全部真相就是这样。

　　另一方面，我必须承认，女人的美貌有着摧毁人的力量，它不像战车那样有着轰隆隆的、碾轧一切的惊骇，也没有长矛利刃的令人胆寒的锋芒，但却有着雪一样的皮肤，寒冷中透出了温暖，眼睛里带着摄人魂魄的水波，你从中照出了自己的倒影，你已经在眩晕中被颠倒了，并被飘忽的波纹一点点驱散。她们的妖艳中，暗藏着柔情的利器。你会将自己的血倾倒在她的身体里，以至于在不知不觉中失去自己。她们的声音有着鸟的婉转，她们的面孔里有着使你失去勇力的微笑，你已经被烈火烧成灰烬，你所剩下的也要归于西风。

古灵魂

我的内心还是羡艳周幽王的，他拥有天下，却并不爱惜天下，也许因为这天下距离他太遥远，他不知道天下究竟有多大，也不知道它在哪里。他有自己的一小片天地已经足够了。他宁愿失去一切，来换取短暂的欢愉，也不肯用片刻的冷静修补破碎的江山。可是他想得到的，不是因为他自己，而是因为他拥有天下的缘故。失去了天下，他也将失去自己。他已经得到了自己想得到的，在无限的快乐中沦为万劫不复的灰烬，他已经用无法抑制的欲望完全地烧完了自己，他又有什么可遗憾的？褒姒已经消失了，她也成了这灰烬的一部分。两堆灰烬有着同样的模样，它们无法分清属于谁了。天子的灰烬和美女的灰烬是一样的，和一切灰烬是一样的。

　　世间的人们有着另外的看法。他们认为，一个拥有整个天下的人，是不可能犯错的。他的一切决定都不同于芸芸众生的想法。他的每一个举动都来自天意，他的每一个决定都意味着天命。他的背后有着一个无处不在、无所不能的天神。天神是看不见的，它只在人们所做的事情中显现。我们所做的每一样事情里，都有着天神的面孔。他既隐藏，又显露，这是我们必须敬畏的源头。如果不是这样，我们就不能解释，为什么是周幽王而不是别人成为天子，他又怎会得到如此巨大的权力和荣耀？他所要的都会给他，他所不要的也会给他。

　　所以，他一旦成为天下的王，就应该不再属于自己。他将不再是人，要把自己的人性丢弃到草丛里，让野草和水洼里滋生的那些蚱蜢啮啮，成为它们活着的理由。他只是天神的俘虏，他享受但也被另一种更大的力量所奴役。可能的推测是，周幽王在巨大的权力和荣光里挣扎，他不要那么多，他只想要一个属于自己的美人。于是他的生命的终结就是背叛的代价。他想拥有人的生活，就意味着放弃生活。理由是如此充分，一棵树需要果实，就要放弃花朵。花朵既是果实的前奏，也是果实的牺牲者。

这时，天下之王的威权和神圣没有了，人们仔细审视一个王的面容，从中看出了平庸的人的样子，于是一拥而上，捉住了他，杀死了他。一个用肉身建立的宫殿，极易倒塌，它的材料就意味着它的短命。

人们仍然需要一个周王。天下不能没有主人。另一轮争夺王位的激烈厮杀开始了，就像兽群中王位的争夺，浸泡在血泪里的残忍，既用尖利的角，也用锋利的牙齿，占有的欲望借助了能够使用的一切手段，力量和技巧、阴谋和爆发力、平日里的一点点肌肉的积蓄，以及虚张声势的嚎叫和夸张的面目表情，都为了在这决斗中给出决定性的、惊心动魄的一击。最后的结果也许令人失望——实力的对等，造就了天下双王的局面。但是一个兽群里怎么能有两个兽王呢？周幽王被犬戎杀掉了，褒姒所生的儿子伯服也被杀掉了。太子宜臼登临大位，成为周平王。但是，周幽王的亲信虢石父又与周幽王的另一个儿子余臣逃到了携地，并将其扶立为王，也就是携王。事情变得异常复杂，天下乱了，各种人物纷纷登场。真是一个密云布满了的天，日月在乌云的簇拥中忽隐忽现——但天下却黑暗了。

双王的对峙中，必须有一个离开。周平王难以继续在镐京立都了，他需要休养生息，远离乱局，携带着正统的天子名分，到另一个更适宜的地方建立新都。他是周王室真正合法的继承者，他有这个名分就已经决定了胜负。晋文侯——我的国君，鹰一样的锐眼看到了这

古灵魂

个机会。他率兵西渡，和郑武公、秦襄公一起合力勤王，平息了平地掀起的灰尘。然而，这灰尘已经荡到了每一片树叶上，沾染在了石头上，蒙住了宫殿上的瓦片，使它们失去了光滑鲜亮的外表，世界已是灰蒙蒙的了。

我的国君率军而行，跋山涉水，引领和护送着周王室向东迁徙。到了成周洛邑，停了下来。那里有广阔的良田，有缓缓流淌的河流，又有遍地绿茵。它远离战乱，远离蒙尘之地。周平王立起了他的旗杆，他在的地方就是天下之中。事实上，这曾是一个久远的规划，早在周成王时代就将这里视为都城，并把九鼎安放在这里，以便镇住广袤的中原。几代人的经营，洛邑已经初具规模了。现在，周平王来了，先祖的设计是这样高明，似乎对远未到来的一切洞若观火。现在，他把另一个王——试图与他并立的携王，扔到了边远之地，扔到了世界的角落。他已经相信，等待携王的，是即将临近的寒冬，是席卷落叶的西风。遥远的镐京，已经在一片烟雨中，走出了人们的视线。

卷八十四

信使

快马的奔驰，带起了后面的尘土。大路和小路的交叉处，让我不断做出选择。从周平王的新都出发，直奔晋国的都城。我带着重要的使命，周平王向勤王有功的晋文侯召唤，让他前往领受天子的奖赏。每一个地方，都有着人的脚迹和野兽的蹄印，我们一起分享世界，又一起进入了深秋。一阵微雨过后，路上的浮尘被压下去了，秋虫的鸣叫已经听不到了，微风吹开了视野，树叶放出了斑斓生动的光，我感到了五彩缤纷的愉悦——我的坐骑是一匹白色的马，它好像也受到了秋色的感染，渐渐地放慢了脚步。

我听别人说，天子对晋文侯在关键时候的助力充满了感激之情，他要给予晋君以嘉奖。他已经写好了宣诏的文告，说出了他要说的话。从以往的事情推断，他要盛赞自己的先祖周文王和周武王的功德，并适当表达自己的谦逊。他还要说，先祖的事业昌盛乃是因为贤明的公卿大夫的辅佐，甚至可能说自己太年轻了，却要承当天下大任，似乎缺少德行和才力的准备。但这是一整套虚假的说辞，并不是自己的内心所想。他要赞扬晋文侯的作为使他能够安于王位，罗列为

古灵魂

晋文侯预备了的丰厚赏赐，赋予他堪与前人媲美的荣光。这一点倒是真的。

不过，我不需要揣测他们究竟在想什么。在我的眼中，他们都是威严的，更多的时候，我甚至不能见到他们真实的容貌。我只是从大臣们的手中接过使命，并将封存在贵重的木匣中的信函送到指定的地方。木匣上刻满了花纹和异兽，代表着天子的尊严、至高无上的地位，以及压倒了一切的紧急和重要。这些花纹是独特的，这些异兽也是独特的，它们有着独特的含义。只是我还不能知道它们究竟意味着什么。至少，它易于被识别，不论什么人，只要扫一眼就知道它来自王宫。我在天子和诸侯之间奔走，我的快马不知走了多少路，时间从身边一点点刮过，总是带着一点点春天的悲凉。

我的人生就是在道路上消磨时光。从天子的宫殿到诸侯的宫殿——其间用我的生命衔接。我将木匣放在怀里，和它在马上一起颠簸。我的视线也是飘忽不定的，身边的风景就像梦幻，从一个梦幻到另一个梦幻，每时每刻都不相同。这是多么大的享受啊，一生都在梦中度过。我从飘扬的马鬃上，看见一阵阵风，春天的风，夏天的风，冷的和热的风，将尘土甩到了远处。也看见深秋里忽然飘起的暴雨一样的树叶，一下子遮住了视野——它们是这样具有野性，不能被驯服，也不能被鞭子驱使，它们完全按照自己的想法，在风中斜着飘下来，不，就像一些石片那样，带着树枝给了它们的沉重，从高处迅速砸向了地面，使得整个天空一片迷蒙。

我也曾在雨中蹒跚，路上到处都是泥泞。我的马儿走不动了，它的眼睛被打湿了，好像含着泪珠。我只好在山洞里避雨，等待大雨停止的时候。在这荒无人烟的地方，我从洞口望去，远处是无穷无尽的山，无穷无尽的路。它们都没有尽头。而我只有一个人，还有我的马，我的伙伴。它绝望地看着我，它的眼睛里映照出了我的面容，我从它的眼中深入到它的心中，我就是它的灵魂。我想，我的眼里同样有着马的面容，它同样是我的灵魂。我们是交织在一起的。在这里，没有过去，没有未来。只有现在，完全的、孤立的现在。时间停了，雨还在继续下着。

你听，轰隆隆的雷声一点点远去了，又一道闪电从西边一直划到了东边，大半个天空被照亮，但转眼就暗淡了。这样的闪电，就像天上突然开花的树，它在说什么？我想，天神不仅在平常的日子借助别人的口和我们说话，也在借助田野、山峦和河流和我们说话。有时就直接在天空用闪电和惊雷说话。它用不同的声音、不同的姿势，说给我们听。它藏在一切的背后，显现各不相同的面目。可是，我不关心更多的事情，在这个世界上，只有明天的道路属于我。雨点密集地从很高的天上落下，神所说的，是给别人听的，给那些有权势的人听的，他们既然被神赋予了权力，就必须倾听神的命令。

一个在山洞里躲避大雨的人是不需要猜测神的旨意的。我的职分就是我所受的天命，我前面的道路就是我的一切。洞口的前面已经形成了一个个水洼，水面上激起了一个个水泡——我只想让这无休止的大雨停下来，停下来。这样我就可以继续行路了。我的路，既不需要闪电照亮，也不需要别人的泥泞中的脚印指引。对于道路，不论是大道还是田间小径，还是山里弯弯曲曲的羊肠小路，谁又比我更熟悉呢？

古灵魂

我也曾在大雪中行路。天地之间白茫茫一片。我的前面一片洁白，我的后面也是一片洁白。这是一个多么单纯的世界，除了白，没有别的颜色。我喜欢这样的单纯，也喜欢天地辽阔中孤独的白。寒风不断将雪花甩到我的脸上，我感到了世界给我的冷是一点一滴的，它不是一下子给我，而是一点一点的，它把全部时光均匀地撒开，就像农夫在春天里播种一样。

可是，在这样的天气里，我看不见路，也不知道走到了什么地方。我的坐骑是一匹白马，它有着白雪的颜色，和这样的大雪天是匹配的。我仿佛骑着一个移动的雪堆前行。我的马不断闻着什么，它伸长了脖子，把鼻子凑近了雪地，它的哈气把雪地融化成一个个小窝。它很快把我带到了路上，它能辨认出被掩埋了的路。我可以想见，我所行的路早已驻扎了马儿的灵魂里。它只要闻一闻，就知道了路上熟悉的气味。那是我以前留下的气味，它还在原来的地方，等待着我再次路过——在每一个地方，即使是大雪掩盖，我都不断地和从前的自己相遇。我不是一个人，我是无数个，每一个都留在了路的每一个地方，我每行进一步，都是与自己的一次重逢，这样，我又怎会孤独呢？

现在，我既不在大雨中，也不在大雪中。我是在一个极其平常的天气里往前走。秋天是温和的，既不暴躁也不温顺，它只是温和、平静、自然。我和以往一样，骑在马背上，接受着路上的风光。一阵秋风过去了，剩下了温和、平静、自然。树上的叶片经过大风的扫荡，已经变得稀疏了。就像老人们的头发那样，露出了生活的真相。天下已经苍老了，周王已经从兴盛之地转向了另一个地方，这是不祥之兆。尽管在周武王讨伐商纣王的时候，已经看中了洛邑，并不断兴建王宫，街衢商肆已经初具规模。这是天下之中，先王正是怀着雄心决定将这里定为未来的都城。但那是周王室鼎盛之气氤氲而起的时候，一切都变得合理，一切都变得顺遂。现在不一样了，周平王乃是为找寻立足之地，以便和携王对峙，保留自己正统的王位。被迫的选择和自己周密的考虑之后做出的决定，是不一样的。就像这树上的叶片，仅仅是等待着更加残酷的寒风而已。是的，仅仅是等待，等待最后的结局。这一切，在周文王被囚禁在羑里的时候，就已经看见了。他曾在那里观看星象，察看飞鸟的形象，河流在流淌，群山的淡影在起伏，这些并不是简单地待在那里，它们每时每刻都在变化，它们需要人对它们的细心察看。周文王的内心涌动着波澜，却愈加对天神放置在人间的秘密充溢了破解的冲动。他不断推演着一个个卦象，各个卦象的重合和组合、融合与纠缠、变换及互动——难道还看不出天下的宿命么？万物都有凋零的日子，秋天只是按照天神旨意展现的一个先兆罢了。

我掐指推测，晋国的都城快要到了，漫长的道路是有尽头的——一切都有尽头。但是我不仅仅是为了这尽头活着，我看到的尽头不过是另一番景观，它们都是夜晚的星斗移动的幻影。

古灵魂

卷八十五

晋文侯

十年过去了，这是多么难熬的十年啊。近几天，感到自己已经老了。走路的时候会突然感到膝盖无力，坐得久了，也会感到异常疲乏。面对铜镜就会看见自己的头发像白雪一样燃烧。这样的烈火已经压倒了青春的回忆，好像有一只手推着我，一直要把我推到漆黑的悬崖边。

我不能这样下去了，每日的美味珍馐已经厌倦了，而且最近的饭量越来越小了。我已经想不出自己想吃什么东西。身边的美女也不想多看了。她们扭动着腰肢，献上娇媚的笑颜和新酿的美酒，我都不想抬起手臂接住。每天都沉湎在节日里，这节日又有什么值得欢度？这些东西都厌倦了，人间的享乐就这么多了。

我让乐师不断变化着音乐的曲调，以至于他再也没有什么新鲜曲目了。我已经从他的音乐里听出了人生的贫乏，听出了地上的虚幻和命运线索的单调，这样下去，我还在留恋什么？天下太大了，我甚至没有走遍我的国。更多的时候，我只是在我的宫苑里踱步，现在，我已经老了，已经没有力气走到更远的地方去了。

我曾经有过青春年少的时候，那时候的我，有着满头青发，浑身有着使不完的力气，我曾骑着马在旷野里奔驰，追逐着成群的麋鹿，从箭囊里取出的箭，从没有在强弓上虚发。它们长了明亮的眼睛，一支支射向麋鹿狂奔的长长的脖子。现在我的弓箭早已经悬挂起来，蒙上了灰尘。每当我无意之间看见了它，就好像看见我的青春时代的样子，看见了生命的飞扬，看见了无垠的旷野和发亮的树叶，看见了一切在飞，听见了秋天突然起飞的大雁，它们要带着河边的泥和水滴，伸长了脖项，到迷人的远方去了。

可是，我能做什么呢？似乎一切都结束了。我已经厌倦了认识的一切。我不知道什么是爱，什么是恨。我所爱的已经爱过了，我所恨的也用我手中的剑铲平了。我护送周平王迁都洛邑，再造了周家天下。我也因此得到了天子的赏赐，和先祖一样的丰厚赏赐——既有珍贵的美酒，也有奇异的弓和箭，还有来自异域的神骏。它们不仅仅是物质的，还是征讨叛逆之臣的荣耀的灵象。我所接受的，乃是来自周王室宗庙里的灯和从那灯焰里射出来的热。我已经感受到天神降下的寒冬里的温暖了。

我将抱着这温暖度过余生，以致渐近衰弱。可是我的骨头里仍然有着某种暴涨的血，在肉躯里奔突，就像我曾追逐的野兽，既在惊慌中逃窜，又在无意中消磨多余的气力。我的心里住进了无数的野兽，带着我所射出的箭，用充溢着荣誉的伤痛跳跃着，我的衰老的面容里、每一道刻进肉里的皱纹里，散发着、蒸腾着只有在春天的阔野上才能看见的迷茫。是啊，好像有一个声音一直在呼喊，让我从衰老中醒来，回到青春里去，回到那个早已消失了的年轻的形象里去，回到

古灵魂

骏马的嘶声和箭镞划过空中的闪电里去，回到永不复返的从前，从前的从前。

宫廷里的老仆人搀扶着我登上了我的华车。我忽然想到，要到我的都城的郊野去。春天就要过去了，好像事情才刚刚开始。时间从来不等待任何人，它只管一直向前。多少个季节变化，多少个日夜交替，好像所有的事情还和原来一样。但事实上一切都在变化，我们却很少知道为什么会是这样。我来到了山前的花坡，这是我年轻时经常来的地方。现在，花坡那么大，它依傍大山，坡面一直通往高高的山顶。这里草木繁盛，却没有什么树木。只有一棵树立在万千野草的中间，它在微风中飘动，就像是其中的一棵野草突然长大了，成为这个样子。一个巨人和一群矮子，形成了强烈的对比。我曾为这样突兀的景象而感叹，一棵巨大的野草再也不能把它称为野草了。

这里的花儿是开不败的，它们每天都展示不同的颜色，各种浅红的、蓝色的、深红的、白色的……土地里竟然会吐出这么多的颜料。然而仔细察看花草下面的泥土，它是这样质朴，它几乎是灰色的，有时甚至发黑。它在平常的日子，究竟把这么多的颜料存放在什么地方？这些野花啊，还能唤起我的好奇，它们让我想到了童年时候的日子。那时我充满了活力，浑身有着无穷无尽的力气，永远也用不完。就像这土地，里面含着无数的颜料，心里长满了各种各样的野花，每一天都不相同，每一天都在开放。我的呼吸里充溢着香气，散发到最远的地方。

可是我现在连我曾最喜欢的女人都厌倦了。那些从各地来的美女，丝毫唤不起我的兴趣。她们的头上都飘动着一样的乌云，她们都有着一样的眼睛和鼻子，脸盘和眉毛都差不多。我真的看不出这么多的一样的东西有什么稀罕。哪里像这些野花，每一朵都不一样，每一片叶子都不一样，每一天的样子都不一样。还有我身边的人们，每天看见的都是前一天看见的面孔。这样的世界还有什么值得留恋的？

古灵魂

卷八十六

老仆

　　我的国君确实已经老了。他的脸上已经被灰尘覆盖，即使是阳光照上去也是晦暗的。他开口说话的时候，我发现他的牙齿已经快要掉光了。眼角爬满了褶皱，就像一些干枯的树枝嵌到了上面，一点点沿着一种无形的指引向着两边生长，只是不会开花，不会结果，也没有繁茂的叶子。我不知道其中的含义，但我知道这是苍老的标志。他的眼睛已经发黄，有时还不停咳嗽。我有点儿可怜他了，曾经月光般的明亮，一下子就黯淡了。

　　但我仍然相信，他还是有力量的。只是他自己已经觉得自己失去了力量。他以为，身体的力量和内心的力量是同时存在，又同时消失的。事实上，很多事情的发生不是因为它应该发生，而是从外边突然产生了某种力量，推动它成为这个样子。对于人来说，即使是最后一刻，仍然可能爆发内心最重要的一跳。你看，落日下沉的时候，总是最大的、最红的，它以这样的重量猛然触及远山的边际，然后一下子陷落到看不见的地方。它使整个西边的山脊都要染红，让人感到后面已经点着了大火。或者所有的山峦原本就是这样。谁能说落日是没有力量的呢？

今天，我看见他从郊外归来，脸上有了几丝不易察觉的欣慰，他似乎恢复了一点气力，我想，他的内心一定被什么触动了。在他年轻的时候，我就跟在他的身边，现在我也老了。他有时会把我叫到他的身前，轻轻和我说话，谈起从前的事情。那是多么遥远的往事，好像近在咫尺，好像刚刚发生。一次，我们去野外追逐一只麋鹿，它带着脖子下的箭头一直奔跑，我和国君骑着快马追啊追，眼看就要追上了，那只麋鹿却一个敏捷的急转，把我们甩开了。它是那么强壮，那么快捷，它的头顶长了两<u>丛</u>坚硬的小树……奇怪的角，漂亮、生动、有力。它的脸类似于马，走近了的时候就会看见它略带忧伤的表情，它的眼睛露出了惊恐。我的年轻的国君张开硬弓，飞箭从他的侧面飞出，他的手指松开之后仍然保持着紧握着什么的力度，那个瞬间的姿态让我终生难忘。箭从空中传来了嘶的一声尖利声音，箭头带着刺眼的强光一闪，那个迅速飞翔的光斑一头扎进了麋鹿的脖子。麋鹿一个飞跃，身子就像马的紧急停留，直立了起来。巨大的疼痛击中了它，我的马也感到了惊骇，我感到它浑身颤抖了一下，以及鼻子里呼出的粗气。

国君说，它中箭了，跑不远了。他发出了快意的大笑。那笑声多么年轻，就像宫廷里乐师敲击编钟，这样激越、清朗的笑声只属于充满了激情的青春。那只麋鹿同样是年轻的，这从它奔跑的步伐里就可以猜到。它的树枝一样的角尖，沾着草地上发湿的光点，每跳跃一次就闪动一次，可以想见，它的树枝绝不是光秃秃的，而是带着茂盛的叶子和果子。它飞身一跃，像偶然闪现的神灵，一下子就在树林里不见了。那一次，我和国君都动了恻隐之心，觉得我们不能因自己快乐而不停追逐，这快乐也在追逐中停了下来。云影一次次临近我们，一片片黑影从马头上落下，又被呼呼作响的风吹开了。那只麋鹿一定在某个地方捂住了伤口，守着自己的痛苦和我们的惊呼。

可是在我们返回的路上，它却卧在了路口，它可能再也跑不动了，也可能在等待我们，想看清楚究竟是谁射出了这支致命的箭。我们下马走近了它，我的国君，我的主人，走了过去，轻轻地，把那只箭拔了下来，收回了自己的箭囊。一场青春与青春的角逐，演化为青春与青春的相逢，在彼此停下的地方实现了和解。世界是空的，麋鹿并没有带走一支箭，也没有带走死亡，我们也没有带走麋鹿，带走收获，只带走了整个下午的明媚光阴。

现在说这些还有什么意义？可是我的国君还是喜欢说这一次的经历，他的声音已经很低了，我必须把耳朵递上去才能听清他所说的。他的双唇即使在不说话的时候也有着苍老的颤抖，他的语气中有着某种深深的惋惜。我知道，他还有更多的话要说，但是不能够说完。是的，有限的时间怎能说出无限的话语呢？更多想说的，会留在他的躯体里。越是苍老，身体里的东西越多，波澜就越是激烈，否则人们为什么在老了的时候更喜欢宁静呢？原是为了平息青春的遗留物，压住日积月累的内心激情。人们会渐渐想到，随着身体的衰老，一切都变得没用了。

卷八十七

大臣

　　日月在不断轮转中消磨了时光。十年来，我每日按照固定的礼仪前往晋文侯——我的国君的宫殿，却在无所事事中处理烦琐的国务。清早我就整理衣冠，铜镜中显现出我的面容，那时天还没有大亮，朦胧中打量着自己，就像面对一个陌生人。看起来，每一天的自己都是一样的，几乎没有任何变化。仆人给我举起了灯烛，微弱的光亮使得镜子里的面容更加清晰，每一道皱纹都现出了它的痕迹，从弯曲的抬头纹，到眼角延伸出来的凌乱的眼角纹，似乎越来越多了。几年前好像还不是这样。脸颊似乎垂了下来，使我的脸变长了。头发在梳洗的时候，大把大把掉落，现在已经很难用铜质的发簪绾在一起了。不，镜子里不是我，他是另一个人？

　　但是每一天，我还是认出了自己。在春天的时候，我走出我的府宅，沿着熟悉的路走去。从荒凉的寒风里，我感到了又一年的不同气息。在郊外的田野里，农夫已经开始了播种。他们深深弯下身子，把种子放到了土地里，就像向土地里隐藏的神祇鞠躬。生活看起来简单，但有着神圣的一面。这是多么荒凉的季节，却埋藏了寄寓在种子

古灵魂

里的繁荣。我知道，我所看到的，和我从镜子里看到的是一样的，其中有我的面容。我一天天路过郊野，看见禾苗一点点生长出来。我并没有察觉它们是怎样长大的，看起来每一天都没什么变化，但变化却每一刻都在发生。

夏季到来了，农夫们又在俯下身子，拔去田地里的野草。他们在禾稼中间躬身行走，从不看前面的路。禾稼已经指示了路的方向。这样子是多么谦卑，因为我们所面对的，是我们自己将来的食物，是我们活下去的依据。野草是美好的，但必须从田间拔去，日子才能从失去了美好的空隙里获得更加美好的东西。不同的野鸟爬满了树枝，欢叫着，它们和我们一起等待。等待也同样美好，因为等待本身也充满了欢叫。我看到了另一面铜镜，其中也有我。接下来是收获的季节，很快一切都变得干净了，田野变成了光秃秃的一片，那些曾经挡住了视线的，都让开了。我一下子可以看见很远的地方。

从一片阔大的平野一直通往淡蓝的远山，除了树木的影子，都是收割之后的凌乱的禾茬。飞鸟一会儿落下，一会儿飞起，捡拾着我看不见的遗失在土地上的颗粒。它们的眼睛是丰饶的，它们所看见的，是丰饶的。这些东西给它们的翅膀提供起飞的力量。这仍然是镜子，其中有它们，也有我。它们和我一起，才是我的完整的面容。我是谁？我是田间看不见的小颗粒，我是被到处抛弃的土，我是禾茬，我也是鸟儿和淡蓝的远山，一切一切，都是我。

那么我已经老了么？既然我在一片活力无限的喧嚣中，我又为何会显出了苍老的容颜？我要把我的感受告诉我的国君。我要告诉他，一切都是永远有活力的，人也不会轻易老去。我要告诉他，他的身躯里仍然有着尚未发出的力，这一切完全能够从每一面镜子里看到。今天，我仍然从这条路上走过，每一天的路都不是相同的。我已经望见了宫殿上飘动的残留的枯草，它们在阴沉的天底下仍然在等待。它们所等待的，我并不会知道，但等待本身却在我们的心里被远来的风不断吹动，我们都在飘，云在飘，枯草也在飘，等待也在飘，在它本来的地方飘扬。

古灵魂

卷八十八

晋文侯

　　不，我要说不。不是对别人，而是对自己。其实，我已经对自己绝望了，肉体已经衰老，还说什么呢？今晨的太阳格外明亮，我来到了户外，宫殿里腐朽的气息一扫而空。秋日的阳光多么好啊，那么蓝的天，那么高，让人感到眩晕。我抬头看着这永远不可触及的天，我的天神究竟在哪儿居住？尽管在夜晚，天上有那么多星斗，可在白天却变得一无所有，只有一望无际的蓝，让人眩晕的蓝。它住的地方离我那么远，却似乎总是在我的身边。它是怎么到来的？

　　可是在今天，我听到了天神的启示。它近在咫尺，它的声音是清晰的，从我的内心升起，抵达我的双耳。我听到它说，你要振作，你还需要做一件事。自从我从郊外的花坡归来，就被一种来自从前的力量推动，我的脸上的刻痕变得更深了，好像有人给我刻上了文字，昭示我将来的命运。这些皱纹是有规则的，和别人的不一样。这是不一样的文字，是天神专为我所写。我每天都要对着镜子阅读，可我看不懂它究竟说什么。神的文字是深奥的，它所说的也同样深奥。也许不到最后一刻，谁也看不懂。只有在事实兑现的时候，我们也许才会明白一点点。现在，这文字愈加深刻了，它告诉我某个日子的临近，某一件事情的临近。我就要照着这文字的意思去做该做的事情了。

大臣们劝我不能一直等待，生命不能在无限的等待中度过，等待只是为了接近命定的事情。我想一想，只有一件事令我感到不安，就是还有一个非法的携王，试图和真正的周王平分天下。白天不会有两个太阳，夜晚也不能允许有两个月亮，天下怎能有两个王？我看着树木上的叶子就要落尽了，我不能等待寒冬来临。我已经看见了我的头顶冒着雪片一样的火花，我的生命不能在等待中烧尽。

现在看来，只有我来做这件事情了。我已经隐约看见，携王的死期近了。他已经在悬崖上坐了十年了，应该有一只手把他推下去。我的身体衰老了，可我的手仍然是有力气的。这是一双拉断过硬弓的手，射中过山林里的猛虎。它持着长戟刺穿过敌人的铠甲，也在山顶敲响战鼓。手指上的老茧仍然没有褪尽，它还是铜片一样发硬。我伸出手，对着太阳仔细端详，光线从我的指缝里穿过，我看见我的手是通红的、透亮的，就像铜匠从炉火里刚刚取出的烧得通红的坯料，它仍然经得起铁锤的锻打。

夜晚来了，整个天暗了下来。从灰色的天幕上，群星渐次亮起来了。月亮在天边仅仅有细细的一弯，它所缺失的光亮，分散在了天空的各个地方，这样，我仍然看得见自己的影子，一动不动地铺平在地面上，一会儿就被落叶填满了，它不安地骚动着，发出瑟瑟之声。我的影子尚且如此，我的灵魂又怎能安宁？我从秋风中返回到大殿，从墙上取下长剑，吹去蒙在上面的尘土，仔细在灯光下察看，它的剑锷上闪着一点寒光，我该用得着它了。

古灵魂

我要执杀携王。他是天下难以安宁的原因。我的先祖早已看到了王室争夺的严峻，看到了高山顶上的凶险，建立了承继天子之位的规则训诫。嫡长子承继的合法，排斥了未来陷入血腥夺位的可能。可是，庶子余臣竟然背叛祖训，被一些旧臣推拥到不该拥有的王位，并与徙都洛邑的周平王形成对峙之势，这大逆不道之举，已经导致天下破碎，周王室的江山社稷已经危如累卵。我必须抽出我的长剑，擦拭掉上面的灰尘，磨砺它的剑锋，将我最后的力气凝聚起来，完成决胜的一击。我要用他的血重造周室，我的长剑已经饥渴。你看这饥渴在锋刃上闪烁，它使举起的灯火变得更亮，它使我的双手颤抖，它是用仇恨打造的，用血打造的。你听敲击它的声音，叮叮叮，叮叮，清脆中有着沉闷的杀机，有着激越的脉动，有着嗜血的幽魂。今夜，我将让它陪伴我入眠，我将把它的梦带到我的梦中。

卷八十九

携王

我知道这一天会到来。我在几天前做了一个梦，梦中出现了一个从河面上漂过来的人，他身穿黑衣，他的面孔模糊，我好像听出了他的声音，但仍然不能认出他是谁。他是沉默的，只是走近我，把我的华服撕碎了。我听到了一声巨大呼喊，那呼喊不是来自我，而是来自我的头顶。我被这呼喊惊醒，我的浑身冒汗，却伴随着一阵寒冷。

这个梦在说什么？我呼来巫师，他立即用他的方法，先是在庭中狂舞，然后就像烧尽了的木炭，停在了灰烬里，坐在地上。他在谛听天神的启示。最后在天边微微发亮的暗淡光线里，把头转向了东方，那是太阳即将升起的方向。他说，这是一个吉兆，河边漂来的，乃是给你送来吉祥的人，他将你的衣服撕掉，说明你不再需要受到天下的怀疑，你的赤裸的身体暴露出来，你将成为天下真正的主宰。

我的心渐渐平静下来，但总是觉得有什么大事要发生。我想着，不会是晋文侯要来攻打我的都城吧？十年前，就是他将周平王护送到了新都。只是他还没有什么力量来把我推下宝座。我才是真正的天子，我是周幽王的儿子，为什么我不能坐在这个位置上？周平王

古灵魂

不过是平庸之辈，他有什么德行要和我争夺王位？难道仅仅凭藉自己的嫡子身份？祖宗之法为什么不能改变？何况我有这么多父王旧臣的拥戴。现实是不公平的、不合理的，那么为什么不能改变？要统摄天下，需要与之匹配的德行，需要智慧和才能，这样天下的人们才可以禀服和归顺。

在我登基的时候，曾有一度不安。我来到了携，在这个地方暂寄，可是我知道自己的使命，我不断集聚着力量，我会在某个时刻一举荡平洛邑，剪除那个庸碌无为的周平王。是啊，我才是真正的王者，不会容忍另一个周王和我对坐。现在我背对着他，一旦我转过身来，就必须面对无人之境。那是多么开阔啊，没有一个影子会遮住我的视线。我会从空阔之处，看见所有的山，所有的河流，以及所有的树木、野草，就像我在夜晚观看明月，它就在那儿，没有云，也没有风，一切都是安静的。我静静地观看，只需微微抬起头来。我看它，是因为它照亮了我。

但是我的想象还不是现实，它还在我的瞭望中。它只在远处闪光，却没有完整的形象。现在已经十年过去了，似乎一切都已风平浪静了。水面上可能出现一些无足轻重的波纹，我仍然可以从中看出自己的面容。我渐渐踏实了，周平王躲在他的新都享受着华彩生活，一切要有尽有，似乎已经十分满足。是啊，他所需的还有什么呢？对于一具肉体，只要获得喂养就可以了。可是我所想的，是在寂静中等待时机。十年了，晋文侯已经老了，那些护持周平王的人们也老了，他们似乎已经忘掉我了。是的，这样很好，他们的遗忘，也是我所等待的一部分。

但是，我还是出现了失误。我所想的并不是真的，原来我的想象只是梦中的想象，是梦中的另一个梦。事实上，我在等待的时候，别人也在等待。这样的等待是一种彼此的窥伺，一种暗中的较量和耐心的比拼。在时光里对峙，却把自己的意愿寄寓在对方可能的遗忘里。晋文侯带着自己苍老的身体，以及他闪闪发光的剑，出现在我的面前。我看见他的手紧握着那柄长剑，脸上的皱纹扭曲变形，表情变得狰狞可怕。

他挥舞了一下，一道电光闪了过去，从我的肩膀一边到另一边……巨大的、尖利的疼痛把我惊醒。是的，就像一觉醒来，从漆黑出现在光明里。那么刺眼的光，让我难以睁开眼，甚至感到一阵阵烧灼——我飘出了自己的体外，衣袍鼓满了寒风，一切都变轻了，很轻很轻，很轻。我来到了哪里？这是什么地方？我所看见的完全是陌生的，四周一片空阔，什么都没有。我只是看见我离开了自己，看见距离自己的肉体越来越远，越来越远，地上所发生的，最后剩下了一个斑点，一个充满了光芒的无限明亮的世界里的一个小小的黑斑……

卷九十

老仆

我的国君忽然要做事情了，他好像既兴奋又忧虑。他开始缓慢地在庭中独步，不让任何人靠近他。远处的山林传来了野兽的咆哮，也夹杂着群鸟的鸣叫，我分辨不出它们是谁，可以确定的是，四周变得不安宁了。平静的气息来自远处，骚动的力量也来自遥远的地方。我的国君的内心也一定是不安宁的，他的脚步似乎变得迟钝、迟缓，却掩饰不住他的内心的凌乱。几天之后，似乎一切都变得平稳，让人感到恐慌的那种平稳。

过了不知多少时间，他不断擦拭自己的长剑，也将箭囊背到了身上。他要骑马去狩猎。一些大臣跟随着他，从天色暗黑的凌晨出发，到了不知之处。那一天忽然在半夜起风了，大风穿过一棵棵大树，从树枝的缝隙间发出怪异的尖叫。飞奔的叶片敲打着窗户，我听见有人出来关闭门窗，脚步慌乱，很快被大风刮走。但是在临近黎明的时候，宫殿里的人们出来了，国君早早立在那里，身上的黑袍衣角飘忽，就像一团黑色的火焰。就在他的背上，隐隐露出了剑光。

他们都走了，都城里仍然是繁华的，每一个人都在做他们自己该做的事情。人们的脚步匆匆，各自走向自己的地方，看见这一切的人无法得知他们内心所想，也不会知道他们为什么这样做。然而，宫殿里是冷清的、寂寞的。那些宫中的女人也失去了她们所围绕的，就像暗夜的巫舞，没有了中心的篝火。这个宫殿里的东西被抽空了，剩下了中心的空。紧接着这些天，宫中的女人们说话也是低声的，生怕自己的话语被听见，以至于意外地泄露秘密，或者怕惊动了什么。一种诡秘的气氛笼罩了都城的核心，笼罩了宫殿里活动的人们。

当然，我仍然做我的事情。只是由于国君的缺席，一切都变得简单了。有时我站在一个地方，安静地看着树上仅剩的一些叶子，它们在枝头不断晃动，辉映这夕阳的余光。一些鸟儿飞来落在了高处，叫声却是稀疏的，它们一看这人间的冷落，也就不愿意更多地坦露心声了。即使它们最热闹的时候，我也不会知道它们说什么。不能听懂的语言是没有意义的，这些声音只对自己说，这是许多老人的特点。因为他们活着的原因是自己的内心还住着另一个人，那是曾经的自己。鸟儿们也是老了么？

过了一些时间，我不记得多少日子过去了，我所侍奉的国君仍然没有回来。这将是多大的狩猎场面，将要带回多少猎物？我曾跟随他去远地狩猎，野兽在奔突，四周充满了人的呼喊，箭矢在空中飞，骏马在嘶鸣……人间的活力聚集在丛林之间，天上的白云在头顶聚散，被马蹄践踏的污泥沾染在身上。这一切都过去了，过去了。日子过去了，白云过去了，青春过去了，被一阵阵风席卷而去。万物都有自己的季节，寒冷，闷热，清爽，我们要面对，明亮的秋光也要面对。这个世界一开始就有悲凉之气，只是它把这悲凉裹在了衣袍里。

古灵魂

一天，那一天的天气很好，明亮，温暖，空气清澄。快马传来了远方的消息——我的国君率军长途奔袭，捕杀了携王余臣。天下终于只有一个周王了，这样就安宁了。我的国君是一个有勇气的人，我很高兴他能在老了的时候做一件年轻的事情。这是他的先祖和神灵住到了他的身体里，使他的热血沸腾了。我没想到他仍然是年轻的，有着年轻人的力量，年轻人的英雄之气。这是一棵老树干枯的枝头冒出了新芽，在朽烂的尽头出现了转机。

这让我想起宫墙外面的一株老槐。它可能已经几百年，甚至几千年了。我不可能知道它的年龄，却可以看见它的苍老。它的树身已经被岁月掏空了，只剩下了空躯。它那么高大，看起来早已经死了。关于它，有很多神奇的传说，都是一辈又一辈人口耳相传的。据说，它的树枝上居住着几个神灵，在夜深人静的时候，还可以看见上面亮着灯火。还有的人说，你仔细谛听，还可以听见神灵们聚会时的说话声。当然，那声音是含混的、不清楚的，没有人知道这些神灵在说什么。为了听清它们的谈话，还有人爬到树上，但是，人们一旦接近，大树就沉默了。有一点是可以肯定的，那就是它见证了晋国的一切，它的寿命远比晋国长久，早在远祖到来之前，它已经在那儿了。

是啊，我的国君就是这样的大树。他的身体里已经居住了神灵，他的内心有着灯。他乃是循着神灵的导引去做事情，每一样事情都会做得漂亮。老去的仅仅是他的外表，可是连那株古槐都会有一个苍老的外形，一个人又怎能留得住所有过往的日子？这几天，我也仿佛变得年轻了，我每天在等待着国君归来。那时，宫殿里乐声齐鸣，美女起舞，酒觞飞扬，那将是怎样美好的光阴？

卷九十一

晋昭侯

先父已经飞走了，他的灵魂飞走了。他将他的一切传递给了我。先父作为一个国君是非凡的，他辅佐周平王东迁洛邑，避免了二王相争中的血腥内乱，使周王室的正宗获得了休整良机。还开疆拓土，扩大了晋国的封地，使我晋国积蓄了国力，震慑了四夷，获得了安宁。在他晚年的时候，完成了漂亮的一击——将非法的携王擒杀，周平王可以安坐他的江山了。他在变化诡异的巨浪中行船，历尽世事无常的惊险磨炼，捕捉转瞬即逝的机会，用各种转危为安的超凡才智，终于踏上了彼岸。

他的灵魂已经飞走了，飞到了先祖们的身边，在一个安宁明净的神灵之地，与他们汇聚，就像山涧的溪流都要聚集到大河里，最后从千山万壑中归于瀚海。他几次获得周王的赏赐，他的荣耀已经铸在了青铜上，也将铭刻于后世。可是我只是一个继承者，我已经被他的光芒盖在了身上，来自他的温暖压住了我。就像一只弯着尾巴的蝎子，活在重重的石头下面。我没有毒汁，我的尾巴只是我的装饰，它是我与生俱来的一部分，它只是为了不让别人随意将大石头搬起，一个国

古灵魂

君的威严就在他看似装满了毒汁的尾巴上。

现在的晋国已经十分强大，疆域也已不小了，四周的邻国慑服于我的国威，展示着小心翼翼的媚笑。我从小在仁爱里长大，我也将仁爱施与我的国。我来到世间不是为了展露君主的权威，而是要将这权威转为和风细雨的仁爱抚慰。父辈传给我的温暖，不是为了让我独享，而是为了转赠给更多的人。我已经不需要继续开疆拓土了，晋国不需要那么大，它需要情感和安慰。

我记得在很小的时候，叔父成师就对我最好。只要我喜欢，他什么好东西都给我。他的面容是慈祥的，脸上总是布满了微笑。他的手绵软、宽厚、温暖，曾拉着我的小手，在郊外的旷野上奔跑，还把我最喜欢的野花戴在我的头上。他也曾带着我去远处狩猎，把我紧紧抱在怀里，在马背上感受自由和美好。他生怕我从他的怀抱中掉下来，就用他的衣襟缠绕着我，并和我一起拉开了弓，将一支支箭射向猎物。我看着每一支箭从我的手中嗖的一声飞出去，从树丛中寻找着缝隙，带着我身边的风直指隐藏的野兽，我是何等欢快啊。

有时他还把我驮在肩上，让我看见远处的事情。我觉得自己长高了，他的肩膀那么宽厚，就像骑在马上。一次，他抱着我站在他的马前，我抚摸着马头，让我的脸贴住马的毛茸茸的脸颊。我看到了马的眼睛中自己的面影，似乎是一面镜子在照着我。马的额头上的玉斑，散发着白光，它是那么亲昵地感受着我的抚摸，我的心不停地跳着，这是我第一次用心亲近一匹马。

我不会忘记自己和叔父度过的那些美好的时光。现在我已经是一国之君了，我要尽我所能去回馈别人，让那些曾对我好的人们，分享我的权威和光荣。我也要用这样的心去面对我的国人。一匹马尚且具有对人的依恋和温顺的善意，那么人也应该这样吧？如果一个人独占属于自己的东西，世间美好的事物就太少了。我曾接受过太多的美好事物，我也要更多的人接受它。

我看见我的叔父已经老了。他所能得到的已经不多了。他的脸上涌起了细碎的波纹，就像我童年将石头投入水面激起的波纹一样，这些波纹一点点扩散，直到重新归于平静。现在他的脸上已经布满了这样的褶皱，是谁把石头投到了那里？他的这个模样是从什么时候开始的？我竟然很少留意。我的心头升起了一阵阵怜悯之情，我为我的叔父感到伤心。当然，人不会总是年轻的，我也会老去，也会像他那样。既然这样，我又怎会把自己所得的紧紧抱住？我最后放手的时候又会得到什么？别人的样子，就是我的影子。别人是什么，我也会是什么。即使我的先父那样的人，也将失去所有。

我不是冷酷的，我的鼻孔里不断呼出热气。我的浑身都充溢着热。让别人靠近我的时候，就像寒冬靠近火。我要把晋国最大的城邑封给我的叔父，让他的身体披满了夕照，享受残剩的生活。除此之外，我还能给他什么？我曾在宫殿旁观察池塘里的荷花，它们在夏天的时候那么艳丽，它们的荷叶是那么明亮光滑，每一片都是一个干净的圆盘，为水面上的青蛙搭建了最好的屋顶。可是到了秋天，这一切都破碎了，干枯了，被绵绵的秋雨敲打着，它露出了痛苦的真相……谁又能说人的一生不是这样呢？好吧，我就把曲沃封给我的叔父吧，他一定会感到满意。

卷九十二

大臣

我的新国君太善良了，他对将来从不持有警惕之心。他生活在宫廷里，在一片宠爱中长大，不知道江河湖海之间的凶险，也没有经历疾风暴雨的锤炼。他有着妇人的柔软心肠，对一切都感到满足，又对周围的人们不断赏赐。他的身旁充满了欢笑，只有我为他的未来悲切。或者说，他已经失去了未来，前面的路途已经被自己伸出的手折断。唉，他太年轻了，他的血脉里已掺上了蜜糖。

其实，我是喜欢这个国君的。他有着乌云般的密发和一双明镜般的眼睛。他的眼睛是透亮的，没有任何杂质。不像那些宫廷里的人们，双眼是浑浊的，从里面发出的光也捉摸不定，狡猾、奸诈、污浊。既没有真诚的微笑，也没有纯真的表情。他们已经在污泥中浸泡过了，他们的浑身散发着恶臭。我真想远离他们，但你在这世界上又不得不和他们打交道。蜜蜂在花丛中飞，又怎能不和苍蝇碰面？可是，他是一国之君，怎能把内心的秘密都透露给觊觎宝座的人们？他的一切都刻在了脸上，他把自己放在了没有阴影的地方，人们一眼就看出他在想什么。

他是一个好人，但不是一个好君王。好的君王都是狡诈的，他们只看重自己的权力，其它都可以轻视，甚至轻蔑。他们不应该是有人性的人，权力排斥人性。他们都充满了疑虑和猜忌，心里所想的和他们所做的，从来都不是一回事。然而，我的这个君王不是这样。他是这样单纯，以至于显得十分愚蠢；他是这样纯净，以至于经不起污染。对他来说，一点点不干净的东西都是致命的。

怎么办好呢？他就要把晋国最大的城邑封给他的叔父了，那里有我们最好的土地，长着最好的庄稼。谁拥有了那个地方就意味着拥有了整个国家。他也不记得先人的教诲和多年前的大夫师服的预言了——真是要应验了——那时，大夫师服就说，国君怎么给兄弟两个起了这么一个名字，一个叫仇，一个叫成师。这是两个彼此相克的名字，一个要复仇，一个要获胜。师服说，晋国的将来必将内乱，这两个兄弟将是天生的对头。

人们已经遗忘了这个预见。现在，被遗忘的将要应验。人的愚钝在于把最重要的忘掉，而只记住相反的事情，这样就成就了遗忘了的真相。我已经反复劝说过国君了，但他对我的警告不以为然。他说，他是我的叔父，是我父王的兄弟，又怎会夺取我的君位？他是一个好人，你以后会知道的。还说，他已经老了，你没有看见他的身躯已经佝偻了么？他到一个好地方，享受他该有的生活，这不是很好么？我应该对他有所酬报，这是我想到的最好的安排。

看来，他不会听我的话了。我也提醒他以前的大夫师服的预言，他说，这样的胡乱猜测，你也相信么？我无言以对。面对这样的国君，你还能再说什么呢？我只能等待一切发生。他不相信我的话，他

古灵魂

只相信他的叔父。他被一张苍老的、貌似憨厚的脸欺骗了。当他看见那张脸的背后还有另一张脸的时候，一切为时已晚。

卷九十三

成师

这是一个好地方。气候是温和的，阳光是明媚的，四周有着一眼望不到边的良田，还有丛林和水泽。我是国君的叔父，和先君是兄弟。我的侄儿即位之后就把我分封到曲沃，从此，我被人称作桓叔。我喜欢这个桓字，它意味着能够以仁德让远处的人们禀服，能够勤于民政让民敬仰，也能够开辟疆土，克服四邻之敌，并且自己也强壮有力。这个字是一个吉祥的字，它所指的是古代的神木，帝王的华表，是权力的标志。有哪一个字比它的意义更大呢？

我已经年近花甲了，我知道自己已经老了。近几年来，身体大不如从前，腰也不那么挺直了，铜镜所照出的我的面容，显得憔悴、苍老，满脸皱纹。我的兄长是一个严厉的国君，他勇于征战，在关键的时候能够做出决断。他无愧于先祖，辅佐周平王东迁洛邑，又率军西渡大河，击杀了盘踞在携地的僭越名分的携王。可以说，是我的兄长以晋国之君审时度势，将周王室的天下牢固于磐石上。我是敬佩他的——我的体魄比他更健壮，但他的心智比我更细密、更高超。多少年来，我一直看着他，看着他的一举一动，他的一言一行，却不曾比

古灵魂

得过他。他所建立的丰功伟绩属于他，也应归功于我的先祖累积的德行庇荫和他们灵魂的护佑。

可是，我也曾设想过另一种情形。如果继承君位的不是他，而是我，又会发生什么呢？也许我也会像他那样，建立非凡的功业。我的光辉可能被他的位置压住了，我之所以没有像他那样建功立业，是因为我不在他所在的高位。我们都出自同一个父亲，来自同样的血，只是因为他仅仅比我早出生了一些日子，就永远走在我的前头。他所做的，不过是我们的先祖做过的事情，也许我同样会这样做。

我们都是先祖的模仿者。是啊，我们所做的，都是照着他们的样子。我们不能、也不可能做新的事情。这样说，我们实际不存在，仅仅是先祖的灵魂住在了我们的躯壳里。我们奔跑，我们舞蹈，我们和别人说话，我们赴战场征伐，实际上是他们在奔跑，他们在舞蹈，他们在说话，他们在奔赴战场征伐。他们借用了我们的力气，借用了我们的形体，也借用了我们的血。我们所说的，并非我们所说，我们所思的，也并非我们所思。我们的真实，乃是我们的幻觉。

这些想法已经没什么意义了。一切都过去了。追溯过去是虚无的，它只在你的内心里堆砌一座山，并遮住向前的视线。推开这些想法吧，就像在睡梦中推开自己搭在胸口上的双手，推开沉重的梦魇。让呼吸顺畅一些吧。总之，我的兄长已经长眠，他的人生已经结束了，我将从他未竟的路上开始。这又怎会想到呢？我想，这可能是天意，可能是住在我们的身体里的先祖的意愿，他们让一个人离开，而让另一个人继续活着。他们带着我的兄长到另一个地方，而把我留在了一团亮光里。

是啊，我根本没想到，自己会在晚年的时候获得分封，也不会知道我会获得曲沃，这真是一块好土地啊。我的侄儿晋昭侯即位了，他的心地是善良的，他赐予我曲沃，赐予了我早该得到的。迟到的快乐使我浮想联翩，我的激情开始像初日一样上升，我已经感到了我自身的光芒。

　　当我来到我的封地时，我巡视了我的领地。我骑着马，在众人的陪伴下在一望无边的旷野里走着。现在还是初春时节，一切都是荒凉的，但这荒凉里已经有了春意。农夫还没有播种，天地间的积雪已经露出了消融的迹象，只有在那些低洼处才看得见冬天的残痕。土地是这样平整，我翻身下马，在这田野上大踏步地向前走去。一会儿，太阳被一片云彩遮住，天光暗了下来，大片的平野处于阴影里。这样的时刻十分短暂，很快世界就显出了明亮的一面。这是我的地方，都属于我。

　　空气好极了，我大口地呼吸，贪婪地品尝着这空气，这人生的宴席。与其说这是国君给我的，不如说这是先祖留给我的遗产。我要安抚我的民众，让他们各自做好自己的事情。我要让自己的名声远播，让更多的人来到我的身边。我要在这片土地上施展我的身手，要让一切证明，如果当初我能够成为国君，我也会和我的兄长一样出色，甚至比他做得还要好。我敬佩他，乃是敬佩我自己，因为我们的身躯里住着同样的先祖、同样的神灵。我在我的土地上大步走着，远方传来了牧羊人的歌声。

古灵魂

卷九十四

牧羊人

我所放牧的这群羊，刚刚从丛林里出来。它们已经吃了一个冬天的枯草和落叶，现在，春风开始吹了，从东面向西面，打扫着残冬留下的春寒。我不知道冬天和春天的分界在哪里，但是我能感受到新的一年真正开始了。风仍然是寒冷的，在敞开了怀抱的干枯的树杈里发出呜呜的声音。我带着羊群在一个山崖下避寒，但我身边挤在一起的羊群，都睁大了眼睛，它们看见了希望。

牧羊人有着自己的历法，每一个日子都记在了树叶上或者草叶上。我坐在草地上，漫无目地看着羊们在吃草。在夏天的时候，它们吃着嫩绿的青草，新鲜，饱含着浆汁。它们从每一片咀嚼的叶片上看出了自己，也看出了时间停留在了什么时候。这个季节，是最丰满的，最好的，是尽情享受的时刻。秋风来到，草叶从边缘干枯，它们已经认出了可怜的将来。它们从草虫的哀鸣里听出了自己的命运，严寒就要来临。紧接着就只有搜寻积雪覆盖下的枯草了。它们的一切都是为了活下来。

我又从羊的日子里看见了自己的日子。我和它们有什么不同？我每天从清晨开始，就把羊群赶到水草肥美的地方，我和它们一起，感受着阳光和晴天，也感受着风雪和严寒，它们得到的也是我所得到的。只不过，它们接受我的驱使，我又接受那统治者的驱使。我也是羊群里的一个。我的快乐，就是和其中的一些羊交谈，它们听不懂我说什么，但似乎又听懂了什么。这是一场场内容模糊的对话，在一些杂乱无章的交谈里消磨着生活的时光。在它们哞哞哞的叫声里，在我的胡言乱语中，我们彼此领略着快乐，领略着生命的艰辛。

还有的时候，我独自唱歌，我的歌声是嘹亮的，能够穿透整个森林，使林中的百兽起舞，使每一棵树感到震动。对于世间的生活，我只是一个观察者，我似乎知道发生了什么，但我既无处说出，也不必说。我所说的，世间都听不见，我不说的还在继续发生，所以更多的时候我选择沉默，选择对着山坡上飘动的野草发呆。我的眼光是散漫的，我漫无目的地观看，我所观看的也不记在心上。这样，日子就一天天过去了。

最近偶然从别人那里知悉，晋国的国君死了，他的儿子继承了君位。这好像是一件大事情，可是对我来说，这不就是一个昼夜过去了，又一个日子开始了么？这不是很平常的么？不过，对于平庸的生活来说，又多了一些谈论的话题。据说，老国君的兄弟成师来到曲沃了，这是新国君对他的馈赠。新国君是怎么想的？一个人的善意不一定会带来好结果，可能他还不了解人的本性。我早已听说过从前一个大夫的预言，说因为晋穆侯给两个儿子起了奇怪的名字，这两个名字是冲突的，所以晋国将来必有祸乱。我相信这个大夫的话，兄弟两个怎能起一个彼此不容的名字呢？

古灵魂

估计很快就要应验了。这个新国君把自己的叔父封到了土地肥美的地方，就意味着他的叔父会很快积聚起力量，力量足够的时候就会和他抗衡，就会生发动乱，这样，晋国就危险了。开始的时候，他的叔父也许会感激他，但过一段时间，这感激就会烟消云散。人们总会遗忘别人的好处，原因是人是贪婪的，他不会满足于已经得到的，他所想的是尚未得到的。就像我的羊，它吃饱了的时候，会在一个地方慢慢咀嚼，享受着温饱的幸福。但是这样的时间并不会持久，第二天它就又感到了饥饿。于是，前一天所吃的就全都忘记了。

　　咳，我从羊群里看人间，往往差不到哪里。我所统帅的也是一个王国，我是我这个世界上的王。我是这么可怜，我所经历的每一天都是在煎熬，那么，那些统治晋国的国君是不是也和我一样？又一个春天就要来了，又一年开始了。我从羊的眼里看见了春天的影子，尽管这样的消息是含混不清的，我想，羊群已经听到了种子发芽的声音，它们又要有青草了……这是它们活下去的理由。

卷九十五

孩子

还是这么冷啊。我出来后，想着到野地里玩，可是出了城门，一阵风把我刮了回来。不是说春天了么？寒风是彻骨的，它一下子穿透了我，好像我只是父亲的编织物，浑身都有一个个小缝隙。今天城里的人特别多，好像过什么节日。人们都在彼此问候，是不是发生了什么事情？

他们说，这个城里有了一个新的主人，我不知道他是谁，但我猜测他一定是一个威风凛凛的武士。他的身材很高大，差不多有我父亲那么高，也有我父亲那么健壮。他的浑身挂满了铠甲，腰间佩戴着长长的剑，背部还有一副强弓，箭羽还露在箭囊的外面。他肯定骑在马上，一匹高大的骏马，我猜它是黑色的，浑身一根杂毛都没有。

他是多么威风啊，我一直住在这里，却从来没有见到过他。是的，他是刚刚来到，而我已经在这里很久了。可是我也没见过从前的主人啊，这些高高在上的人住在高高的宫墙里面，是高高的宫墙挡住了我的视线。他们为什么不让人看见，却只让人猜想？也许他们不愿意让我看见，就是为了让我瞎猜，这样，他们就会比实际上的人更加

古灵魂

威武，更加健壮。也许他们是另一番样子：个头低矮，身体单薄，寒风一吹就会把他们飘起来，就像水鸟身上掉下来的羽毛。可是这样的人，怎么配得上他的位置？

他为什么躲在自己的宫殿里，我实在想不通。也许这个主人压根儿就不存在，他仅仅是供人们谈论，却并不存在。世界上就没有这么一个主人。人们之所以要谈论他，就是因为他不存在。他们先设想有这么一个人，然后不停地说，他就好像真有这么回事了。他们认为这个城里如果没有一个主人是不可思议的，他们的生活需要一个中心，他们只在谈论这个中心，就像所有的树木需要树根。离开这个树根，那些树枝和树叶怎么会生长？整个大树就会倒下来。

不是真的有一个主人，而是人们需要一个主人。我不知道人们究竟是怎么想的。自由自在该有多好，却要自己找一根绳子捆住自己。我想见到这个主人，是因我的好奇，不是我的需求。我不需要别人管束我，我拥有自己已经足够了。我想出去就出去，想到哪里去，就到哪里去。现在，我想到野外去玩，可是这寒风是这么大，这么冷，我竟然不知道春天也是这样的。

不论大人们谈论什么，我都不感兴趣。他们所说的，只是满足他们的需要，我只需要玩，这世界是多么大，多么有趣，却要谈论一个虚假的、并不存在的人，这有什么意义呢？我从城门出来，看见了残雪斑斑，这些残雪都寄居在一个个坑洼里，这是前一年收割了庄稼之后留下的痕迹，就像悲伤的鳞片一样闪闪发光。那么，我难道是在一个巨大的鱼背上奔跑？这么大的鱼，它又在哪里游？它的身下是更大的水？它的头在哪里？它是这样平稳，不知道它将游向什么地方。我想，它的身下必定压着巨大的波浪。它是自由的，它不需要一个管束它的主人。

土地是有魔力的，世界是有魔力的。我对这土地上发生的一切总是看不尽，想不通。我不知道这里发生的，是因为什么。也不知道为什么会有四个季节，为什么夏天炎热而冬天寒冷。我也不知道，为什么大人们在春天撒下种子，就会长出庄稼。我也不知道，为什么会一夜之间冒出那么多野草，天上会降下大雨，青蛙会到处鸣叫，它们会鼓起脖子下的大气泡，一阵阵欢叫。它们遇到什么高兴的事情了么？当然，我也不会知道，每一个人生来就不相同，每一种事物都不会相同。鸟儿们天生就有翅膀，它们从一个小小的蛋壳里钻出来，然后就会到处飞。那是多么好的房子，圆圆的蛋壳，住在里面一定非常有趣。可是，我们从来没有这样的房子。野兽的身上长满了花纹，它们生来就有美丽衣裳，是谁给它们设计、裁剪和缝制？

这一切是多么有意思啊。我要是长大了，所要做的是多么无趣。我看见大人们整天做工，或者种地。他们穿着破烂的衣衫，光着脚，四处奔跑。每天就像逃命一样。他们在冬天到来之前就要积攒够柴火，就要到山林里砍伐树枝，就要收拾田地里的庄稼残留。还要放火烧荒，等待着来年的耕种。我还很小，不懂得他们是如何为生活奔忙。人们仅仅是为了活下去？所做的一切都是为了活下去？就是说，活下去就是为了每天忙碌个不停？我要寻找我所感兴趣的事情，我要找到内心的欢乐。

在这无垠的原野上，我是自由的。我只属于自己。我和世间所有的事情无关。我只和自己结为伙伴。我并不孤单，我喜欢这阔野，喜

古灵魂

欢在乌云的影子压过来的时候跟着奔跑，只是我不能追随头顶的乌云一直到天边。我还喜欢用坚硬的树枝在地上画画，想把这世界画下来，然而，这世界是这样辽阔，身边的和遥远的事物又这样多，我怎么能画下来呢？我只有漫无目的地奔跑，并且自由地欢呼。当暮色降临的时候，我又必须回家了，听着牧羊人的歌声，从尘土中看羊群的影子，辨认不远处城门的轮廓。世间原本是不需要一个君王的。人们都应该像我一样，成为一个个快乐的孩童。可悲的是，他们谁也不会成为这个样子，他们都变得十分苍老，或者在劳役中等待苍老。因而，不论这个晋国的国君是谁，人间的全部景色就是这个样子。

卷九十六

晋昭侯

一切过往的，仅仅是为将来做准备。我的先祖、我的父辈的奋斗是为了我的现在。而我的现在也是为了将来。我的现在的意义不在于现在，现在本身不存在。我的箭头指向前方，指向遥远的前方。我不想成为一个满手血污的国君，我的手需要洗干净。我要在先祖的河里，认真地搓揉，将自己的手洗干净。没有一双干净的手，又怎能洗净自己的脸呢？只有洗净自己的脸，才能让我的本来的面孔呈现于世间。

我想成为一个仁慈的国君，把我的爱施之于四方。我是在别人的爱中长大的，我还要将这所得的爱还给所有的人。我的父王只为征战而活着，我要向相反的方向走去。我不喜欢征战，不喜欢杀戮和仇恨，我所喜悦的是爱。在一个充满了奸诈的世界上，我很可能显得十分愚笨，但这愚笨中有我所爱的东西，否则我将先要厌弃了我自己。

好吧，我就是这样。我的君位不是争来的，不是依靠杀人得来的，我只是一个等待者。生活早已做出了安排，我所做的只是从小长大，就像春天的种子发芽，然后一点点长大一样。这些是如此自然，

古灵魂

几乎不用思考其中的奥秘。事实上，我从出生开始，就知道了今天。既然一切都是可以预见的，那还为什么不断地杀戮呢？我不理解。

我们所有的，都是从自己的血脉里获得。这是多么美好的世界啊，田野上的每一棵小草都是美好的，因为它们从一开始就已经获得了自己的命运。每一朵花儿也是美好的，不仅因为它天然地美丽，有着各种色彩的花瓣，还因为它已经享有了它所得的一切——它在夜晚承接从天而降的甘露，又从野草的根部获得食物。蜜蜂自然而然地飞来，被它的美丽的外表吸引，也安享它的甜蜜。我们不应该从它们身上看见世界么？天神不在天上，它并不遥远，它就在一点一滴的事情里显现。

就是说，生活是供我们享受的，供我们去爱的，而不是让我们亵渎，让我们背叛它的本义。每当这样想的时候，我就对自己的先祖、自己的父辈以及无所不在的天神充满了感激之情。所以，我把自己的国分享给那些充满了爱的人，它不是我一个人的，它只是借用了我的名义，将好处施予更多的人——一个独享的国是孤独的、悲哀的，它的主人也不会快乐。

卷九十七

大臣

转眼几年过去了，事情变得复杂起来。一片雪花看起来是简单的，但你仔细看就会发现，它同样有着复杂的形象。地上的落叶是简单的，但你仔细查看，即使是大风吹过，它们也不是随意摆放的。它们有时叠加在一起，有时又互不相关，但你仍然觉得似乎有了某种神秘的安排——它们的形状、姿势，注定会是这样。

我已经发现，我的国君就像是一个孩子，他似乎还在怀抱里。他的笑容是天真的，对身边发生的毫不在意。对于这样的天性，世间是不容许的——因为他对恶也容忍了。你对人间所抱的善意，并不会被理解，相反给了坏的事物以存在的理由。他始终不明白一个道理，不把田间的野草拔掉，庄稼就长不好。如果你栽种了一棵树，等它越来越大，它的影子里的花儿就不会开放。

你难道看不见人间的残忍？先君的事业不是凭藉爱所得，而是凭藉眼里的凶光和手中的剑气。人们憎恨这样的东西，却由于恐惧而服从。人们被驱使，就像牧羊人的鞭子驱使羊群。它们在地上吃草，散漫而慵懒，可是一旦听见了鞭声，就会簇拥在牧羊人的身边。关键是

古灵魂

人还不是羊，他还有着野兽一样的凶残本性，他们会相互撕咬，会在适宜的时机攻击别人，他们从来不甘于平静地生活。人们的内心深处有着不可告人的东西，更多的时候，他们所说的仅仅是说给别人听的，而不是面对自己的内心。

我的国君总是看见事情美好的一面，他不知道每一样东西都有着看不见的背面。可是，他不愿意把它揭开，把它的表面撕下来。我曾做过一个梦，我在梦中看见了我身边的每一个人，我盯着他们细看，发现他们的肩膀上是一个个兽头，有凶狠的豹子，有虎狼，也有怪异的我不曾知道的猛兽，当然，也有一些飞鸟和惊慌失措的兔子。他们一下子回到了漆黑的夜，眼睛都闪着发绿的光，然后这些斑斑点点的光渐渐飘到了天上，被一些更加乌黑的云片遮住了。

我相信我所梦到的都是真的。万物都来自上天的创造，我们和所有的野兽、树木和野草，仅仅是从天上落在了地面上，就像树叶从大树上落下一样。我们的面孔后面都藏着另一副面孔，我们的身体里都包含着野兽的本性。我身边的人们，肉体里都藏着兽骨，它支撑着躯身，并试图去做野兽的事情。可是我们又有着人的面孔，我们不得不摆出了人的样子。它让我们感到痛苦，并因这痛苦而发生着内心的痉挛。我们也说着人的语言，但这语言也是我们能够藏身的地方。很多时候，我们的内心并没有那样想，却用语言藏起了我们本想去做的。

可是我的国君是这样幼稚，他简直是一个婴儿，他的目光里没有多少杂质，纯净，透彻，湖水一样有着明亮的波。我曾多次提醒他可能会发生的，但他对别人的一切阴谋从不放在心上。这些天，我已经从周围的气氛中感到了某种莫名其妙的诡异，感到许多人似乎在酝酿着什么。我在夜晚听到了夜枭的叫声，这是不祥之兆。我也暗暗在深夜占卜，总是得不到好卦象。看来真有什么事情要发生了。

也许天意是不可违背的，可我还是要再次提醒我的国君，要他格外关注宫中的动向，尤其要注意那些心神不定的大臣们。但愿一切都是我的幻想。我想，我是不是太过敏感了？或者我已经不是一个正常的人？我的心里已经住上了恶魔，使我每一天都感到不安？我是多么希望每一个日子都是安宁的，可我知道，因为很多人的内心都不是安宁的，我又怎能独自安宁呢？

卷九十八

成师

国都的使臣来了，他们请我去做他们的国君。我已经知道，晋昭侯已经被他们杀死了……这一天总会来到。我的内心是矛盾的，充满了迷雾。就像我每天看见的山，它的头顶上总是压着白云。当然，它有时会散去，但我一觉醒来，走到了郊外，发现那些云彩改变了形象，又回到了原来的地方。

对于晋昭侯——我的侄子的死，我是悲伤的。我从来不愿意有这样的结局，可是事实偏偏又是这样。我只能接受了。天神的设计应该有我所不能理解的奥妙。就在那天夜晚，晋昭侯走进了我的梦中。他还是平时的样子，面孔清秀，十分英俊。他和我亲切地说话，语气温和而沙哑，有着几分刻骨铭心的忧伤。我很快就醒来了，却忘记了他所说的话。我不断地想记起每一个细节，却愈加沉入了一片黑暗。然而他的身影是这样清晰，他的手势是这样柔弱，他伸着细长的手指，指向远方。可是那远方究竟有什么？我什么也没有看到——他所指的，乃是一片虚无和空阔。

我一直不知道这意味着什么，醒来之后百思不解。我只能说，他仍然在惦记着我，他站在我的身边，是为了告诉我一些我所不知的事情。事实上，他说了，我仍然一无所知。或者他仅仅是为了最后的现身，把他的形象放置在一个虚幻的梦中。可他又明白无误地说了他想说的，却又在我醒来的一瞬间取走了我的记忆。我感到寒冷，屋子越大，这种寒意就越浓。黎明时分，我得知他已经被他的大臣杀死了。

多么可惜啊，他还年轻，还有更多的日子等待他穿过。但是他被一阵风就卷走了，飞向了他的手指所指示的远方。我没有梳洗就站在了宫殿前，看见了西边孤零零地飘着一片白云，我相信，这就是晋昭侯——他已经把一个具体的形象，融化到一朵缥缈的云团里，在一个淡蓝的山头上停下，并回头张望他所失去的土地和土地上繁衍生息的一切物象。我相信，他从来没有这样仔细地看过这些他所拥有的东西。

唉，我看着那些前来的使臣，不知该说些什么。他们站在寒风里，浑身瑟瑟发抖。每一副面孔里都藏着不同的表情，尽管看起来都是那样严肃和僵硬，石头一样有着固定的纹理和僵化的刻痕。我猜着他们每一个人的想法，也想着我该怎样做出决定。我仍然沉浸在昨夜的梦中，想着晋昭侯的指引。他已经死去了，生活还在继续，晋国仍然要保持它的秩序，它需要一个国君。也许这正是我应该出现的时候了。

难道我一直活到这个时候，就是为了收拾晋昭侯池塘里的残荷？我应该去照应这个国家了。杀死晋昭侯的大臣潘父，在晋都等待。他是为了我而杀掉我的侄子的，他是有罪的，但他的罪过已经写在了我的名字里。多少年前的预言应验了，也许这是天神故意这样做的，我

古灵魂

必须顺从天意。我的内心矛盾重重，我眼前的迷雾变得愈发深重了，以至于我什么都看不见了。

晋昭侯在位不过只有几年时间，可是我也老了，我又能在国君的高座上停留多少年？时光如此仓促，人生就像一年中的四季，我已经感到了秋风的呼号了。

卷九十九

潘父

事情已经是这个样子了，时光停住了，停在了我杀掉国君的那一刻。我已经完成了我的使命，剩下的，就是把曲沃的桓叔请到君位上。我已经派遣了使臣前往曲沃，想必他们已经站在了桓叔的面前。我能想象他的样子，他是沉静的，就像他平时一样。我不可能从他的表情上看出他的内心，他已经将自己的真正表情藏在了身后。

在我看来，晋昭侯是一个昏君，他根本没有治理国家的能力，只有柔弱的妇人之心。晋国需要强盛，需要有一个既有德行也有治国之能的君主。我是晋国的大臣，对这个国家负有重任，所以不能允许一个婴儿一样无能的君主昏庸度日。我有时也承认，晋昭侯是一个善良的人，但对一个君主来说，善良并不是好品质。统治山林的不是羔羊，而是猛虎和巨兕。猛虎身上的花纹是用来迷惑别人的，它不能用这些花纹之美赢得山林中百兽的崇仰，关键是它有着锋利的牙齿和一双能够撕开猎物的利爪，有着敏捷的动作和强健的力量，也有着速度和捕猎的智慧。羔羊是善良的、温和的、驯顺的，可它们不过是飘浮在草地上的肉。

古灵魂

你看看他的愚蠢吧。他把自己的叔父分封到最肥美的土地上，使桓叔获得比都城还要大的城，又整天安享着女人和美食，却对国事不闻不问。他观赏落叶，却不能从落叶中得到启示。他也去野外狩猎，却不敢把自己箭囊中的箭取出来，放在自己的弓弦上。他不忍心射向弱小的野兽，也不愿意踩到盛开的花。这是怎样无能的君主，我们怎能容忍这样的国君待在他的位置上？他已经不配先君交给他的剑和权杖了，也不配享用金鼎里的珍馐美食。

现在我已经把他杀掉了。蝴蝶之所以不会被风吹落在地上，就是因为它长着翅膀，它既顺从，又不顺从。它知道应该顺从大风吹来的方向，同时也知道在适当的时候回到花蕊上，那里有它需要的东西。我的需要乃是晋国的需要，为了晋国我已经舍弃了自己。我不能看着晋国衰落，我要像飞鸟站在高高的树枝上，它省力，却可以悬停在高处俯瞰地面上发生的事情。我不能主宰一切，但我以自己的热血可以让车轮停下来。于是，我杀掉了晋昭侯。

我要将桓叔迎到晋国的宫殿里，只有他能够胜任一国之君的大任。他性格沉稳，胸有大志，也善于驾驭长途奔袭的战车。虽然年龄已经大了，但他的脸上的皱纹里藏着智慧，经历的风浪凝聚在他紧锁的眉头。他所思考的，我不可能知道。他所做的一定是应该做的。他不会像死掉的君主，只是贪图享乐，把自己的影子误以为就是自己，并在这暗淡的轮廓里添加自己的想象。

我在国君的宫殿里徘徊，我的内心充满了焦虑。我知道这是一个特殊的时刻，它将划开过去与现在的界线。我的双脚就站在这个界线上，焦急地等待。我似乎已经看见，桓叔正在使臣的陪伴下率领大军向我走来……一天已经过去了，夜晚又要来临。天上的群星已经若隐若现，宫殿的一角上有一株野草迎风飘荡，夜鸟的叫声是熟悉的，它们想对我说什么？

古灵魂

卷一百

武士

我的一个邻居说，只有种地是最好的，因为每个人都要吃饭。可是我不这样认为。天下有的是种地的农夫，他们播种和收割庄稼，却要供养更多的人。世界上只有武力是最重要的——你可以在田地里收获你的粮食，我可以用武力剥夺你拥有粮食的权利。所以，谁拥有了武力，谁就是这个世界上的主宰。普天之下，种粮食的农夫很多，而拥有武力的人却很少，但这很少的人却会凌驾于一切农夫之上。农夫们只是在田野上干活儿，他们挥洒汗水，运用自己的身躯里的力气，却总是得到的很少很少。

我相信这是天神的想法。它不愿意让人仅仅耕播眼前的土地，还需要将土地里的东西变为国家的力量，这样我们就可以有更强的武力，去剥夺更多的人所拥有的，并将这些获得物归于权力者。可是，这些权力者要那么多东西做什么呢？我想，他们拥有得越多，他们所拥有的就越牢固，要是还不够多，那么所拥有的仅仅够自己享用的东西，也会很快失去。所以，人们的贪婪不是为了简单占有，而是为了加固自己的拥有。

眼前就有这样的例证。晋昭侯就是这样一个人。他并不想更多地占有，他也不贪婪，他以为自己所有的已经足够，但他仅仅在自己的君位上待了七年。不过在我看来，七年已经太长了，这已经是他的幸运。大臣潘父早已不能忍耐他的无所建树，不能忍耐万事知足的平庸，于是就把国君杀掉了。晋昭侯的无聊的快乐刺痛了周围的大臣，他们不愿意跟随一个婴儿一样天真的君侯。

我已经看到，太多的仁爱并不能带来凡世的安宁，相反暴虐的君王能够用他的暴虐压住企图颠覆的力量。也许尘世并不需要仁爱，威严和暴力才是一切秩序的源泉。我们只是看到暴力产生暴力，却没有看到仁爱也倾覆已经获得的宁静，而且绝对的仁爱产生绝对的乱局。尤其对于一个国君来说，绝对的仁爱是要不得的，他等于在厚厚的冰层上用自己的温暖融化冰层，最后的结果是掉到了冰层之下的深水之中。

很多人担心暴虐将引发毁灭，却不知道一个国君的仁爱之心也会先引发自己的毁灭，这毁灭还将祸及更多的人。世间的坏事常常可以预料，因而在它到来之前就会有所准备，这样坏事的祸害将控制在一定的范围里。但是好事却不能被预料，它所引发的灾害也不能被预料，人们对好事总是给与太多的期待，却可能因之完全放松警惕，从而导致意外的毁损。这是多少事实难以解释的真实。

我是一个武士，我信奉武力可以解决凡世间糟糕的一切问题。如果没有武力的震慑，世界将变得毫无秩序可言。就像在激浪涌起的舟船上压上重物，船才行得平稳，才不至于被不断掀起的巨浪掀翻。可是，晋昭侯不懂得这个简单的道理，他取走了船上的石头，河流里隐藏的巨力便把他抛到了深渊。

我也深知，我不过是一个人的武力，仅仅是强大的武力中微不足道的一部分。或者我仅仅是他人的长矛，他人的箭囊中的箭，不过是供人使用。我在别人的手中。我有着锋利的尖芒，有着更多人的恐惧。我威慑，却也因别人的手而获得威慑。我所有的威慑在别人的手中，我只有等待被挥舞的时刻。我的力量微不足道，然而握着我的手是有力的，我也变得更加有力。如果那只手是无力的、软弱的，我也将失去力量。当我被别人所用，我也在别人的所用中获得自己。我不是简单被利用，而是同时利用了别人的手。没有什么是可以单独存在的，只有仁爱可以单独存在，并因着存在而迅速毁灭——我时刻深藏在毁灭者的背后。

我已经将所有的善和恶混合在一起了。就像每一样兵刃一样，它是由两种以上的东西打造的。它既不代表着善也不代表着恶，它只代表着终结。在所有的打造者的内心都藏着两样东西，或者更为复杂的东西，他们从炉火里取出铜和铁，将自己内心所含有的一切打造到了刀和剑里，并赋予它足够严厉的外形。它里面已经先天地有着刻骨的仇恨，本身就是仇恨，就是凶狠，它似乎每时每刻都寻找复仇的机会，却不知道这仇恨的来历。或者说，这仇恨从来就没有来历，它从烈火里取出的那一刻就是来历，它与生俱来，它带着莫名其妙的使命和冲动，有着无与伦比的凶狠的激情。

我就是这样的兵刃。我不知道自己的血是怎样的混合物——但我知道自己的使命，我的使命实际上是别人的使命的替代物。不过我不是从不思考，我只是想我所看见的。我所看见的事物并不是它自身，而是包含了人世间的所有。也就是说，人世间所有的事情只有一种，那就是剥夺，凶狠的剥夺……剥夺权利、剥夺财产和剥夺生命。现在，晋昭侯死了，他的仁爱也被剥夺了。

卷一百零一

师 服

晋昭侯死了，这不是他应该得到的结局，这也是他应该得到的结局。他是一个好人，但不是一个好君王。这一点，我早已经说过了。他把曲沃封给了桓叔，这已经是一个错误。事情总是从一个错误开始的。就像河里的一个波浪刚刚涌起，就有万千波浪相随。一个偶然的变故就会让一间房子崩塌，而这一个偶然的变化，谁也难以预料。

我是晋国的大臣，我几次试图让国君改变主意，不要把他的叔父封到曲沃，可是国君的仁爱之心并没有动摇。人世间许多东西是不能仅仅凭藉感情来做出决定的。尤其对于一个国君来说，分封大事有关社稷安危，怎能随意而为？曲沃城邑坚牢，也比晋国都城广阔，地水肥美而又在汾、浍双水交错的地带，水上交通和陆路四通八达，是多么好的地方啊。也许桓叔早已对这个地方垂涎三尺。我多次进献忠言都未能奏效。就拿一棵树来说吧，树木高大，但是它的根却很小，怎能在大风中不倒下呢？

几年来我一直观察事情的变化。曲沃桓叔经过精心的经营，城邑愈加牢固，粮食积蓄越来越多，四周民众也涌往曲沃。凡间的万民都是追逐利益的，即使是短暂的温暖都可以将他们引到不该去的地方。他们从来没有长远的目力，就像地上夏天的虫子，不可能知道寒冬将会到来。你只要在地上撒上一些米粒，鸟儿们就会飞来争夺，它们又怎会知道米粒边上布置的罗网呢？

曲沃桓叔已经不断在地上播撒米粒了，可是晋昭侯对发生的一切视而不见。眼见得晋国已经被曲沃的重量压得快要倾覆了，就等待迎着船头飞来的一个激浪了。然而，在这个激浪还没有到来之前，就有人突然砸碎了船底，晋昭侯在睡梦中沉入了黑暗，更深的黑暗，他的灵魂从这黑暗无以复加的地方开始飘向云头。

诗人

晋国已经开始向曲沃倾斜了……我已经看见河里的浪花高高升起，在月光下是这么晶莹、明亮，它不断落回到广阔的河面，又在落下的地方再次升起。风越来越大了，月光也越来越亮了，从前的星斗向黑暗里退去。我的脸上感到了几丝凉爽，也感到了几分寒意。我站在河岸上，山林的阴影伴随着悠远的枭声，我知道这里到处游荡着一个个从前的幽灵，神灵也在夜间走动——这是一个从前和现在以及遥远的未来混合在一起的世界，时光里的一切都在走动。

它们都喜欢暗夜。因为暗夜能够遮住我们的视线，很多事情不让我们看见。当一切藏在了深处的时候，一些我们平时难以想象的事情就会发生。好吧，该发生的将会发生，它们早已在暗中酝酿，每一片飘走的淡淡的夜雾里都藏着未来身影。

曲沃桓叔的大军已经蠢蠢欲动，他已经不甘于屈居人下了。他也许在想，我的城邑大，我的土地多而且肥美，我有着更多的臣民，为什么必须接受别人的统领？正宗为什么必须是晋国的继承者？我们有着同样的血缘，为什么是你登上了君位？他也许有着太多的疑问，而这疑问已经不是真正的疑问了。他已经看到，谁在那个位置上，那个位置就属于谁。疑问属于历史，现实就是对一切疑问的否决。因为它就是这个样子了，事实就是结论。

重要的是，已经没什么人愿意跟随晋昭侯了。人们相传他是昏庸的，于是人们也必信他是昏庸的。那些从未见过他、也从未和他有过交集的人，那些从没有听过他说什么、也没有见过他怎样做事情的人，都已经开始厌恶他。他的山头不过是沙子堆起来的，他在这沙堆上已经坐不住了。他就要滑下来了。

将来的图景已经从水底浮了上来，刻在了水面上。它已经不能被波澜洗掉了。即使在夜晚，人们也能看得清楚。今夜，我的诗情荡漾，因为我既看见了天上的明月，也看见了地上的黑暗，我好像看见了天上和地下，看见了整个人间。

激扬的河水奔流不息，
让水底的石头显露出了它的白。
人们想起了洁白的衣衫、红色的衣领。
跟从着你，曲沃桓叔，你是真正的君子，
我的心里怎会不感到喜悦。

激扬的河水奔流不息，
让水底的石头更加洁白清幽。
人们想起了洁白的衣衫、红色的衣领。
跟从着你，曲沃桓叔，你是真正的君子，

我的心里扫去了所有的忧愁。

激扬的河水奔流不息，
水底的石头更加晶莹剔透。
我已经听说了你的密令，
跟从着你，曲沃桓叔，你是真正的君子，
我又怎会把你的秘密泄露？

这是最近相传的一首诗。是什么人所写？又是什么人所唱？我不知道。我只能从河面上寻找歌唱者。漆黑的河面有着金的波纹，它们从水底泛起，用月亮的反光轻轻吟唱。这样的诗歌出自深处，却只是在表面显现，它盖住了漆黑中的漆黑，找到了需要反复吟唱的旋律。事实上，他可能藏在了山林里，在对岸的深山里，我听到了一阵阵林涛，我同时还看见了其中隐藏着的斑斑绿光——它们是野兽的眼睛。

卷一百零三

史官

国君被他们杀掉了，好像一切都结束了。晋国已经大乱，老谋深算的成师——自称是曲沃桓叔，他早已想着篡夺君位。他的心事早已像露出水面的石头，每一个行船者都可以一望可见。我已经老了，已经拉不开弓箭，箭囊里的箭早已生锈。我什么也做不了，只能坐在宫殿的石阶前睁着眼看着。看见这些又有什么意义？是的，看见了，我将把我看见的说给别人听，让人们知道事情是怎样发生的。

我看见，我讲述，真相在我所见之中。我每天面对的是晋国珍藏的各种书简，我的意义就是记录。我手中的笔有着利剑一样的笔锋，我的每一个字不是面对过去，也不是仅仅面对现在，而是传诸未来。在我看来，晋昭侯是贤明的，然而更多的人却认为曲沃桓叔是真正的君子。人们的双眼并不能看清眼前的事物，他们往往只看见事物的影子，以为所看见的就是真实的。

我就在国君的身边，知道他所做的就是他心里所想的。很多时候，我不是仅仅听他所说，而是看他是怎样做的。他不懂得自己所在的君位是在风口浪尖上，也不懂得如何运用国君的威权，他只是跟随

古灵魂

着自己内心所想，可是他所想的并不是世界所需的。围绕国君的宝座，就像乌鸦围绕一棵古树，它们不停地盘旋，乃是为了在枝叶稠密的地方筑巢。其中有多少个昏暗的时刻投下了晦暗不明的阴谋，又有多少从其它地方衔来的枯枝败叶堆积在上面，然后它们将自己的粪便投在了地面。即使这树木多么洁净，它的周围仍然是肮脏的。

更多的人却说，看，既然你的四周如此肮脏，你也一定是肮脏的。于是人们试图砍倒这大树，或者一群乌鸦试图会以这样的借口驱赶走另一群乌鸦，以便将这大树据为己有。问题是，国君并不知道这些，他只是以为一旦成为国君就已经高枕无忧。他是爱着大树的，也爱着树上的乌鸦。他想把自己所有的给予更多的乌鸦，但是它们却深知，它们所栖居的只有这孤零零的一棵树，树上不可能容纳更多的鸟巢。

现在大祸来临了。一切为时已晚。一个国君走了，需要另一个国君接替，晋国仍然存在，它是这大祸的源头。先祖用于安抚天下的周礼不断被蚕食，它的衣衫上已经是千疮百孔了。曲沃桓叔蛰居在晋侯分封的曲沃，凭藉自己的肥沃的土地和渐渐集聚的民众，早已把自己的身影投向整个晋国了。我在以前已经感受到这阴影的力量——它一点点压住了都城里的睡梦，使得这睡梦更加沉重。

凡世间并不能容忍完全纯净的东西。如果河水里没有鱼，没有水草，也没有泥沙，它还是一条真实的河么？如果池塘里没有青蛙和水虫，它的清水又有什么意义？这样的池塘是寂静的、寂寞的，也不是真实的。天神不喜欢完全纯净的东西，他要往各种事情里掺杂上更多的事情，让浑浊的东西更加浑浊。

桓叔已经按照自己精心设计的计谋一步步走向晋都，每一步都是缓慢的，看起来好像停在原地，实际上他一直在轻轻地、看似漫不经心地一点点移动。晋昭侯被杀掉了，一切已经明朗，他再也不用遮掩自己的动作了。

桓叔接到潘父派遣的使臣密报，认为自己登上晋侯之位的时机到了，便立即发兵前往晋都，却遇到了晋昭侯大臣们的率兵抵抗，弑君的潘父也被杀掉了。杀掉别人的剑也死在了别人的剑下，手中攥着污血和恶，最终又把这污血和恶还给了自己。他所沾染的成为自己致命的沾染物。他的尸身和他的灵魂分开了，一个恶魂重新被召回了土地，只能在来年的寒风中缩回到粪土里。当然，这是一个人的结局，却不是全部结局……许多事情可能才刚刚开始。

桓叔以为必定的事情却回到了从前。他对都城的抵抗毫无准备，他不会想到一个死去的君主仍然有着抵抗的力量。实际上，一个人并不会完全死去。潘父只是杀死了晋昭侯的肉身，但死者的灵魂仍然盘旋在许多人的灵魂里。一个国君是不会真正死去的，他也将在我的文字里继续活下去。我要用笔写下我所见到的和我所理解的。我当然不是简单地用笔书写，而是将我的生命放在每一个笔画里。现在，我将蘸着许多人的血，写下每一个字，它意味着血的来历、血的原由，它包含着仁善、凶狠、残酷、背叛和背叛者的形象。

古灵魂

卷一百零四

潘父

　　我死去了，我不想死。但一切事与愿违。有些事情是不可预料的，它尽在天神的掌握之中。我也试图对天神发问，让他告诉我未来的结论。可是，他在可怕的沉默中施展了从前的技法。我以为这是对我的默许，却获得了死的承诺。

　　唉，命运是前定的，现在可以承认了。我派去的使臣没能把桓叔迎上晋侯的宝座，长夜的等待、煎熬，只是在灯盏的幽光里收获墙上被放大了的幻影。我终于看见自己从自己的影子中走进了漆黑。桓叔啊，原本你是值得信赖的，我相信你会万无一失。可是你却辜负了我的一片苦心。你是那么沉稳，也充满了智慧，你经历了那么多事，怎会这样轻信自己？一个人可以轻信别人，但绝不能轻信自己。没有什么比自己更不可靠……自己是自己的最强有力的对手，与命运的搏击就是与自己的搏击。当你的左手伸向你的右手时，就要想一想。

　　我知道，我的双手已经沾染上国君的血。我所能攥紧的也就是这血污了，可是这总比两手空空要好得多。我攥紧了这血污，也就攥紧了我自己，这是我一生所做的最重要的事情。我的身上也同样沾满了血污，这里既有我的血，也有别人的血——这是一种奇异的混合，是命运已经调配好了的颜料，我只是照着先前不曾看见的样子重新做了一遍。现在这一切已经显现，让所有的人看见了。

实际上，我并没有什么错，我只是一个陌生世界的追求者。已经有的我从不感到满足，我身边的君王是旧的，他已经不再新鲜了，甚至我对他的无能、对他显示的软弱的善，也已经感到了厌倦。我不能忍受这样的状况持续下去，因为它不能带来新希望。一个没有新希望的世界是多么可怕，它竟然意味着明天是可以预见的。只有一个变化莫测的世界才会充满活力，才会让我们迷恋。

我对自己的死并不在乎。每一个人都要死的，重要的是因为什么而死。我仅仅是为了把晋国推出泥淖，让它像以往一样重返大路。晋昭侯是该死的，在我杀死他之前，已经有很多人杀死了他，我只是再一次杀死他而已。我不愿意自己的面前有一个这样的君侯，我不想看见他，也不愿意被他支配。事实上，我已经做到了，现在我脱离了痛苦的肉躯，逃开了君侯的主宰，完全获得了自由。

我登上更高的地方，在蓝天如洗的碧蓝之中轻轻飘浮，我已经寄居在鸟儿的翅膀里，从晋国的都城飞到了曲沃桓叔的头顶，并向他呼喊，可是他听不见我的声音。他只是垂头丧气地坐在了阳光灿烂的石阶上，进入了无可奈何的沉思。我想进入他的沉思里，使我成为这沉思的一部分。或者，以我轻的灵魂，把他的沉思携带到高高的天庭，融化到天神洒下的一片暖光中。

我已经获悉，都城的大臣们已经把晋昭侯的儿子姬平扶立为新的晋侯，好吧，我不想听到更多的坏消息了，我要远离晋国，远离

古灵魂

人世，到我所不知的另一个地方——这是人生真正的归途，它没有道路，没有舟车，也没有可供骑乘的骏马，只有几丝青云漫无目的地在无所归处游荡。我已经从一个现实的参与者，变为观赏者。一个由我引发的充满激情和变化的世界开始了，不过作为一个天边的灵魂，无所牵挂的灵魂，以后所发生的，已经与我无关了。好吧，让这个与我无关的世界，和我的灵魂一起漫无目的地飘荡吧。秋天飞落的树叶，又怎会知道它在哪里落脚呢？它落在地上的时候是显示自己的哪一面呢？

卷一百零五

晋孝侯

　　父王死了，我用双手接住了他的一切。我不知道这是怎样发生的……似乎就像农夫撒下了种子，一场春雨之后，就发芽生根了。庄稼渐渐上升，在地面上一点点放大自己的形象。谁又知道这是怎样发生的？

　　晋国已经分裂了，一个果子被割成了两半，放在了两个不同的盘子里，摆到了两个人的面前。可是这果子本是完整的，它只属于我的父王……或者说，它应该属于我。我不能接受这样的分割，我应该从我的父王手里接过盘子里一个完整的果子。现在有人要把它拿走一半。父王已经死了，他把一个难题给了我。

　　自从坐在了父王曾经坐过的座位，我的心就感到了难以忍受的煎熬。我变得焦躁不安，眼前全是父王的影子——他平静地看着我，用一点点暗下去的脸对着我，可他的眼睛依然是发亮的，最后，我的面前剩下了两个大大的光斑。

　　我不敢直视这两个光斑，它是那么明亮，让我难以平静下来。实际上我并不想拥有这位置，我仅仅想在父王的庇荫里无忧无虑地生活。

古灵魂

可是事情就这样反转了，我所不想要的，就放在了面前，我所想拥有的却是难以获得的。我只好在这里默默坐着，被父王的目光一直盯着。

还有另一双眼睛也紧盯着我。尽管已经挫败了曲沃桓叔的夺国阴谋，但他并没有因之放弃篡夺晋侯权位的心思。他在曲沃城中时刻窥伺着我的座位。我感到了来自两个方向的目光，来自天上云彩里的父王的幽魂，以及来自地上曲沃桓叔的幽火……我被这两双眼睛射出的光挤压着，胸中的气团难以呼出，我的鼻孔被堵塞，真想从这近乎绝境的黑夜逃离到远处，远处的远处。可那个远处又在哪里呢？

父王的形象无处不在。夏天的荷叶展开了宽阔的翅翼，可它们仍然停留在水面上。荷花伸出了粉红花瓣，借助了凉爽的夏风高高扬起了脸。它多么像我的父王，干净、整洁、耀眼。我的父王并没有远去，他就在我的身边，住在了各种形象里。他坐在接连不断的荷叶中间，休息，思考，呼吸，倾听人世的各种声音，接受夜间降下的甘露。他已经不需要经受噩梦的折磨了。可是这噩梦交给了我。

水鸟弯下了长长的脖子，它扎到了水里，将水面激起了皱纹。它从中照出了自己。我从这样的水鸟身上看出了自己弯下来的身躯，我的头已经扎到了水面之下，可是我仍然不能完全将自己藏起来。因为，我不可能藏在透明的水里，天光仍然将我的一切照彻——我会更清晰地看见自己。我已经没有可以躲藏的地方了。

仇恨已经播种了，它带着亲人的血，在眼前开花。我最需要的是安静，在安静中想一想，我需要来自天神的启示，需要摆脱一个个噩梦的纠缠。我需要远离，远离，远离……先将我的都城迁徙到高坡上的翼，在不安宁的安宁中等待天赐的机会。

卷一百零六

桓叔

　　野地里的篝火已经烧尽了，灰烬里仍然有着炽热的心。很多事情不会尽如人意，不然每一个人都会成为王侯。要是面对一个遍地王侯的世界，这王侯又怎么能被称作王侯？我们的一生是短暂的，没有足够的时间让我们等待。可是，如果非要违背天神的意愿，弓弦就会被强力拉断，你搭在弓上的箭也发射不出去，反而将掉到自己的脚面上。对于我来说，也许会饮恨而去，但天神给予的已经足够多了……本来一切是顺利的，事情已经让我满心欢喜：晋昭侯被杀掉了，那个座位已经空了。可事情却出乎意料，我的刀剑失去了锋芒，率兵直取晋都的愿望被晋昭侯的大臣们击败了。我落荒而逃，返回了曲沃。

　　尽管我已经足够强大，可仍然力所不逮，功亏一篑，天神把最好的机会取走了，树上的鲜花落到了地上，被一只脚踩碎。这些天，我已经感到自己身体虚弱，好像被时光中一种莫名其妙的力量掏空了，仅仅剩下了一个空空的躯壳。我的心还在跳，只是越来越微弱了。我看见了自己生命的火苗正在一点点熄灭，我仅凭灰炭里的一点热气取暖。寒气不断上升，从我的脚下向浑身蔓延。

古灵魂

想到晋昭侯的死，他是洁白的，他的血却溅满了我的衣袍。也许我本不该有更多的奢望，曲沃的土地已足够肥沃，即使我成为晋国的君主，生活本身还不是这个样子？我会取回青春时代的血气么？我会变得年轻、变得充满活力么？我会像蝴蝶一样从将死的躯壳里破茧而出、重新生活么？如果一切都注定不可能，那么我为什么在弥留之际要去抢夺侄子的山河社稷？我究竟是怎样想的，已经不记得了。可是那些沉入黑暗的想法已经留在了黑暗里。

我是多么悔恨，悔恨从我兵败之后就开始淹没了我，我已经无法挣脱了。说实话，我的侄子是仁厚的，他以仁爱待我，我却报之以不义，这是多么大的罪孽啊。我要感谢这次兵败，它唤醒了我，使我返回到了自己的灵魂里。可是我当时为什么那么做？也许是恶鬼住进了我的躯身，它支配着我，让我变为另一个人。是的，我不是自己，而是一个陌生的恶人，我因为这别人而放弃了自己。

我觉得自己在一段时间里被肢解，我不是一个，而是几个完全不同的人。我飘出了自己本有的灵魂，它们不停地互相挑衅、角逐、搏斗，我不知道哪一个是我，我也不知应该听从哪一个声音的召唤。好像几只野兽在森林里迷失了方向，只有被人间的箭镞射中，才带着滴血的伤返回本来的路上，它们又重新变为一个。现在，我的内心已经复归平静，一切就像一场噩梦。可是这又有什么用处呢？事情已经演化为面目全非的样子，我只有躲在自己的躯壳里，等候最后的熄灭。

几年又过去了，时光多么快啊。我早已将身上的剑取下，放在剑匣里，也让它不安的灵魂囚禁在没有光亮的地方。有时我在深夜能够听到剑匣里传出的声响，一种奇怪的、嗜血的声响，我的罪孽已经使它变得暴躁不安，让它的锋芒收敛到青铜里吧，让它忘记时间、忘记一切，而所有的事情都交给尘土，并让迎面吹来的寒风将其带到半空，消散于无形。

现在只有将曲沃交给我的儿子了。在垂暮之年，我已经别无所图了，只有内心的创伤无以平复。这是多么苦痛的折磨，以致不能平静度过每一个夜晚。我经常被不知哪里传来的突然的呼喊惊醒，只好从睡梦中坐起来，默默窥视黑暗里的更为黑暗的幻影。更多的时候我并不相信眼前的影子仅仅是幻觉，我要点亮了灯，在房间寻找，可是灯光照过的每一个角落，都是熟悉的，那些曾出现的神秘的黑影，那么深的黑，竟然藏匿到了不知之处。也许它们是我的灵魂里所有的，只是在灯光的扫除中重新回到了我的身体——它们是谁？竟然如此顽固地住在了黑暗里，在夜晚筑造了牢固的巢穴。它们是谁？它们在这儿是等待我到另一个地方去么？

许多迹象暗示我已不久于人世。每一个人都是人世间的暂住者。我并不惧怕死，我甚至会觉得未来的欢欣就藏在这即将到来的死亡里。肉体将被抛弃，一个完全陌生的、无拘无束的世界将得以揭示。只是有一样事情难以释怀，那就是我到了先祖们的身边，该说些什么？或者，见到我的侄子——晋昭侯的时候，我又能和他说些什么？或者，死去之后，人间的事情已经完全遗忘？人间的账目只是由人间清算？要是这样，无论是功绩还是罪愆，一切让我们的孩子们去承担吧。

古灵魂

卷一百零七

历 史 学 家

　　夜深了，老式座钟又一次敲响了，一声，两声，三声……十二响。这是一天的极限，它用这样的方式告诉我，又一天开始了，它不是从明亮的阳光里开始，而是从最深的黑夜拉开帷幕。黑夜给我们最丰富的联想。在视线不能抵达的地方，有着最深的奥秘。我从书桌旁站起来，暂时离开发黄的书页，台灯投下的一小圈光亮，罩住了蚂蚁一样微小的字迹。这些文字并没有死去，它们是活着的，在深邃的另一个空间蠕动、行走、呼吸和摄取食物。它们有着自己的形象，每一个面孔都不一样，带着历史中含有的悲愤、忧伤、快乐、兴奋和平静中的思考。它们的面颊是潮红的，有着青春的激情和活力，它们鼓噪、论辩、和解，就像江海中的波澜，掀起了一个个巨浪，又在微风中获得平息。

　　还有什么事物比历史更有魅力的呢？至少，我已经彻底被它的激情和思想所征服，我已经完全沉浸其中，不能自拔。我走到窗前，看着窗外的城市景观，立交桥上的桥栏散发着彻夜不灭的灯光，不时有汽车从桥上飞驰，车灯擦着桥栏飘过。对面的高楼里仍然有许多窗户亮着，这个城市有多少人度过一个个不眠之夜……他们在做什么？我可以猜到，他们不是面对历史，而是面对现实，他们在深夜面对更为幽暗的现实。是啊，现实比历史更虚幻。因为历史的一切都已经沉淀下来，变为确切的事实，而现实仍然在进行，它还在渺茫中。

我感受着城市蜂鸣般的宏大噪声，它来自四面八方，甚至来自深深的地下——那儿一定隐藏着一个巨大的心脏。它在剧烈跳动。我们的生活不是从现在开始的，它的动力系统是遥远的过去建造的，所有的声音在现在显现，却发生于过去……我坚信，我们看起来被现实所支配，实际上我们乃是被历史所主宰。上帝藏在历史里。这就是历史的迷人之处。

历史中有许多不可思议的瞬间，你已经不可能再现它，你只能远远窥望，就像用肉眼仰望满天星斗——它们仅仅表现为一点点光，它们的真实都掩藏在了光亮的后面，但是正是这样的耀眼斑点，为我们提供了辽阔的想象。它似乎用这样的方式，展现了更为巨大的存在。

古老的晋国，宗法制度是从人们的内心崩溃的——人性中潜藏着这种颠覆既有秩序的野性，这也是人类社会具有无限活力的原由。晋昭侯基于对血缘关系的信任，把自己的叔父分封到了丰饶富足的曲沃，却也将杀死自己的种子播在了那里。他还不知道，人的欲望只要有合适的土壤，就会不断成长，会突破一切阻障……仅仅有信任是不够的。

桓叔被分封到曲沃时已年近六旬了，在原始条件下已经十分衰老了。可以想见，比之于年轻的晋昭侯，他更富有人生经验和政治智慧。他任用足智多谋的栾宾为相，曲沃一时繁盛，获得民众的称赞。

古灵魂

这种对比自然会引发人们对晋昭侯的不满，进而发生了晋昭侯被杀的事件。这一事件发生的细节已经不可追寻了，历史的一个重要特点就是细节的丧失，它就像人的影子，仅仅是光的投射的后果，它的形状取决于光源的位置，却不会有众多细节的刻画。

总之，最后的结果是，晋国大臣潘父发动政变，杀死了晋昭侯，试图迎接曲沃桓叔统治晋国，却遭到了失败，叛乱者潘父也因之死于非命。一切好像是经过排演的一出彼此报应的戏剧。因果关系纠缠在一起，以至于不知这因果链是从何处断裂的。于是另一代君主登场了——他就是晋昭侯的儿子晋孝侯。他为了远离曲沃的威胁，或者还有别的原因，可能把都城从绛迁移到了翼，翼居于高坡之上，也许更有利于防守？或者居高临下，为了俯瞰曲沃，以便获得地理高度上的优势感？具体的历史情境不可还原了，我们很难获知一个古代国君的内心在想什么。但有一点是可以推知的，那就是他这样做，一定有他的理由。

若干年后，也许是过了八年？曲沃桓叔也寿终正寝了，他的儿子继位，成为曲沃庄伯。他虽然不是国君，却在事实上拥有同样的权力，继承了宗族之间权力争夺的仇视，和晋孝侯分庭抗礼。而晋孝侯要面对东邻赤狄部落和曲沃的两面夹击，实力不断被削弱，危机重重，似乎摇摇欲坠了。未来笼罩在一片迷雾之中。然而对于我来说，历史早已给出了答案，这答案并不给当事者传看。未知中的每一个选择都是痛苦的。历史让人感到矛盾和焦虑的，是每一个结果都是已知的，却让产生这结果的原因沉浸在未知之中。

历史的账目并不总是清晰的，它字迹模糊、漫漶不清。它给我们提供了飞翔的翅膀，提供了让我们飘浮在空中的湍流，其中有彩云和山廓，有惊涛和惊雷，有我们能够想象的一切。我整日蒙在了故纸堆里，和所有腐朽的东西打交道，却每每从腐朽中发现新奇的萌芽。很多时候，我并不关心眼前发生的事情，我已经生活在另一个陌生的世界里。它幽深、奇异、纷纭复杂，它让人感到眼花缭乱，甚至一阵阵眩晕。

老一代的对抗转化为新一代的对峙，晋国分裂了，陷入了长久的内乱……没有哪一个人是从自己开始的，即使是一国之君也是这样：从别人的遗产开始。时光总是传递具有疼痛感的内容，不然历史就会变得单调乏味。历史的丰富性就是日常的丰富性。只是历史记载忽略了平庸琐碎的东西，留下了疼痛和忧伤。实际上，从晋昭侯将桓叔分封到曲沃的时候，最后的苦果已经从花瓣上显现了。

一切并不遥远。十几年后，曲沃庄伯终于按捺不住了，他觉得时机已经成熟。一个秋天，西风卷起了尘土，也扫荡着山林里的黄叶。农夫收割后的田野变得凌乱不堪，露出了原野丑陋的荒凉、失去遮挡的空廓。他率兵攻破了晋都翼，杀掉了晋孝侯。就像每一年的四季一样，似乎将前人的戏剧重演了一遍。好像前面发生的是一次逼真的彩排，那么，这一次的登场表演，差不多是丝丝入扣的复制品。国君的大臣们和宗法的维护者拼死抵抗，使曲沃的冲动再次受挫。

但是，又一个国君死掉了，别的事情依旧保持了原来的模样。严冬又一次来临了。一场落雪将覆盖残破不堪的旷野，地上的血痕被深深地压在积雪下面。大地一片雪白，显得无比纯净，仿佛一切没有发生。现在，我站在窗前，看着阴郁的夜晚，以及夜晚城市的万千灯火，感受着城市剩余的激情和躁动不安，想着，我们今天的夜空和两千多年前的夜空有什么不同？夜晚是神圣的，它是永恒的象征。它的无限乃是它永恒的证据。一切既不能被推测，也不可被窥视。我们所能做的，就是站在它的背后感受其存在，让一个背影消失在另一个背影里。